Brandon se pencha et l'embrassa.

Un bref frôlement de souffle et de langue, et Taylor haleta juste au moment où Brandon reculait.

– Bordel de…

Les paupières lourdes, Brandon se lécha les lèvres.

– Agréable, dit-il. J'ai bien aimé. Nous devrions réessayer.

– Non, contra Taylor. Mauvaise idée. Tellement mauvaise.

Il jeta toute son énergie dans le fait d'essuyer l'évier maintenant que Brandon enfonçait les boutons du lave-vaisselle.

– Mauvaise, mauvaise, mauvaise, mauvaise… Tu ne m'apprécies même pas !

Idiot. Idiot, idiot, idiot, idiot, idiot. Il n'était *pas* une ingénue.

– Je pense que tu es canon, dit Brandon avec assurance. Est-ce que ça compte ?

– Non !

Ça devait être à ça que ressemblait le karma – il payait pour avoir été un connard arrogant qui pensait que tous les culs gay étaient à prendre.

– Et je ne suis pas canon. Je suis…

Il agita la main gauche vers les cicatrices que le gamin pouvait voir sur son visage, et celles sur son épaule, sa hanche, ses cuisses, son mollet, qu'il ne pouvait pas voir.

– Je suis une *ruine* et tu es bien trop jeune pour moi.

La rougeur de Brandon revint en force.

– Tu n'as même pas trente ans !

– Eh bien, j'ai l'*impression* d'en avoir trente. Bordel, j'ai l'impression d'en avoir quarante-cinq. Et tu as besoin de… jeune et excité. Pas vieux et démoli. Va-t'en.

– M'en aller ? demanda Brandon, la tête penchée.

Encore une chose stupide à dire.

– Je ne voulais pas dire, littéralement, de t'en aller. Je voulais juste dire de trouver quelqu'un de plus à ton rythme.

– Quel est mon rythme ? s'enquit Brandon, comme s'il donnait satisfaction à Taylor, ce qui était irritant à l'extrême.

– Apparemment de zéro à sexy le temps qu'il faut pour faire la vaisselle !

LE MANNY DÉCROCHE
UN HOMME

Amy Lane

LE MANNY DÉCROCHE
UN HOMME

Amy Lane

Publié par
DREAMSPINNER PRESS

5032 Capital Circle SW, Suite 2, PMB# 279, Tallahassee, FL 32305-7886 USA
www.dreamspinnerpress.com

Le manny décroche un homme
Copyright de l'édition française © 2021 Dreamspinner Press.
Titre original : Manny Get Your Guy
© 2017 Amy Lane
Première édition : juillet 2017
Traduit de l'anglais par Emmanuelle Guilluy.

Illustration de la couverture :
© 2017 Paul Richmond.
http://www.paulrichmondstudio.com
Les éléments de la couverture ne sont utilisés qu'à des fins d'illustration et toute personne qui y est représentée est un modèle

Édition e-book en français : 978-1-64108-280-8
Édition imprimée en français :978-1-64108-281-5

Première édition française : août 2021
v 1.0

Édité aux États-Unis d'Amérique.

AMY LANE est mère de deux grands enfants, deux enfants pas encore adultes, deux petits chiens et d'un groupe de chats. Une tricoteuse compulsive qui écrit parce qu'elle ne peut pas faire taire les voix dans sa tête, elle adore les bébés à fourrure, tricoter des chaussettes et les hommes torrides, et elle n'aime pas les mites, les litières pour chat et les imbéciles finis. Elle se hasarde rarement à cuisiner, faire le ménage ou les tâches ménagères, mais elle est connue pour tricoter en urgence bonnet/ couverture/paire de chaussettes pour n'importe quelle occasion ou parfois sans aucune raison. Elle a été récompensée pour son écriture qui comporte trois couleurs : le violet tortueux de l'univers alternatif, l'orange angoissé du contemporain et le jaune soleil du bonheur. Par nécessité, elle a appris à écrire comme le vent. Elle est mariée depuis plus de vingt-cinq ans à son Mate adoré et croit toujours au Grand Amour, avec un G et un A majuscule, et ne voit aucune raison pour que ça change.

Site internet : www.greenshill.com

Blog : www.writerslane.blogspot.com

E-mail : amylane@greenshill.com

Facebook : www.facebook.com/amy.lane.167

Twitter : @amymaclane

Pour Mate et Mary, et toujours pour les enfants. Et pour Lynn, qui est restée debout tard avec moi et a rigolé aux idées de titres, jusqu'à ce que je me réveille le lendemain et dise, « Hé, je pourrais faire une série ! »

Des Bébés par Millions

BRANDON admirait son cousin Jacob bien plus que celui-ci ne le saurait jamais.

Pour commencer, Jacob avait pris son amour des voitures et, avec le diplôme de commerce et le dynamisme de sa femme, l'avait transformé en une entreprise florissante. Trois entreprises, en fait.

Et ce n'était que le commencement. Jacob était un bon mari et un bon père qui entraînait l'équipe de football de ses enfants et faisait plus que sa part des tâches ménagères pendant que sa femme aidait à gérer l'entreprise, et qui travaillait avec elle comme un égal sur les contrôles fiscaux, les récitals de danse et les tournois de football. Jacob savait comment faire partie d'une équipe gagnante.

Et il jouait avec sa famille – il était un grand idiot qui pouvait tirer un sourire de sa femme ou de ses enfants après les pires journées pleines de stress. L'âme pure de Jacob faisait de lui, de la tête et des épaules, le membre préféré de la famille de Brandon.

1

En particulier depuis que Jacob avait l'accueilli chez lui durant ses deux dernières années de fac afin qu'il puisse aller à l'Université de Sacramento sans devoir faire le trajet quotidien depuis Truckee. Cela aidait à faire de Jacob et Nica les membres préférées et particuliers de sa famille.

Si ce n'était pour un tout petit problème.

— Pour l'amour de Dieu, Jakey, lâche-la un peu !

— Je sais ! s'exclama Jacob en se frottant le visage avec les mains

— Franchement, vieux ! C'est votre cinquième enfant !

Jacob abaissa la tête sur la table et noua les doigts sur sa nuque. Ses cheveux blond foncé rebiquaient en touffes et ses yeux assombris étaient cachés contre le bois vernis.

— Je sais ! gémit-il.

— L'aîné a seulement neuf ans !

— J'ai eu une vasectomie ! lui dit Jacob. J'étais *tranquille*. Il n'y avait pas de nageurs, je le jure !

— Oh, c'est un mensonge ! marmonna Nica.

Elle enjamba deux barbies et un fort en Lego en revenant de la salle de bain où elle avait vomi. Elle avait une sale tête, mais c'était une belle femme, alors même avec une sale tête, elle surclassait quand même le stupide cousin de Brandon. Nica était extraordinaire – belle, intelligente, amusante, dévouée à son époux. Mais Brandon avait été le cousin préféré de Jacob et le resquilleur d'appartement au-dessus du garage depuis le quatrième bébé et il savait que les deux premiers mois de grossesse faisait d'elle – et à juste titre – une mégère amère avec une épine dans le pied et coincée.

— S'il dit que ses nageurs étaient morts, il ment. Il n'y a pas de nageurs morts. Il est peut-être un foutu *zombie* et un de ses nageurs s'est réveillé un jour et a rampé dans ma moule pour *me mettre en cloque* !

— Je *sais* ! grogna Jacob. Monica Teresa Carol Gaudioso Robbins-Grayson, je suis sacrément désolé !

Il tourna un visage sincèrement contrit vers sa femme et elle fit ressortir sa lèvre inférieure en une petite moue.

— Oh, Jakey... bon sang...

Un côté de sa bouche se releva en un sourire en coin et il dit :

— Je serai là, tu le sais. Toi et moi connaissons la chanson désormais, pas vrai ?

Mais Nica semblait sur le point de pleurer.

– Jakey, dit Brandon, essayant d'empêcher que ça arrive, mon vieux, écoute. Deux choses… tout d'abord, tu as besoin d'une nouvelle pièce dans la maison.

– Peux-tu le faire ? demanda Nica, une note frénétique d'espoir dans la voix.

La maison pouvait à peine contenir quatre enfants et trois adultes, ce qui avait tenu jusqu'à ce que Brandon prenne l'appartement au-dessus du garage. Mais les choses étaient toujours tendues avec deux enfants par chambre après avoir retiré le berceau de la chambre de Jacob et Nica. Un enfant de plus – et toutes les affaires accompagnants ce que les enfants amenaient avec eux – ferait s'envoler le toit de la maison et les forces collectives de Legos, Barbies, poupons, Hot Wheels et DVD Disney/Pixar se déverseraient à travers le comté.

Une autre maison aurait été géniale, mais Brandon savait combien ils aimaient celle-ci en particulier à Rocklin et à quel point ils avaient travaillé dur pour transformer leur jardin rempli de chardons en zone adaptée pour les enfants, jusqu'au patio avec la piscine clôturée.

Brandon avait travaillé dans le bâtiment durant toute l'université et il avait des contacts. Il était pratiquement sûr qu'ils pourraient dessiner des plans pour une chambre d'enfant là où le porche arrière était actuellement, et ensuite, avec du remaniement et de l'organisation, oui. Toute la famille pourrait y tenir.

– Oui, dit Brandon. Bien sûr. Nica, je ferai n'importe quoi pour vous. Mais Jakey… elle ne peut plus faire ça toute seule quand tu es au boulot. Tu le sais, pas vrai ?

Jacob hocha la tête et envoya un regard plein d'espoir à sa femme.

– Chérie, qu'est-ce que tu penses d'une nourrice ?

– Mais les enfants ne vont-ils pas l'aimer plus que moi ? demanda-t-elle, la lèvre inférieure tremblotant.

Jacob et Brandon rigolèrent doucement et le premier tira sa femme encore mince sur ses genoux.

– Oh, chérie… les enfants ne pourraient jamais aimer quelqu'un plus que toi, d'accord ?

Nica hocha la tête, la posa sur l'épaule de son mari et pleura sans aucune raison.

Brandon prit ça comme le signal pour se lever de la table de la cuisine et commencer ensuite à rassembler les enfants pour l'école.

Il devait lui-même aller au travail, mais il aidait de chaque manière possible.

MALHEUREUSEMENT, aider signifiait qu'il devait être présent au repas familial ce dimanche-là.

Cette semaine, il avait lieu chez le frère de Nica, qui avait probablement la plus grande des maisons familiales ainsi qu'une piscine plus grande. Non pas que Brandon était un hédoniste ou autre chose, mais la grande piscine avec tous ces enfants ? C'était un plus.

Dustin, l'aîné de neuf ans, pouvait s'occuper de sa propre ceinture, mais les trois autres en étaient encore au stade du siège-auto. Brandon tenait Conroy, le cadet de deux ans, Jacob tenait Melly – âgée de cinq ans – et Belinda – âgée de sept ans – et Nica tenait les casseroles de lasagnes et manicotti parce qu'elle ne faisait confiance à personne d'autre pour cuisiner, pas même à sa mère.

– Tu penses que Sammy est là ? demanda Dustin avec excitation.

Sammy pratiquait plusieurs sports au lycée et Dustin pensait qu'il était *trop cool*.

– *C'est* sa maison, lui dit Jacob. Keenan est probablement là aussi.

– Oui, mais Keenan a l'âge de Melly… il ne peut pas conduire.

– Mais il pense que tu es aussi cool que tu le penses envers Sammy. Ne le laisse peut-être pas tomber tout de suite, d'accord ?

Dustin avança, testant avec son père les limites de ce qu'était « être gentil ». Combien de temps devait-il jouer avec son cousin plus jeune ? Avait-il besoin de rester pour un jeu ? Pour deux ? Pour trois ?

Brandon équilibra un Conroy assoupi sur son épaule et poussa du doigt Belinda pour qu'elle avance.

– Papa est intelligent, dit-elle avec dans ses yeux marron l'admiration que chaque père rêvait chez une fille.

– Ah oui ? demanda Brandon. Qu'est-ce qui le rend intelligent ?

– Dustin peut être un vrai idiot quand il essaie de traîner avec Sammy. Papa vient juste de lui tendre un piège pour qu'il soit gentil.

Brandon lui sourit et elle le lui rendit, avec en moins les quatre dents requises que la plupart des enfants perdaient à cet âge.

– Tu as raison. Ton papa est un type bien.

Jacob avait apparemment les oreilles d'une chauve-souris. Alors qu'il observait une voiture remonter la longue allée, il s'arrêta.

– Tu es sur le point de voir Papa être un vrai crétin, grommela-t-il. Tino ! Bon sang ! Pourrais-tu ouvrir la porte ? Certains d'entre nous portent...

– Tu aurais pu frapper.

Le frère de Nica, Tino, avait les mêmes yeux marron foncé et cheveux bouclés noirs que sa sœur. Il était de loin l'un des hommes les plus attirants que Brandon ait jamais rencontrés – à côté de son mari, Channing, bien sûr.

– Tu aurais pu nous entendre brailler sur le porche, répliqua Jacob, agitant le menton en direction de la berline Ford défoncée. Pouvons-nous entrer avant qu'il sache qu'il y a quelqu'un chez vous ?

– Je lui ai dit de venir, dit doucement Tino.

Il avait un long visage ovale, au teint olive et une bouche douce et sexy. Brandon avait eu besoin de travailler vraiment dur pour ne pas craquer sur lui quand il était venu vivre avec Nica et Jakey, et le résultat avait été une entente décente, bien que réservée.

À cet instant, Brandon pouvait dire que Tino était troublé et Nica l'était aussi, parce qu'elle se mordait la lèvre de la même manière.

Jacob était plus irrité que troublé.

– Devons-nous vraiment avoir ce clown arrogant aux mains baladeuses...

– C'était le lycée. Maintenant, c'est un homme bon et un vétéran blessé, dit Nica sans reculer. Pouvons-nous entrer maintenant ?

– Tu me pompes, marmonna Jacob, faisant signe à Dustin de dépasser Tino et de le suivre à travers la maison.

– Elle doit faire plus que ça si tu continues de la mettre en cloque, dit Tino, surtout pour les oreilles de Jacob, mais Brandon entendit et ricana.

– Peu importe, répliqua Jacob en levant les yeux au ciel, mais il sourit également. Dis-moi que tu ne vas pas le laisser entrer.

– Nous devons le laisser entrer, dit Nica. C'est mon meilleur ami. Tino, pourrais-tu... ?

Tino lui prit un des plats de lasagnes et les conduisit dans le couloir jusqu'à la salle à manger, qui s'ouvrait sur le patio avec la piscine.

Tino et Channing avaient ouvert les portes, puisque la brise de la soirée rafraîchissait la pièce. Les enfants étaient dans la piscine, jouant sous la supervision directe de Sammy. Belinda partit comme une flèche, laissant tomber sa robe d'été en tas près de la table de pique-nique pour qu'elle puisse sauter en maillot de bain dans la piscine. Brandon salua Sammy d'une main pendant qu'il secouait doucement Conroy de l'autre.

– Conroy, mon grand, réveille-toi. Tu vas manquer la baignade avant que Grand-mère arrive et que nous devions manger.

Conroy bailla, plissa le front et Brandon soupira. Il avança jusqu'à Sammy, qui était assis au bord de la piscine, agitant les pieds dans l'eau.

À dix-sept ans, Sammy était une version plus jeune et légèrement plus vulnérable de son oncle blond aux yeux gris et à la mâchoire carrée, et tout comme Channing Lowell, Sammy avait un sens aigu de la responsabilité sur ses épaules. Et une de ses cousines adorées – la fille adoptive de Channing et Tino – dans les bras.

– Letty, dit-il doucement. Letty, chérie, il est temps que tout le monde se réveille de sa sieste. Conroy est là.

– Letty ? appela Conroy, se redressant puis se tortillant hors des bras de Brandon. Letty, pourquoi t'as pas dit que t'étais là ?

Letty le regarda avec sérieux de ses yeux marron sur un visage d'un brun pâle.

– Je savais pas, dit-elle, sortant le pouce de sa bouche. Sammy, on peut nager ? Keenan y est.

Elle jeta un regard noir à la piscine quand elle vit son frère, des gouttes d'eau accrochées à ses cheveux sombres emmêlés, alors que Dustin et lui commençaient une partie impromptue de volley-ball.

– Oui, princesse. Il était réveillé quand tout le monde est arrivé. Va dans l'eau jouer avec Conroy, mais restez sur les marches.

Il la regarda bouger et se tourna avec espoir vers Brandon.

– Tu vas m'aider ?

Brandon jeta un coup d'œil vers l'endroit où les « adultes » discutaient, y compris l'oncle de Sammy. Il passa la main dans ses cheveux, sachant qu'ils rebiquaient comme des herbes dans un jardin mal entretenu quand il faisait ça.

– Je le souhaiterais. Grande réunion d'adultes en cours. J'ai, tu sais, des obligations.

– Oui, je sais, dit Sammy avec regret en plissant les lèvres. Je ne suis pas encore un adulte, n'est-ce pas ?

Ses yeux sans fond essayaient de percer l'âme de Brandon. Ah… oui. Le conseil de Jacob sur le fait que Dustin soit gentil avec Keenan parce qu'il avait un béguin de petit garçon était bien vu.

– Désolé, Sammy, dit Brandon.

Il espérait que sa gentillesse – et son affection sincère – pour le garçon transparaissait. Cinq ans n'étaient pas un écart si grand – à moins que la personne plus jeune ait à peine dix-sept ans.

– Oui, enfin. Je vais au bal de promo avec Cindy Cahill. Je vais voir ce que vaut ce truc d'être bi.

Dix-sept ans… ressemblaient à l'autre bout du monde.

– Fais-moi savoir ce qui en ressort. Ça n'a jamais été comme ça pour moi.

Non. Bien que les parents de Brandon ne l'aient pas compris, Jacob et Nina l'avaient accepté. Il était reconnaissant – et un peu envieux de Sammy, qui avait grandi avec son Oncle Channing et Tino tombant amoureux et adoptant des enfants. Il avait été aux premières loges pour voir que tout pouvait bien se passer.

– Fais-moi savoir pour les seins, ajouta-t-il avec un peu de mélancolie. Je veux dire, j'ai toujours pensé que ce serait la partie la plus intéressante dans le fait d'apprécier les filles. Je n'étais pas assez intéressé pour le découvrir.

Sammy rigola comme il était supposé le faire.

– Je promets de tout déballer, dit-il avec gravité et ensuite ajouta : Dustin, arrête de lui faire boire la tasse ! Il déteste ça !

– Désolé, Sammy, s'excusa Dustin, contrit, avant d'ajouter au regard noir de Brandon, mais avec sincérité cette fois. Désolé, Brandon.

– Tu te souviens de ce que ton père a dit ?

– Oui, répondit-il en hochant la tête. Keenan, je te promets de ne pas le refaire, d'accord ?

Le garçon essuya l'eau de son visage et renifla.

– D'accord. Tu veux jouer encore un peu ?

– Oui, mais nous devons laisser Melly et Belinda jouer, d'accord ?

Brandon reconnut la branche d'olivier pour ce qu'elle était et leva le pouce. Il se retourna vers l'endroit où les adultes parlaient et lâcha un sifflement tout bas.

– Qu'est-ce que c'est que ça ? demanda-t-il, les yeux écarquillés.

– Ça ? répéta Sammy, le regardant sévèrement. Tu n'as jamais rencontré Taylor Cochran ?

Brandon secoua stupidement la tête, bien qu'il ait déjà entendu ce nom.

– Le type à qui Nica rendait toujours visite ?

Il se rappela des mots qu'elle avait utilisés – *vétéran blessé*. Il ne s'était *pas* attendu à ce type.

Bon sang ! Un mètre quatre-vingt et quelques centimètres, avec une crinière de cheveux châtain clair retombant sur le col de son t-shirt, l'homme qui venait de se traîner sur le patio à côté de Tino Robbins-Lowell ne ressemblait à rien que Brandon ait vu auparavant.

Sa mâchoire était carrée et longue, son nez aristocratique aiguisé comme un couteau. Le côté gauche de son visage était aussi beau que tout ce que Brandon avait vu, révélant un œil bleu en amande, une pommette haute et un petit sourire moqueur sur sa bouche pleine. Mais le côté droit… Brandon comprit soudain la frustration de Jacob. Tous les péchés que cet homme avait commis quand tous les trois étaient jeunes avaient été remboursés avec la blessure qui avait balafré le côté droit de son visage.

Et à en juger par le cache-œil, qui avait pris son œil également.

— Pourquoi Tino l'a-t-il invité ? demanda Brandon, sa fréquence cardiaque augmentant.

Taylor souriait de manière tendue, comme s'il était sacrément mal à l'aise, et hochait la tête vers Tino, Nica et Jakey, là où ils étaient réunis près de la porte du patio.

— Je ne sais pas, répondit Sammy, mais après l'appel de Nica cet après-midi, Tino et Channing ont eu une dispute…

— Ils ne se disputent jamais !

Jamais. Contrairement à Nica et Jacob, qui faisaient des chamailleries amicales une forme d'art, Tino et Channing se charriaient et riaient beaucoup, mais ils ne se disputaient pas.

— Oui, je sais. Et c'est Channing qui s'est finalement excusé. C'était bizarre.

Sans précédent.

— Qu'est-ce qui a bien pu pousser ces deux-là à se disputer ?

— Écoute, expliqua Sammy avec un haussement d'épaules, tout ce que j'ai entendu, c'était les mots : « Et je pensais que je ne pouvais pas avoir de famille et un travail en même temps, tu te souviens ? » venant de Tino… ensuite, ils ont continué dans leur chambre. Hé ! Tu sais ce que je veux dire !

— Oui, je vois ce que tu veux dire, assura Brandon avec un rire. Tu veux dire qu'ils ne se disputent pas en public. Quel chanceux tu es.

Les parents de Brandon ne s'étaient jamais vraiment disputés, c'était plutôt comme si son père avait fixé les règles et que sa mère avait minaudé. Pas vraiment une dynamique saine, non – il avait bien mieux appris de tout le monde dans la famille de Nica.

Et à cet instant, il pouvait dire par la position des épaules de Taylor Cochran qu'il se détendait progressivement, s'intégrant au groupe. Channing dit quelque chose de caustique et amusant – parce que c'était ce que Channing *faisait* – et Taylor renversa la tête en arrière et rit, le son grondant depuis son ventre et explosant dans son torse large.

La bouche de Brandon s'assécha.

– Mince, murmura-t-il d'une voix rauque.

Ce rire… Il était extraordinaire. Puis Taylor Cochran, la seule personne qui, à sa connaissance, pouvait déclencher une dispute entre Channing et Tino Robbins-Lowell, tourna la chaleur brûlante de son bon œil vers Brandon.

Celui-ci prit une rapide bouffée d'air, se lécha les lèvres et essaya d'empêcher le monde de tourner. Ce dur regard évaluateur le secoua jusqu'à l'âme.

– Alors, pourquoi est-il là ? demanda-t-il de façon incontrôlable.

– Je ne sais pas… quelque chose à voir avec le fait d'aider Nica avec les enfants. Comme je l'ai dit, je n'ai pas les détails.

– Oh mon Dieu, grommela Brandon. Je dois y aller.

– Pourquoi ? Qu'y a-t-il de si urgent ?

– Ce type va être le manny et je te le dis tout de suite, ça ne marche pas du tout pour moi !

Retour réticent à la maison

OH Seigneur ! Cela pouvait-il devenir plus embarrassant ?

Taylor sourit faiblement à Nica, sa meilleure amie pendant la maternelle, la primaire, le collège et le lycée, et essaya très fort de ne pas cacher son visage de honte. Elle avait eu le béguin pour lui à la fin du lycée, et il avait souri et l'avait éblouie...

Et avait couché sans vergogne et sans sentiments avec pratiquement tout mec gay dans la région dans un effort vain de prouver qu'il était un homme.

Il n'en était pas fier... ne l'était plus. À l'époque, il avait pensé que, peut-être son père lui pardonnerait le fait d'être gay si seulement il pouvait rouler des mécaniques, avoir assez d'arrogance, assez de machisme dans sa démarche. S'il était un homme, un vrai, il pourrait être avec d'autres hommes.

Raisonnement le plus stupide au monde, mais il avait été plutôt stupide étant enfant. Et Seigneur... oh mon Dieu... la façon dont il avait traité Tino… ici dans cette maison, le draguant ouvertement pendant que Nica était dehors dans la piscine, rêvant de sortir avec son meilleur ami.

Revenir ici avait été une erreur.

Mais il était désespéré.

– Alors, dit Tino, la voix douce, parce que, bon sang, c'était simplement cette famille. Tu prévois de retourner en cours ?

– Oui, répondit Taylor avec une moue. J'aimerais bien, mais mon dossier d'indemnités militaires prend…

– Une éternité, termina Tino avec sympathie. Oui, j'en ai entendu parler. Ma mère était très surprise que tu aies appelé… et très impressionnée.

Taylor grimaça. Mme Robbins avait toujours été gentille envers lui. Même après la remise des diplômes, quand Nica et lui se parlaient à peine, la mère de Nica lui avait quand même fait des colis de ravitaillement en pain chaud quand ils avaient fait du covoiturage durant les deux premières années d'université. Ils avaient été *obligés* – les projets qu'ils avaient faits pour leur avenir incluaient leur amitié et ils avaient été trop concentrés pour laisser la perfidie de Taylor détruire leur futur.

Et ce pragmatisme les avait sauvés, au final.

Nica était tombée enceinte de son premier enfant, essayant d'aider Jacob à mettre de l'argent de côté pour son entreprise et de préparer son mariage. Taylor n'avait peut-être pas voulu l'épouser, mais il avait toujours souhaité le meilleur pour elle. Il avait aidé. Il avait fait des courses pour le mariage, récupéré ses devoirs quand elle avait été trop malade pour aller en cours et aidé à formuler un plan de développement pour Jacob.

Jacob pourrait ne pas lui avoir pardonné d'avoir brisé le cœur de Nica, mais quand Taylor s'était tenu à côté de la mariée, avec la petite sœur et le grand frère de celle-ci, Monica Teresa Carol Gaudioso Robbins l'avait aimé comme l'ami qu'il aurait toujours dû être.

Elle l'avait assez aimé pour être la seule personne à désapprouver quand il avait signé pour l'armée afin d'aider à finir l'école.

Elle l'avait assez aimé pour être la seule personne qu'il se souvenait avoir vue pendant son rétablissement et sa rééducation, après qu'une roquette avait pris son œil, une partie de sa mobilité et une grande portion de sa fierté.

Et apparemment, elle l'aimait assez pour lui offrir un travail quand Taylor était allé ramper devant la mère de Nica, espérant un poste d'homme de ménage, juste pour joindre les deux bouts en plus de ses aides pendant qu'il attendait que ses indemnités arrivent.

– Je ne sais pas ce qui l'a impressionnée, avoua Taylor, essayant de ravaler sa gêne en même temps que son orgueil. Je me sens honteux de quémander un boulot.

– Non, contra Nica en secouant la tête. Maman a dit que tu étais humble et gentil... Elle a dit que tu avais beaucoup mûri par rapport au garçon que j'ai connu au lycée. Je te le dis, elle ne m'offre pas ce genre de louanges, finit-elle avec un grognement.

– Peut-être parce que tu ne cesses d'être mise en cloque, répliqua Tino, plissant les yeux vers sa petite sœur.

– Alors quelle est ton excuse ? demanda sèchement Channing. Elle pense encore que *tu* es celui qui est obligé d'appeler sa mère pour voir si le caca d'un nouveau-né est vert !

Taylor rejeta la tête en arrière et rit, parce que Tino était si maniaque et si prompt à la panique en voulant bien faire. Nica et Jacob se joignirent à lui, et pour la première fois ce soir-là, il se sentit à l'aise.

Et ensuite, il le sentit : le regard fixe.

Il tourna lentement la tête, comme s'il bougeait à travers de la gélatine et vit le garçon – le jeune homme – qui était entré en portant le petit garçon de Nica et Jacob.

Le garçon – l'homme – fixait Taylor avec une colère brûlante et cela faisait suffisamment longtemps depuis sa dernière relation pour que Taylor puisse l'admettre... ce regard l'excitait assez.

Il était plus grand que Taylor, peut-être un mètre quatre-vingt-deux, et de l'autre côté de la piscine, Taylor pouvait apercevoir des yeux verts, un teint pâle, le genre qui ne bronzait pas bien, et un torse... Doux Jésus. Un torse aussi large qu'un break familial et des biceps aussi durs que l'acier trempé. Qui était ce gamin ?

De l'irritation tourbillonna dans son ventre sous le poids de ce regard critique. *Oui, gamin, tu vois souvent un monstre à un œil ? Tu veux une photo ?*

Puis le type se lécha lentement les lèvres, enfonçant des dents légèrement tordues dans celle du bas en un geste inconscient de provocation.

Oh. Taylor remua un peu, essayant de reprendre la conversation. Il fit attention juste à temps pour voir Tino rougir et lever les yeux au ciel.

– Ha ha… Mais nous oublions tous Nica et le sac à langer au baptême de Melly, pas vrai ?

Un grognement collectif le fit sourire.

– Que s'est-il passé ? demanda Taylor, essayant d'ignorer le jeune homme au regard vert qui avançait vers eux.

– Ce fut le pire, se plaignit Nica. Nous n'avions pas de couches propres, alors nous l'avons enveloppée dans une de ses couvertures pour bébé en guise de couche ? Et nous voilà devant les fonts baptismaux et…

– Oh mon Dieu ! s'exclama l'étranger. C'est le baptême de Melly ?

– Oui, grommela Jacob. De bons moments.

– Oh, que tu dis, rétorqua le jeune homme. J'ai dû la tenir dans mes bras, tu sais ? Et soudain cette enfant – qui ressemble à un ange ? Parce qu'elle a les yeux bleus de Jake et les joues rondes de Nica…

– Oh, mon Dieu, Brandon, la ferme ! Rigola Nica.

– Non, sérieusement. Elle a presque une auréole…

– Elle n'avait pas d'auréole pendant qu'elle faisait un caca couleur moutarde de classe mondiale partout sur les fonts, raconta Jacob, un sourire réticent apparaissant sur ses lèvres.

La famille éclata d'un rire gras et Taylor dut se joindre à eux.

Des enfants et du caca… blague classique, non ?

– Une bonne tranche de rire, dit-il, souriant légèrement. Je souhaiterais avoir été là.

– Oui, nous aussi, dit Tino, hochant la tête vers Taylor comme s'il le pensait vraiment.

Le visage de Taylor chauffa et il regarda par-dessus l'oreille de Tino.

– Il y a trois ans ? demanda-t-il, confirmant la date.

Nica avait été enceinte quand elle lui avait rendu visite, mais elle avait amené un bambin également, qui devait être Melly – après avoir fait caca partout sur les fonts baptismaux, bien sûr. Elle avait amené le bébé quand il avait été prêt à sortir de l'hôpital. Il se souvenait avoir tenu Conroy un jour pendant une heure, tandis que Nica était assise et lui parlait de sa vie follement trépidante. Le bébé l'avait simplement fixé avec des yeux verts si grands et larges. Taylor avait eu peur de tomber dedans.

C'était le petit garçon jouant actuellement avec Sammy dans la piscine. Il se souvenait de Sammy comme d'un garçon de sept ans grognon. Seigneur, comme le temps filait.

– Oui, disait Nica, hochant la tête. Tu étais un peu hors du coup à l'époque, Tay. Mais ça va… tu es ici maintenant et tu peux apprendre à les connaître cet été.

Le silence tomba et Taylor essaya de ne pas grimacer.

– Nica, es-tu, euh, sûre ? Je veux dire, je demandais à ta mère un travail d'homme de ménage. Je suis pratiquement sûr que je ne peux pas fou…, je veux dire, rater ça. Mais ce sont tes *enfants*. Pourquoi voudrais-tu que je sois responsable de tes enfants ?

– Déjà, ça paie mieux !

Tout le monde se tourna pour voir Peter et Stacy Robbins traverser la salle à manger et poser des bols et des casseroles de nourriture sur la table avant d'avancer vers le patio.

– Maman ! s'exclama Nica, acceptant une étreinte.

– Machine à bébés ! se moqua Mme Robbins, pourtant elle serra fort sa fille en le disant. Quand je t'ai dit de partir vivre ta vie pendant que tu montais tes affaires, je ne pensais pas que tu serais aussi occupée.

– C'est la faute de Jakey, se plaignit Nica, la voix étouffée contre le cou de sa mère. Ses nageurs ne veulent pas mourir.

La mère de Nica rit de bon cœur, puis avança vers le centre de leur petit groupe, étreignant tout le monde, y compris le gamin géant qui avait foudroyé Taylor du regard.

– Brandon ! C'est si bon de tous vous voir ! Alors, je suppose que nous avons tous été mis au courant ?

Elena, sa cadette, mince comme un saule et gracieuse comme un ruban dans la brise, renifla alors qu'elle sortait sur le patio derrière sa mère.

– Oui, Maman… tu m'as appelée cet après-midi, tu te souviens ?

– Avons-nous publié une annonce dans les journaux ? demanda amèrement Jacob. Ils pourraient organiser un débat pour savoir si mes nageurs sont morts ou morts-vivants. Qu'en pensez-vous ?

– Ooh… lâcha Nica, les yeux écarquillés et candides. Je vais avoir un bébé vampire ? C'est génial ! Au moins, il dormira pendant la journée !

Toute la famille grogna et M. Robbins leva les yeux au ciel.

– Bien sûr. Un bébé vampire. Tu as enfin assez d'enfants pour faire une équipe de basket-ball et tu condamnes l'un d'eux à une demi-vie maudite à boire du sang et à un péché impardonnable ?

– Mince, alors, Papa, tu casses tout !

14

Plus de rires, et le cercle familial s'agrandit pour accueillir les nouveaux venus.

— Alors, dit Mme Robbins, Taylor, leur as-tu dit si tu allais accepter ce travail ?

— En fait... intervint le gamin aux yeux verts – Brandon – avec un regard furtif vers Taylor... l'ami de Nica nous disait justement pourquoi il ne serait pas un choix si judicieux.

— Oui, grimaça Taylor, enfin, ça pourrait ou non avoir été mes mots exacts, Mme R...

— Stacy, corrigea-t-elle, une main douce sur le coude de Taylor.

La bouche de Taylor fit ce mouvement tressautant qui passait pour un sourire ces jours-ci.

— D'accord, Stacy. Mais je ne suis pas un bon pari...

— Ce n'est pas vrai ! rétorquèrent en même temps Stacy *et* sa fille Elena.

— Tu étais un super baby-sitter quand nous étions plus jeunes, fit remarquer cette dernière avec un signe de tête encourageant. Tu ne me laissais pas trop regarder la télévision, tu jouais avec moi – tu jouais même avec les animaux. Tu étais génial !

Merveilleux. Il était le baby-sitter *amusant*. Il résista à l'envie d'ébouriffer les cheveux sombres et lisses d'Elena hors de sa tresse parfaite, surtout parce que sa façade de calme remarquerait à peine le geste. Elle avait toujours été tranquille et posée de manière surnaturelle, même quand elle était enfant.

— Il faut plus pour faire un baby-sitter que d'être drôle.

Brandon lançait toujours un regard noir à Taylor et celui-ci résista à l'envie de lui demander quel serpent anti-Taylor avait rampé dans son sphincter pour y mourir.

— Tu dois admettre qu'être drôle aide, lui dit Channing d'un ton grave, puis il lui fit un clin d'œil.

Brandon fondit, parce que tout le monde fondait près de Channing, et Taylor fut une fois de plus laissé aux bons soins de la famille.

— Écoutez, tenta-t-il de nouveau directement, je dis simplement que vous avez tous ce terrifiant programme banlieusard pour élever de super progénitures. Je suis... je suis une nounou de sitcom. Je suis le gars qui perd le bébé et ne peut pas sortir le chat du lave-vaisselle. Il y a beaucoup plus à faire avec vos enfants que de jouer avec eux dans la piscine pendant une heure !

Jacob grogna et Taylor ne voulut même pas le regarder. Taylor avait été un tel connard avec lui, râlant contre le meilleur ami de Tino, le type qui ne pouvait même pas aller à l'université.

Mais Taylor avait fait son coming out, brisé le cœur de Nica et Jacob était tout de suite intervenu. Apparemment, il avait attendu qu'elle grandisse un peu avant de tomber amoureux d'elle. Jacob et Nica s'étaient mis ensemble, avaient produit cette magnifique famille et poussé Nica durant l'université, tout ça pendant que Taylor démêlait son copieux bagage émotionnel.

Taylor n'était pas assez bien pour surveiller leurs enfants. Jacob allait ouvrir la bouche et lui dire d'aller au diable.

— Le simple fait que tu le reconnaisses te donne une longueur d'avance sur nous les idiots qui plongeons dans le grand bain chaque fois que nous avons un autre enfant, dit Jacob avec sérieux.

La bouche de Taylor s'ouvrit d'un coup et il ne put s'empêcher de le regarder fixement.

— Euh…

— Non, sérieusement, reprit Jacob en regardant Tino et en hochant la tête. Tino, quand tu as proposé cette idée, je pensais que tu étais fou. Sérieusement — complètement barjot. Mais il semble savoir exactement ce qu'implique le travail. Tant que nous lui apportons de l'aide quand il en a besoin et ne prenons pas de chat, je pense que ça ira pour nous.

— Tu plaisantes ?

Oh mon Dieu, non. Taylor était venu supplier pour un travail – *supplier.* Il ne pouvait pas tourner le dos à cette offre maintenant parce qu'il avait peur de surveiller les enfants de ses amis.

Apparemment, Brandon était également scandalisé.

— Jakey ! Tu ne peux pas faire ça ! Enfin, Nica ne les laisse même pas manger des nuggets de poulet non-organiques !

— Eh bien, ce n'est pas comme s'il allait faire les courses ! railla Nica avant d'ajouter toute penaude en regardant sa mère. Euh, pas vrai ?

— Non, ma chérie, répondit doucement Stacy Robbins avec un sourire. J'enverrai une employée chez toi demain, prendre tes directives sur les courses et le nettoyage de la maison. Je n'ai pas oublié.

Ce fut au tour de Jacob d'être la personne prise au dépourvu. Il regarda sa femme et fit de petits gestes impuissants de la main.

— Euh… Nica ? Je pensais que tu n'allais jamais…

— Jakey, coupa-t-elle en se mordant la lèvre, tu restes debout jusqu'à minuit pour faire la vaisselle. Tu passes toute ta journée à essayer de nettoyer la salle de bain et faire la lessive. Mon mari me manque et *ma mère possède un service de ménage.* C'est, tu sais…

— Du népotisme, dit sombrement Jacob, semblant blessé.

— De l'aide de la famille, contra la mère de Nica, sa voix intransigeante. Ne sois pas têtu, Jacob. Personne ne rejette la faute sur toi pour cette situation…

Tino grogna et Mme Robbins plissa ses expressifs yeux marron vers son fils.

— La plupart d'entre nous ne te blâment pas pour cette situation, mais tu as besoin d'aide. Taylor a été assez adulte pour demander un travail, et devine quoi ? Il a obtenu un travail. Maintenant, sois adulte et laisse-nous t'aider pour les tâches ménagères. J'aurais dû simplement envoyer une fille chez vous quand Melly est née, mais je ne voulais pas marcher sur tes plates-bandes.

— Attendez ! explosa Brandon, tournant de grands yeux verts sur Taylor. Vous n'allez pas l'engager !

— C'était il y a trois décisions, marmonna Jacob, clairement mal à l'aise. Suis un peu, Brandon. Apparemment, l'utérus de Nica est aux commandes, et le reste d'entre nous a besoin de dégager. Pas toi, Brandon ! se reprit-il paniqué. Je veux dire, non… tu peux rester aussi longtemps que tu en as besoin. Simplement… tu sais. Taylor est le manny, nous allons avoir une femme de ménage et nous allons embaucher l'entreprise de ton patron pour construire une extension à la maison. Ai-je oublié quelque chose ?

— Une bière, grommela Taylor, pas sûr que ce soit légal de boire avec autant d'enfants dans les parages. J'ai besoin d'une bière.

— Allez, dit Channing, faisant un geste du menton vers la cuisine. J'ai des importations dans les placards. Je pourrais en avoir besoin d'une aussi.

— Moi aussi ? demanda Jacob, jetant un coup d'œil malheureux à sa femme.

Il y eut des bruits pensifs venant de l'assemblée et Tino dit :

— Je vais aller chercher la glacière. Carrie va servir le dîner dans une minute et nous pourrons manger sur le patio.

Taylor fut si reconnaissant de s'éloigner de toute cette atmosphère de « famille heureuse » qu'il ne demanda même pas qui était Carrie.

LA cuisine était fraîche et ombragée, tout comme Taylor s'en souvenait dix ans plus tôt, bien que le carrelage et les placards aient été rénovés.

Channing avait apparemment choisi un marron chaud dans la cuisine et du bleu et du mauve dans le salon. Taylor n'était pas trop branché décoration, mais il approuvait. Il avait oublié à quel point la maison était grande, et il était tellement occupé à regarder autour de lui qu'il évalua mal le placement de l'encadrement de porte et se cogna douloureusement quand il la passa.

— Aïe !

— Tu vas bien ? demanda Channing, se tournant et grimaçant. Tu as presque arraché les moulures… ça doit faire mal.

Taylor pouvait sentir le bleu se former, mais ce n'était pas son premier et ce ne serait pas son dernier.

— Perception de la profondeur, marmonna-t-il. Pas terrible avec un œil. J'ai dû sacrément bosser pour repasser mon permis… je ne suis toujours pas à l'aise.

— C'est bon à savoir, dit Channing, imperturbable. Assure-toi de le dire à Jacob et Nica. Tu devras conduire les enfants à leurs différentes activités, mais nous pouvons essayer d'en minimiser une partie et nous pouvons définitivement nous arranger pour que tu sois rentré avant qu'il fasse noir.

— Oui, c'est le moment où la conduite devient vraiment délicate, grommela-t-il, détestant être un problème.

— Eh bien, nous espérons malgré ça que tu puisses assister aux réunions familiales. Nous pourrons même t'y conduire. Elles sont assez régulières.

— J'en suis témoin.

Taylor fit un cercle du menton, indiquant la famille réunie, et Channing lui fit un clin d'œil.

— Tu en es témoin, convint-il.

Il ouvrit le réfrigérateur et en sortit un pack de douze bières micro-brassées importées. Il le posa sur le comptoir et sélectionna deux bouteilles, attrapa un aimant qui faisait aussi office de décapsuleur et enleva la capsule avant de tendre la boisson à Taylor.

Celui-ci fit très attention de refermer les doigts autour de la bouteille avant de laisser Channing la lâcher.

Oh, comme une bière descendait bien durant une chaude journée d'été, même quand on en buvait qu'une.

— Elle est bonne, dit-il, appréciant la légère euphorie de l'alcool qui réchauffait sa panique.

Il prit une profonde inspiration, puis une autre. Channing avait ouvert sa propre bière et l'observait sans jugement.

– Je peux le faire, marmonna-t-il, surtout pour lui-même. Ce sont seulement des enfants.

Le rire profond et rauque de Channing fit brusquement descendre son cœur vers son entrejambe.

– Euh, non. Ils sont terrifiants. D'une, ce sont les enfants de Nica. Ils sont intelligents, organisés et ils se *ligueront* contre toi. Tous, excepté Conroy… il ressemble à ino d'un bout à l'autre, le bon garçon.

Taylor se souvenait de ça concernant Tino – c'était une des choses qui l'avait tellement excité quand ils étaient plus jeunes. Taylor, le mauvais garçon ; Tino, tellement, tellement vierge.

Enfin, jusqu'à ce que Tino vienne vivre avec Channing et soit le manny de Sammy, et ensuite, coucou, perdre sa virginité avait apparemment été rayé de sa liste de choses à faire.

– Comme Brandon, pas vrai ? grogna Taylor avant de prendre une autre gorgée de bière.

Channing cligna lentement des yeux, ce truc qui indiquait que la question n'était pas ce à quoi il s'attendait, ses yeux gris écarquillés de surprise.

– Bien sûr, dit-il facilement. Le cousin de Jacob ? Oui. Brandon est un bon garçon. Conroy tient de lui aussi.

– Alors quel est son problème ? lâcha brusquement Taylor avant de pouvoir se contrôler. Brandon, pas le bébé. Ce dernier semble assez mignon. Je vais probablement perdre des kilos à le poursuivre à travers la maison.

– J'en ai perdu quatre à pourchasser Keenan, confirma Channing. Tino en a perdu huit, mais il s'agite beaucoup. Monter les escaliers, descendre les escaliers… J'avais l'habitude de le chronométrer, en tenant Keenan sur ma hanche, attendant que Tino comprenne que je l'avais.

– Trois secondes, dit sèchement Tino, entrant avec la glacière. Il y a à peine une volée de marches. C'était les tours entre les deux salons, la cuisine et la salle à manger pour m'assurer qu'il n'était pas sorti sur le patio.

Il posa la glacière, Channing et lui frissonnèrent.

– Heureusement qu'il y avait Sammy, dirent-ils à l'unisson.

– Il vous a maintenus sains d'esprit ?

En dépit des appréhensions de Taylor, entendre ces deux-là parler de leurs problèmes pour élever des enfants était plutôt rassurant. La perspective d'être responsable des enfants de Jacob et Nica était toujours sacrément terrifiante, mais le fait que Tino et Channing aient été également terrifiés lui donnait l'impression de ne pas être un raté.

— Il nous a maintenus *organisés*, contredit Tino avec émotion. Tiens, Channing. Je vais faire la glace, tu prends les bouteilles.

— Bien sûr.

L'indulgence dans la voix de Channing dit à Taylor tout ce qu'il avait besoin de savoir sur qui les maintenait organisés. Channing Lowell était un homme d'affaires de classe internationale, mais apparemment il ne laissait pas son ego l'empêcher de reconnaître l'expert dirigeant son foyer.

— Il nous a obligés à garder les pieds sur terre, ajouta Channing, posant les bouteilles dans la glacière pendant que Tino sortait le sac de glace et se mettait au travail. Il était important de se rappeler, tu sais, que nous faisions ça parce que, finalement, il y avait une famille.

— Alors, un objectif final, dit pensivement Taylor.

Il avait été compétent pour ça autrefois. De bonnes notes pour entrer à l'université. Être beau pour tirer son coup. De bons mensonges pour que ses parents ne le sachent pas. Il était entré dans l'armée avec un BTS à son actif, et sa vie avait été réduite à des objectifs à plus court terme. Affronter cette journée pour passer à la suivante. Affronter la journée suivante pour arriver au camp d'entraînement. Venir à bout du camp d'entraînement pour partir trois ans. Survivre aux trois premières années pour qu'il puisse se réengager. S'écarter du tir d'obus pour qu'il puisse rester en vie pour se réveiller et s'en écarter de nouveau.

Enfin, il avait fait de son mieux. La majorité de ces faits s'était produite.

— Oui, intervint une nouvelle voix. Quel *est* ton objectif final ?

Brandon entra dans la cuisine, la largeur de ses épaules lui permettant à peine de passer par la porte.

— Aider Nica jusqu'à ce qu'elle trouve quelqu'un de meilleur, répondit rapidement Taylor. Garder mon appartement jusqu'à ce que ma prime d'ancien combattant arrive et que le semestre d'hiver commence. Finir ma licence et avoir mon diplôme.

— Diplôme en quoi ? demanda Tino, se levant avec les restes du sac de glace serrés dans sa main. Je n'ai jamais su lequel tu visais.

C'était gratifiant comme Tino semblait absolument confiant que Taylor finirait ce qu'il avait commencé. Taylor se rappelait avoir eu cette assurance – mais il se souvenait aussi de l'aigreur qui venait avec, et il était presque content que la confiance soit allée dans la même direction.

– Histoire, lui dit Taylor, essayant de ne pas tirer les muscles raides de ses épaules quand il les haussa. Professeur d'Histoire. Oui, je sais. Pas ce à quoi tu t'attendais, hein ?

– Non, avoua simplement Tino, jetant le sac dans la poubelle de recyclage. Pourquoi l'Histoire ?

Taylor prit une gorgée de bière et essaya de trouver ses mots.

– Oubliez l'Histoire… Pourquoi *toi* ? demanda Brandon pour la énième fois. Sérieusement, toute la famille part simplement du principe que c'est une affaire conclue. Je veux savoir pourquoi ils pensent que tu peux emménager et faire partie de la vie de tout le monde. Tu n'étais pas là quand les enfants sont nés, tu n'étais pas là pour eux alors qu'ils grandissaient… quel droit as-tu de venir remuer la merd…

– *Brandon* ! aboya Tino.

Brandon lui lança un regard noir de ses yeux verts blessés.

– Quoi ?

– Écoute, je comprends. Tu ne connais pas Taylor et tu ne comprends pas pourquoi nous lui faisons confiance. Taylor est exactement comme toi. Tu ne saisis pas ? Il a grandi avec Nica et moi… j'ai changé ses couches, tout comme Jacob a changé les tiennes.

– Oh mon Dieu, grogna Taylor, mal à l'aise.

– Oui, eh bien, les grands frères, c'est comme ça, répliqua Tino. Et je ne sais pas ce que tu vois en lui de si effrayant, parce que je te le dis tout de suite, si tu ne penses pas que le cache-œil est sexy, tu n'as pas regardé les bons films dans ta jeunesse.

Channing rigola et tendit un poing pour le check et Tino fit pareil.

– Je te l'avais dit, murmura Channing, poussant son mari à lever les yeux au ciel.

– Je m'en fous s'il est canon, maugréa Brandon, pas découragé. Il va s'occuper d'enfants qui comptent pour moi…

– Je vais m'occuper des enfants de Nica, coupa Taylor, la voix rauque. Je sais que tu ne me connais pas, mais Nica s'est souciée de moi quand personne d'autre ne le faisait. Je l'ai blessée une fois – méchamment – c'est pour ça que Jacob me hait, mais ne t'inquiète pas. Je préférerais mourir plutôt que de blesser à nouveau cette famille.

Ses lèvres se tordirent et il put sentir quand son côté balafré résista à la tension des muscles qui en ferait un vrai sourire.

– Et fais-moi confiance, je sais ce que c'est de frôler la mort. J'aimerais mieux faire face à un M16 sans gilet pare-balles que de mettre en colère la femme de ton cousin.

– Elle n'est pas si effrayante, dit Tino dans le silence tendu.

– *Tu as* peur d'elle, remarqua Channing en hochant la tête d'un air sérieux. Parce que tu n'es pas *stupide*.

Taylor appréciait le soutien, mais il était trop occupé à répondre au regard noir de Brandon. Les yeux verts du garçon étaient cassants et passionnés, et une rougeur avait pris possession de sa gorge pâle. Ses avant-bras étaient bronzés, mais son visage avait le teint pâle de quelqu'un qui a besoin d'écran solaire toute la journée pour l'empêcher de brûler. Quelques points d'un rose éclatant sur sa nuque et ses oreilles en témoignaient.

Et il n'avalait visiblement pas un mot de ce que Taylor prononçait. Il croisa sur un torse de la taille d'une barge des bras qui se gonflèrent de muscles.

– Souviens-toi simplement que je t'observe. Mon job d'été consiste à aider à la construction de l'extension. Tu foires – comme draguer le personnel, voler l'argenterie, rien que de laisser Conroy dans une couche sale – et je t'éjecterai de la maison…

– Pour faire la manche dans la rue. J'ai compris, gamin. Tu aimerais mieux me voir au supermarché avec une pancarte et un sac de couchage que dans la maison de ton cousin à gagner ma vie. Je suis un paria, je ne suis pas un idiot.

Et là-dessus, il pivota sur sa bonne jambe et sortit d'un pas raide.

Il voulait quitter la maison, monter dans sa voiture et rentrer dans son tout petit appartement à Rocklin, mais la mère de Tino l'attrapa au passage.

Elle aidait une femme dans la fin de la trentaine, portant un jean et avec une longue tresse châtain, à mettre la table pour le buffet. Avant que Taylor puisse ne serait-ce que traverser la salle à manger, elle lui remit une assiette remplie de nourriture et lui dit d'aller dehors pour s'asseoir.

– Tu es trop maigre, remarqua-t-elle gravement, passant un regard maternel le long de son corps. Tu as besoin d'une bonne nourriture pour guérir, Taylor. Il n'y a rien de mieux.

Taylor regarda l'assiette avec un air coupable, se souvenant que Stacy Robbins avait dû être opérée du dos quelques années auparavant et elle était là sur ses deux pieds.

– Vous devriez prendre cette assiette et me laisser aider, lui dit-il. Je peux, euh…

– C'est fini ! intervint la femme – probablement la mystérieuse Carrie. Je vais prendre mon assiette et monter dans ma chambre maintenant. Vous pensez que ça ira ?

– Tu ne veux pas te joindre à nous ? demanda doucement Stacy.

– Je suis en train de réviser pour les examens, Mme R, répondit Carrie, penaude. Hope aura son diplôme l'an prochain et je n'aurais plus autant besoin d'horaires aussi flexibles. J'ai pensé que je verrais en quoi consiste un travail de bureau.

– Eh bien, fais donc ça, dit Stacy, son visage s'illuminant. Et dès que tu as ton diplôme en…

– Comptabilité, précisa Carrie.

– Bien. Dès que tu as ce diplôme, viens me voir, je serai ta première cliente.

Carrie cria de joie et jeta ses bras autour de Mme Robbins.

– Ma fille sera si excitée. Elle vous aime beaucoup… elle déteste l'idée que je puisse travailler pour quelqu'un d'autre.

Sur ces mots, elle fila, laissant Taylor avec une assiette et regardant nerveusement vers le porche.

– Tu as peur que Jacob soit toujours en colère ? demanda doucement Stacy.

– Il était furieux contre moi presque jusqu'à ce que je parte.

Jacob n'avait jamais compris comment Taylor et Nica s'étaient réconciliés.

– Oui, eh bien, Nica a besoin de toi…

– Besoin d'une nounou, corrigea Taylor.

Stacy Robbins grogna.

– C'est ce qu'elle dit aux gens, trésor. Tu te souviens de ma fille. Je sais que ça fait des années depuis que tu es parti, Taylor Cochran, mais as-tu cru un seul instant que demander de l'aide soit plus facile pour ma fille que ça l'est pour toi ?

Taylor pensa à Monica Teresa Carol Gaudioso Robbins-Grayson et comme elle avait été têtue sur le fait d'accepter de l'aide venant de quelqu'un en dehors de la famille. Elle avait eu la grippe une fois pendant deux semaines et avait pourtant rendu tous ses devoirs à temps, même ceux pour lesquels elle n'avait pas été là quand ils avaient été donnés.

Bien sûr, cela avait été avec l'aide de Taylor.

Il soupira.

– Uniquement la famille, dit-il à Stacy, comprenant enfin.

– Tu remplis tous les critères, répondit-elle doucement. Maintenant, va manger. Rencontre les enfants. Dustin est le plus difficile à impressionner, Belinda est la plus autoritaire, Melly est sournoise et Conroy ressemble tellement à Tino que c'en est terrifiant. Des enfants aussi dociles ne devraient pas exister. C'est contre nature.

– C'est vrai.

Il offrit un faible sourire et s'aventura sur le patio. Nica l'assit promptement à la table des enfants, à côté de Dustin, qui, ainsi que le reste des cousins, fixa le côté gauche de Taylor avec de grands yeux avides d'histoires.

– Tu sais, dit Taylor après quelques instants de silence tendu, mon ancien petit ami avait l'habitude de me regarder comme ça.

Il ne pouvait pas voir le visage de Dustin, mais il *put* entendre la déglutition audible.

– Que lui est-il arrivé ?

Taylor tourna la tête et épingla le garçon de son bon œil.

– Ils n'ont jamais retrouvé le corps.

Puis il fit un clin d'œil.

Les enfants haletèrent tous d'horreur appropriée, mais l'adolescent éclata d'un rire bruyant.

Taylor lui sourit, content d'avoir un allié.

– Tu ne me crois pas, Sammy ?

– Non ! contra celui-ci, impénitent, avant de prendre une bouchée de hot dog. Tu as été mon ami pendant deux étés, Taylor. Je ne me souviens pas de corps dans le jardin ou de squelettes dans le placard.

– Il pourrait les mettre dans la b-b-b-aignoire, articula l'enfant frêle aux yeux bleus à côté de Dustin avant de manger la couche supérieure de ses lasagnes avec les doigts.

– C'est bon, ça, Melly. Il pourrait les asperger d'acide ! dit la grande sœur, l'idée prenant manifestement racine.

– Oooh…, souffla le fils de Tino et Channing – Keenan ? – clairement excité. Alors tout ce qu'il resterait serait de la soupe de gens !

– Ce qui a un goût dégueu, finit Melly.

Les deux bébés dans les rehausseurs au bout de la table commencèrent à pousser des petits cris de joie.

– Dégueu ! Dégueu ! Letty, Melly a dit dégueu !

– Soupe dégueue.

– Oh Seigneur !

Sammy essayait si fort de ne pas rire que Taylor pensa qu'il pourrait bien s'étouffer. Il était temps de mettre un terme à tout ça.

– Assez ! aboya-t-il avec brusquerie. Tous les cadavres hors de la table !

Sammy recracha du lait par le nez et Taylor l'ignora. Le reste de la tablée avait les yeux écarquillés et le fixait, et ceci pourrait bien être sa seule chance d'établir un genre d'autorité.

– Mon nom est Taylor Cochran et pour, euh…, hésita-t-il, bloquant sur les noms et commençant à pointer du doigt les enfants de Nica, toi, toi, toi et toi, je vais faire le petit déjeuner, le déjeuner, l'habillage et le service de taxi pour les deux à cinq prochains mois. Et mon tout premier ordre du jour est…

– De ne pas fixer ton cache-œil ? offrit le plus âgé – *Dustin*, bon sang !

– Vous pouvez fixer mon cache-œil autant que vous voulez, répliqua Taylor. Doux Jésus, gamin, je ne peux pas te voir quand tu es sur ma gauche ; qu'est-ce que j'en ai à faire ? Non, mon premier ordre du jour est de ne pas parler de cadavre sur la table. Je veux dire *à* table. Nous mangeons des lasagnes et des spaghettis, et franchement ? Je n'ai pas eu un repas fait maison depuis des mois. Ne me gâchez pas ça. Parlons de natation ou de l'école ou du livre que vous avez lu la semaine dernière ou d'apprendre à se servir du pot…

– Conroy et Letty sont les seuls à se servir du pot, lui dit la seconde plus âgée – Belinda ! Oh, Dieu, merci, son nom était Belinda !

– Génial, répondit Taylor, espérant que ça l'était vraiment. Je suis sûr qu'ils ont beaucoup de choses à en dire. Avons-nous autre chose à dis…

Ploc.

Taylor tourna de nouveau la tête complètement sur sa gauche et surprit Dustin posant la fourchette qu'il venait juste d'utiliser pour catapulter des lasagnes sur le visage de Taylor.

– Quoi ? demanda Dustin, montrant de l'arrogance.

Taylor leva l'index et le pointa sous le menton du garçon, levant lentement la main pendant que Dustin se dépêchait de se lever pour que Taylor ne lui enfonce pas dans le menton.

– Nica ! appela Taylor.

Il tourna la tête juste assez pour lui donner une vue complète des lasagnes glissant sur sa joue.

– Tu l'as dit à ma *mère* ? demanda Dustin, horrifié.

Taylor s'assura que le garçon puisse voir son bon œil. Il était important qu'ils se comprennent sur ce sujet.

– Gamin, en ce qui me concerne, ta mère est la voix de *Dieu*. Tu m'entends ? Tout ce que tu ne veux pas qu'elle sache ? Tu dois t'assurer que je ne te surprenne jamais à le faire. C'est clair ?

– Dustin ! s'indigna Nica, se précipitant d'un pas raide vers eux, scandalisée. Oh mon Dieu. Tu ferais mieux d'avoir une bonne excuse pour ça et tu ferais mieux de l'avoir maintenant.

– Il a dit qu'il ne pouvait pas voir, geignit Dustin, et Taylor crut que la tête de Nica allait exploser.

– *Non* acceptable. Je me moque s'il peut le sentir ou pas, c'est un adulte et mon ami et il fait partie de cette famille. Tu ne manques *pas* de respect à un adulte qui ne t'a rien fait à part s'asseoir à côté de toi au dîner. Maintenant, va te laver les mains et t'asseoir dans le salon, sans télévision. Et tu vas réfléchir à ce que tu as fait et comment tu vas mieux traiter M. Cochran à l'avenir. Je n'ai jamais eu aussi honte de ma vie !

La voix de Nica faiblit alors qu'elle emmenait de force Dustin, dépassant les autres adultes – qui essayaient tous de maintenir un visage moralisateur, Taylor pouvait le voir – et ce dernier ramena le regard sur la table de petits mécréants pour voir ce qu'ils en pensaient.

– Waouh, souffla Belinda, regardant là où Dustin avait disparu puis vers Taylor. Tu n'as pas peur de Maman.

Taylor attrapa la poignée de serviettes de Dustin et commença à essuyer les lasagnes sur sa joue et son cache-œil.

– La première chose qu'on apprend à l'armée, gamine. Tu respectes la chaîne de commandement et la chaîne de commandement te respectera.

Il n'ajouta pas que cette leçon fonctionnait uniquement quand ton commandant couvrait tes arrières, mais il comprit que ce serait pour un autre jour. À cet instant, il savait que Nica couvrait ses arrières et les enfants savaient qu'il respectait le pouvoir en place. C'était suffisant.

– Bien joué, dit doucement Sammy. Que vas-tu faire quand Nica ne sera pas là ?

– Eh bien, grimaça Taylor, pour commencer je vais te demander de m'aider à me souvenir de leur foutu prénom.

– Je peux faire ça, accepta-t-il, regardant la tablée. Bon, les gars, je vais jouer à un jeu. Je vais appeler votre nom et vous allez dire un mot qui y ressemble. Alors je dis « Taylor », et il dit… ?

– Sailor, répondit rapidement Taylor.

Les enfants ricanèrent et il leur fit un clin d'œil.

– Au suivant !

Cela fonctionna.

Le temps qu'ils passent de Taylor Sailor à Melly Belly, Keenan Meanie, Letty Spaghetti, Conroy Little Boy et Splenda Belinda, Taylor avait le nom de chaque enfant fermement implanté dans sa tête.

Il finit ses lasagnes, se sentant légèrement plus capable de faire face.

– Euh, excusez-nous.

Quelqu'un tapa sur son épaule et Taylor leva la tête pour voir Jacob faisant un geste du menton vers la table.

– Dessert ? demanda-t-il, plein d'espoir, parce que, bon sang, il ne voulait simplement pas une autre conversation à cœur ouvert.

– Mon chapeau [1], lui dit sèchement Jacob.

Taylor fut obligé de rire. Le meilleur ami de Tino et lui s'étaient toujours entendus – jusqu'à ce que Taylor fasse son coming out et que Jacob drague Nica. Enfin, ils étaient des adultes maintenant, pas vrai ?

– Je préférerais de la crème glacée, dit-il, et Jacob sourit.

Il avait quelques rides de plus au coin des yeux, et ses cheveux blonds étaient plus proches du châtain ces temps-ci, mais quand même. *Bam !* En plein cœur. Taylor se souvenait de ce sourire quand ils étaient enfants, de Tino et Jacob traînant avec les petites sœurs du premier et leur ami geek. Nourriture à emporter, séances de cinéma, sorties au lac – un millier de choses qui avait fait de cet homme une part de l'enfance de Taylor tout autant que le reste de la famille.

– Moi aussi, dit Jacob. Allez, dévalisons le garage de Tino. Je sais où il garde la crème caramel.

La bouche de Taylor saliva et il ravala un gémissement.

– Caramel ? demanda-t-il avec mélancolie.

Autrefois, quand Nica et lui étaient *vraiment* des enfants, avant qu'il décide qu'il devait « prouver qu'il était un homme » en se tapant chaque mec qui bougeait, Taylor avait énervé son père de manière vraiment épique. Quand il était allé chez Nica ce week-end-là, avec des bleus sur le visage et le bras en écharpe après avoir « glissé dans la salle de bain », Tino et Jacob avaient offert d'aller lui chercher tout ce qu'il voulait à l'épicerie.

---

1 Manger son chapeau: Être contraint de reconnaître son erreur après avoir affirmé quelque chose de faux.

Personne dans la maison de Taylor n'aimait le caramel. Ni sa mère, ni ses petits frères, ni son père. Il avait été blessé – pas seulement par les coups, mais parce qu'il avait réalisé *pourquoi* son père l'avait battu. Cela n'avait rien à voir avec le fait que Taylor soit un bon ou un mauvais garçon et tout à voir avec le fait qu'il ait timidement flirté avec le type qui aménageait leur jardin.

Tino et Jacob étaient revenus avec une tarte au caramel et de la crème glacée caramel, et Taylor avait…

Eh bien, il n'avait pas mangé de caramel depuis.

Non pas parce qu'il n'avait pas aimé, et pas parce qu'il s'en était rendu malade, car il avait toujours été plus malin que ça.

Mais parce qu'il n'avait jamais été sûr de pouvoir recréer cette sensation, ce moment, d'être aimé inconditionnellement par des gens qu'il respectait et admirait.

Et aimait.

– Oui, dit Jacob, reculant pour que Taylor puisse se lever et prenant son assiette avant qu'il puisse protester. Je pense que tu as besoin de caramel ce soir.

Taylor déglutit. Ce n'était pas un rameau d'olivier. C'était un canot de sauvetage fait de rameaux d'olivier avec un matelas, une couverture et un mini-frigo rempli de crème caramel.

– D'accord, concéda Taylor, se mettant debout et étirant furtivement sa mauvaise jambe. Je le pense aussi.

Vision Monoculaire

BRANDON n'avait jamais été aussi mortifié par son propre comportement.

Taylor le dépassa et sortit de la cuisine, et il lutta avec six manières de dire « Je suis désolé, j'ai été un connard », mais pas une seule ne sortit de sa bouche.

Ils entendirent tous la mère de Tino parler à Taylor dans la salle à manger et Brandon marmonna un « Putaaaaain » avant de rejeter la tête en arrière contre le chambranle, s'attendant totalement à être critiqué par la famille de Nica.

Bien sûr, Tino étant Tino, il ignora l'émotion et se concentra sur les choses pratiques.

– Channing, pourrais-tu sortir la glacière ?

– Bien sûr.

Channing embrassa sa joue et souleva la glacière remplie de bouteilles comme si c'était une boîte à chaussures. Brandon lui fit de la place pour qu'il sorte et prit une profonde inspiration amère avant de le suivre. Tino l'arrêta.

– Tu me fais tellement penser à lui, tu sais.

La bouche de Brandon s'ouvrit d'un coup sous le choc. C'était la seule réponse qu'il avait.

– Tous les deux si sûrs de vous, songea Tino. Arrogants aussi.

Il sourit, de cette expression pleine et sans entrave, un contraste avec la grimace cynique qui avait tordu les lèvres de Taylor et il s'assura que Brandon le regardait.

– Blessés.

Brandon déglutit. Tino devait savoir. Nica lui avait sûrement dit pourquoi Brandon était venu vivre avec eux. Il y avait de pires histoires, bien sûr, mais les parents de Brandon ne seraient jamais à l'aise avec lui.

– Personne ne m'a frappé, dit-il, détestant faire pitié.

– Taylor ne peut pas dire la même chose.

Brandon avala difficilement sa salive et se demanda si la honte pouvait ouvrir une fissure dans la Terre pour le dévorer d'une bouchée.

– Super.

La haine de soi ajouta de la puissance au mot.

– Nous ne savions pas au début, mais plus tard, quand il avait fait son coming out à Nica, à sa famille, nous avons compris certaines choses. Il avait ce…, hésita légèrement Tino en riant. Il avait ce *pouvoir* en lui. Il l'a toujours. Mais maintenant, on dirait qu'il connaît ses défauts et qu'il est à l'aise avec eux. Il n'a plus rien à prouver, tu sais ?

– J'ai remarqué, admit Brandon avec réticence.

Cela avait été une des choses qui l'avait mis le plus à vif, en fait – cette assurance. Comme si Taylor connaissait la chanson, serait capable dans n'importe quelle situation. Oui, bien sûr, une partie de ça venait de l'armée, mais une autre ?

Une autre était simplement de la pure arrogance, et Brandon le savait

– Il est juste…

Oh, ça paraissait stupide. Le dernier refuge d'un enfant quand il avait fait quelque chose de mal.

– Il ne donne pas l'impression qu'il va bien s'intégrer chez Nica et Jakey, tu vois ?

– À cause des cicatrices ? demanda Tino, semblant déçu. Brandon, c'est indigne de toi.

– Non, s'exclama-t-il, frottant sa nuque, là où il savait que son rougissement serait le plus vif. Tu as raison, tu sais, le cache-œil est diablement sexy. Mais il est… je veux dire, si nous défendions notre maison face à des hordes de zombies, je voudrais de lui à mes côtés sans l'ombre d'une hésitation. Mais trouver le doudou de Conroy et s'assurer que Melly attache ses lacets ?

– Nica utilise des velcros pour une bonne raison, dit Tino, complètement sérieux.

– Oui, je sais, fut obligé d'admettre Brandon avec un rire. Alors, oui, c'est demander l'impossible. Mais tu sais ce que je veux dire.

– T'est-il venu à l'esprit que *tu* n'as pas particulièrement l'air d'être un homme d'intérieur non plus ?

Brandon inclina la tête, pas sûr de savoir d'où cela venait.

– Euh, non ?

À sa grande surprise, Tino éclata de rire.

– Oh mon Dieu. Oh… oh par l'enfer. Oh bonté divine !

Riant toujours, il passa tranquillement la porte sans s'arrêter pour expliquer ou autre chose.

– Oh *bon sang* ! Attends que je le dise à Jacob – attends que je le dise à *Channing*. Oh, c'est la meilleure chose que j'ai entendue depuis longtemps. *Jéééébus*.

Brandon le suivit, sincèrement perplexe, mais il était évident qu'il n'allait pas avoir de réponses pour l'instant, et mince, il avait faim.

IL rata ce que Dustin avait fait pour être banni dans le salon, mais cela devait être assez odieux, parce que Nica était habituellement pointilleuse sur le fait que les enfants mangent comme une famille. Il arriva sur le patio juste à temps pour voir Jakey et Taylor disparaître au coin de la maison, se dirigeant probablement vers le garage.

Il ne les revit pas avant qu'il soit l'heure de partir. Tino et Channing étaient en train de convaincre Taylor de dormir dans une de leurs chambres d'amis tandis qu'eux partaient, et Jakey était définitivement dans un sale état.

– Vraiment ? demanda Nica alors qu'elle se glissait derrière le volant. La première chose que tu fais quand je ne peux pas boire de bière est d'en descendre six ?

– Ton ami, Taylor ? dit-il en rotant, les yeux à moitié fermés. Celui à qui nous confions nos enfants ?

– Je le connais, Jake, dit sèchement Nica, s'attachant et démarrant la voiture.

– C'est un bon gamin. Je l'avais oublié, tu sais. Il a fait son coming out et il t'a blessée, et je l'ai détesté. Et vous vous êtes réconciliés, et j'étais jaloux. Mais ça va entre nous maintenant.

– Ça va entre vous maintenant ?

Les trois enfants les plus jeunes étaient presque endormis à l'arrière du mini-van, et Brandon était assis sur la banquette du milieu avec Dustin. Celui-ci, toujours taciturne et boudeur après ce qu'il avait fait regardait par la fenêtre, dégageant un nuage noir de mauvaise humeur digne d'un garçon de neuf ans – mais quelque chose disait à Brandon qu'il écoutait aussi attentivement que lui.

– Mieux que bien, dit Jacob, inclinant la tête en arrière. C'est un type bien. Enfin, c'était une petite merde odieuse, mais c'était un bon ami pour toi en même temps. Et il va t'aider et il a grandi et ça va.

– C'est très sage, chéri, approuva Nica en lui tapotant le genou. Je suis contente que tu aies trouvé la vérité au fond d'un pack de douze.

– Pack de six, l'informa Jacob. Je suis un poids plume. Et n'oublie pas la crème glacée.

– Oh mon Dieu. Caramel ?

– Ouaip, confirma Jacob dans un nouveau rot.

– Jacob Alexander Grayson, tu ferais mieux de me dire quand il est temps pour toi de vomir. J'ai besoin d'un avertissement avant de pouvoir arrêter la voiture sur le bas-côté.

Là-dessus, elle tourna à droite sur Hazel, prévoyant sûrement de couper par Sierra Gardens pour les ramener à Rocklin. Brandon reconnut la route la plus favorable pour s'arrêter brusquement sur le bord de la route.

– Quand ? demanda Brandon, montant la voix pour se faire entendre.

– Le caramel le fait vomir chaque fois.

– Alors pourquoi en manges-tu ?

Parce que, bon sang, la dernière chose dont ils avaient besoin était un autre être humain à la merci de sa vessie, de ses boyaux ou de haut-le-cœur. Quatre enfants et une femme enceinte n'étaient pas suffisants ?

– Parce que je vais avoir cinq bébés, répondit-il avec ce ton si content de soi que seul quelqu'un de saoul pouvait avoir. Et ma femme va récupérer son meilleur ami. Et Brandon va nous construire une extension à la maison. Et nous allons prendre un *chien* !

Soudain, tous les enfants furent réveillés.

– Un chien ?

– Papa a dit que nous allons prendre un chien !

– Papa, vraiment, on peut avoir un chien ?

– Je veux un chien !

– Toutou toutou toutou !

– *Assez* ! aboya Nica. Faites tous à nouveau semblant de dormir ! Jacob, j'espère que tu as un plan…

Le rot suivant de Jacob contenait un peu de chaleur.

– Ouaip, dit-il, ne semblant plus si saoul. Tu vas t'arrêter après ce feu, et je vais vomir dans les buissons. Brandon, trouve-moi de l'eau.

Nica fit faire au mini-van une embardée sur la droite presque avant qu'il ait fini de parler. Brandon sauta par la porte latérale juste quand Jacob tituba sur le trottoir et vomit violemment.

Brandon courut pour ouvrir le coffre et revint avec une serviette et deux bouteilles d'eau, puis attendit patiemment jusqu'à ce que Jacob ait fini. Il tendit faiblement la main vers une bouteille et Brandon la lui donna.

– Tu sais, Jakey, en ce qui concerne les plans, celui-ci est assez craignos.

– Ce sera mieux avec un chien, expliqua Jacob en se rinçant la bouche et en crachant. Je le promets.

– Je l'espère. Vomir dans le caniveau est un démarrage plutôt craignos.

– Ça vient du caramel, lui dit Jacob avec dignité. Pas de la bière.

Il se rinça encore une fois la bouche, et Brandon lui tendit la main pour l'aider à se relever.

– Tu es vraiment d'accord pour Taylor ? demanda-t-il, la question brûlant dans son ventre autant que le caramel de Jacob.

Le regard perspicace qui croisa celui de Brandon n'était pas du tout ivre.

– Je lui confie ma femme et ma famille. Tu pourrais penser à être plus indulgent avec lui.

Oh génial ! Enfin, ils s'étaient saoulés ensemble, après tout.

– J'ai besoin de m'excuser, admit Brandon.

– Il n'en a pas besoin, répliqua Jacob avec un grognement et un soupir avant d'ouvrir la portière. Juste d'un peu d'aide si les choses deviennent épineuses.

Avec quatre enfants ?

– Je serai là avec un sécateur, lui assura gaiement Brandon.

Jacob ricana et ils montèrent dans la voiture pour rentrer.

LE jour suivant fut comme d'habitude.

Brandon se leva dans la matinée, pendant que Nica s'occupait du chaos précédant le bus scolaire. Il aida avec les chaussures et les sacs à dos perdus et la chasse d'un Jacob aux yeux troubles pour trouver de l'Advil, et partit après Jacob. Il *devait* partir après Jacob – son pick-up était coincé derrière sa voiture. Celui-ci sortit de l'allée. Ils devraient répéter la danse des voitures quand Brandon rentrerait des cours.

Tard.

Il avait des cours du soir – et même si cela signifiait que Jacob devait se garer dans une petite rue jusqu'à ce que Brandon rentre pour qu'ils puissent faire tenir tous leurs véhicules, cela signifiait aussi qu'il pourrait en finir avec la fac avec un minimum de dette étudiante puisqu'il travaillait pour Sowers Construction.

Son patron, Wally Sowers, était un homme dans la cinquantaine, perpétuellement brûlé par le soleil, qui prononçait peut-être cinq mots par jour. Le contremaître de Wally, Garland MacFarland – et bon sang, comme il avait pris cher pour ce nom – faisait la majorité des discussions de Wally pour lui.

Garland – marié, en pleine forme, aussi commun qu'une paire de chaussures marron, pointure quarante et un – était probablement un des hommes les plus gentils que Brandon ait jamais rencontrés. Il avait deux enfants qui étaient au collège quand Brandon avait commencé à travailler pour Sowers quatre ans plus tôt, et Garland avait passé la plupart de son temps à s'inquiéter de savoir comment il pourrait les faire aller à l'université. Brandon avait demandé à Tino de jeter un coup d'œil à ses comptes pour voir s'il pouvait en tirer un peu d'argent, et Tino lui avait donné des suggestions d'investissement. Les enfants de Garland étaient maintenant au lycée, comparant les universités, et il laisserait probablement Brandon partir à midi tous les jours tant il était reconnaissant pour son aide.

Brandon avait demandé à Garland s'ils pouvaient insérer la pièce supplémentaire dans le planning pour qu'elle soit terminée d'ici la fin des vacances d'été, et Garland avait été heureux de le faire.

34

Ce jour-là, dans le mobile home du chantier sur Sunrise Boulevard dans Citrus Heights, ils examinaient des plans – basiques – pour qu'ils puissent commencer le travail la semaine suivante.

– Deux étages, tu penses ? demanda Garland.

– Nous devons rester dans le devis, Gar, grogna Brandon… C'est leur cinquième enfant.

– Dieu nous vienne en aide, oui. Si les dimensions sont ce que tu as dit, nous pourrions ajouter une pièce au-dessus de la terrasse et une autre au-dessus du salon – donc tout un niveau supérieur, pour s'accorder à ton appartement au-dessus du garage. Ça marchera. Laisse-moi montrer les plans à mon architecte et faire les calculs…

– Ça doit être solide, Gar. Nous ne pouvons pas nous permettre que les enfants traversent le plafond ou autre chose.

– Ils ne traverseraient pas le plafond, Brandon. Ils passeraient à travers le plancher.

Brandon lança un regard noir à Gar, qui lui renvoya avec douceur. Brandon céda le premier, un sourire en coin et concéda gracieusement :

– Oui, tu sais ce que tu fais, et en gros, je manipule le marteau, déclara-t-il, ne disant que la vérité.

– C'est parce que tu étudies pour gagner gros plus tard, lui assura Garland. Et tu prends une équipe pour le faire.

Brandon hocha la tête. C'était, en substance, un petit travail pour Sowers Construction et ils allaient le faire à prix coûtant. Garland prenait les vrais boulots – Brandon pouvait suivre les plans et donner des ordres aux gars sur de plus petits travaux, tout comme il avait suivi les ordres quand il avait commencé.

– Je suis prêt, dit-il avec un léger sourire.

– Brandon, l'arrêta Garland avec le front plissé, je ne voulais pas l'évoquer, mais as-tu parlé à tes parents dernièrement ?

Brandon le regarda avec prudence.

– Quand ils m'appellent, répondit-il, rendant son haussement d'épaules excessivement désinvolte.

Garland *savait*. Le père de Brandon et lui étaient amis depuis l'université. Garland avait, en fait, tendu la main à Brandon après que celui-ci était parti de chez lui. Le père de Garland s'était plaint avec amertume de la « décision » de Brandon d'être gay, mais Garland ne s'en était pas soucié – et avait été heureux d'agir comme patron et mentor pour Brandon, tandis qu'il travaillait pour l'entreprise afin de se payer les cours.

35

Mais ils ne discutaient pas des parents de Brandon. Ils ne l'avaient pas fait pendant deux ans.

Maintenant, Garland opinait de la tête.

– Je sais, dit-il doucement. Et tu t'en es bien sorti. Mais ton père est… enfin, tu sais.

– Têtu ? Obtus ? Intolérant ?

– Vieux.

Cela arrêta assez vite la diatribe de Brandon.

– Est-ce qu'il va bien ?

– Hum…, répondit Garland avec un haussement d'épaules bien trop neutre. Je ne sais pas. Il a pris un peu de poids ces dernières années.

– Je l'ai remarqué sur les cartes de Noël, concéda Brandon.

Sa mère oubliait l'appel téléphonique une fois par mois, mais Jacob recevait des cartes pour les fêtes – il y était habituellement question des frères de Brandon, de leur famille et des lieux que sa mère et son père avaient visités pendant l'année.

Pas le moindre mot sur Brandon – pas un en deux ans.

– Eh bien, je leur ai rendu visite, et il était… il était tout rouge rien qu'en se levant et en marchant dans la maison, Brandon. Ta mère est morte d'inquiétude, et il ne veut pas aller voir le médecin.

– Et il m'écoutera ? demanda Brandon en se frottant le ventre. J'en doute. Je doute qu'il m'écoute.

– Oui, soupira Garland, mais au point où on en est, tu es le seul membre de la famille qui n'a pas essayé.

– Vraiment ? Je dois vraiment… ? interrogea Brandon, faisant des gestes vagues dans l'air.

– Être l'adulte ici, faire le premier pas et dire à tes parents que tu les aimes ?

– Ils ne veulent pas l'entendre, grogna Brandon d'un air renfrogné. Ils veulent entendre que je suis fiancé à une gentille fille et que nous allons avoir des bébés.

– Eh bien, ça aiderait si tu fréquentais *quelqu'un*, répliqua Garland, secouant la tête de frustration. Je veux dire, je comprends que tu te consacres à tes cours, Brandon, mais j'espérais en quelque sorte que tu serais… tu sais, plus ouvert sur ton coming out. Ça les secouerait de te voir rouler une pelle à ton petit ami hyper canon, tu vois ?

Spontanément, l'image de Taylor Cochran flotta devant les yeux de Brandon. Solide comme un roc, battu et sombre, avec une énergie sexuelle

36

brute se dégageant de son corps comme des vagues de chaleur se dégageant d'un trottoir.

— Je vais continuer de chercher un mec qui te conviendra dans ce sens, dit Brandon avec un clin d'œil. Pour l'instant, personne n'est intéressé par le fait de me peloter les fesses.

Garland le regarda simplement, autorité parentale par excellence.

— J'ai des standards élevés, concéda Brandon après un instant agité et gênant. J'observe, tu sais, Nica et Jakey, Tino et Channing, M. et Mme Robbins — ça doit ressembler à ça, tu sais ?

— Pas à tes propres parents ? interrogea doucement Garland.

Enfin, Garland les connaissait.

— Je suis sûr que leurs amis pensent qu'ils sont des gens parfaitement agréables, dit Brandon, essayant de garder la voix neutre.

— Beaucoup d'entre nous n'étaient pas très heureux qu'ils t'aient demandé de partir.

Garland baissa la tête. Aucun d'eux n'admit l'évidence — Brandon avait vécu chez Jacob et Nica depuis exactement deux jours quand Garland avait appelé pour lui offrir un travail.

— Mais ils ont toujours eu l'autre.

Brandon ne dit pas *aimé,* parce qu'il n'était pas question de ça dans leur relation. Mais ensemble ? Oui, ils étaient ensemble.

— Ça, oui. Je ne dis pas que tu dois arranger le monde, gamin — peut-être juste appeler et dire que tu es inquiet. Au moins, ils pourraient se souvenir qu'ils t'ont élevé pour être un bon garçon.

— C'est vrai, songea Brandon. Je *suis* un bon garçon.

— Tu es un bon garçon payé à rester assis sur le cul. Va te nettoyer et choisir ton équipe. Cinq gars et toi — deux semaines. Peut-être trois. Si tu peux éviter d'avoir les enfants dans les jambes, ce serait spectaculaire.

— Oui, eh bien, je ferai de mon mieux, mais ils ont ce nouveau… *manny.* Nica va travailler à la boutique le matin, au lieu de le faire de son bureau à la maison. Jacob a un canapé où elle peut se reposer. Ils laissent un ami de la famille s'occuper des enfants. Les déposer, venir les chercher, petit déjeuner et déjeuner…

— Pas le dîner ?

— Et que Nica ne cuisine pas ? s'exclama Brandon en le fixant. Tu plaisantes ?

Garland leva les mains, manifestement conscient de l'outrage terrible qu'il venait juste de perpétrer.

– Bien sûr. Que je suis bête ! Alors elle a de l'aide ? Bien. Dieu merci, en fait. Elle en avait besoin.

– Ouais.

– Tu ne sembles pas convaincu.

Beurk.

– C'est juste ce… ce *type*. Enfin, ils ont une histoire familiale et tout le monde semble penser qu'il mérite une chance. Je veux dire, c'est un vétéran, tu vois ? Et il semble aimer Nica, Jakey lui fait confiance, et tout le monde l'aime, mais…

Brandon se souvint du regard que Taylor Cochran avait braqué sur lui la veille, la présence torride de cet homme, sa langue acerbe et présence impénitente, et sa diatribe s'arrêta avec son souffle.

Garland le regarda, attendant qu'il finisse sa phrase.

– Mais ?

– Mais…

Cache-œil. Sourire sardonique. Langue vivace. À quel point cette langue serait-elle vivace ? Le serait-elle le long de la gorge de Brandon ? Sur sa clavicule ? Le long de ses côtes ? Serait-elle extra vivace sous la taille du jean de Brandon ?

Il frissonna.

– Euh…

L'expression aux yeux grands ouverts de Garland indiqua à Brandon que tout ce qu'il avait essayé de ne pas révéler avait justement été dit fort et clair.

– Alors c'est comme ça, hein ?

Brandon se cacha le visage dans les mains.

– Il a un cache-œil, marmonna-t-il. Et un œil bleu vraiment clair. Avec des cils sombres. Et des cheveux blonds. Et… ces muscles filiformes et… Oh, bordel !

Le rire de Garland fut encore plus gênant que la confession involontaire de Brandon.

– Et dire que j'étais inquiet ! Enfin, il est célibataire ? Pourrait-il être intéressé ?

– Oui, il est célibataire, oui, il est gay, et non, il n'est pas intéressé, parce que j'ai été un véritable connard envers lui. Jacob s'est senti obligé d'aller se saouler avec lui après le dîner – et il a mangé du caramel, ce qui signifie qu'il veut que le gars s'intègre.

– Quoi ? Qu'y a-t-il de mauvais à propos du caramel ?

Brandon réussit vaillamment à retenir son haut-le-cœur.

– Ça fait vomir Jakey comme une machine. C'est troublant. Nica dit qu'il ne peut même pas renifler un bonbon au caramel. Les enfants ne savent même pas que c'est un parfum qui existe.

– Là, c'est un crime. Tout comme laisser passer cette opportunité de sortir avec un mec qui t'intéresse vraiment.

– Sortir avec ?

Le peloter, subir de ses mains les derniers outrages, le dévorer, le plier en deux et le supplier, le faire crier d'envie, le claquer contre un mur comme une porte à moustiquaire dans un ouragan – oui.

– Tu ne veux pas sortir avec lui ? demanda Garland, toujours amusé.

– Euh, si, bien sûr.

Ce silence amusé frappa Brandon jusqu'à ce qu'il se sente obligé d'ajouter.

– C'est juste un mot un peu fade.

Le rire riche de Garland résonna dans le petit mobile home.

– Ooh*kay*. Je pense que nous avons répondu avec succès à la question pourquoi Brandon n'aime pas le nouveau manny et ça n'a rien à voir avec le fait qu'il ne rentre pas dans le cadre.

Brandon ferma les yeux et essaya d'ignorer tout en même temps Gar, le mobile home et ses pensées traîtresses sur Taylor Cochran.

– La ferme.

– Des étincelles, mon ami. Elles sont aussi excitantes que l'enfer, mais elles ne sont pas toujours confortables quand elles sautent dans ton pantalon.

– Je vais aller trouver mon équipe, Gar, asséna Brandon en se tournant brusquement.

– N'ignore pas tes propres signaux, Junior !

– Tu as beaucoup aidé ! Tu peux la fermer maintenant ! dit-il, posant la main sur la poignée et ne regardant pas en arrière.

– Tu penses que c'est gênant, tu devrais essayer de dormir sur la béquille pour voir.

Brandon grogna, se rappelant sa nuit précédente sans sommeil, douloureuse, agitée, excitée.

– J'ai déjà donné, avoua-t-il, les épaules affaissées de défaites.

– Fais-y quelque chose.

– Je t'entends.

– Et ne prends pas tous mes meilleurs hommes, j'essaie de mener une entreprise ici.

– J'entends ça aussi, répondit Brandon en se retournant alors qu'il passait la porte ouverte. Et merci, Gar.

– Ouais, appelle tes parents. Ce sera suffisant comme remerciement.

Brandon s'avança vers le nettoyage du site et vers sa première chance d'être contremaître de son propre projet.

IL fut gratifiant de choisir les hommes avec qui il voulait travailler et qu'aucun d'eux ne refuse la proposition. La partie difficile fut de prendre Cooper Hoskins à part et de lui dire pourquoi Brandon *n'allait pas* le prendre sur le chantier. Pas cette fois.

– Coop, tu as une seconde ?

Cooper avait à peine dix-neuf ans. Quand il avait postulé pour ce travail un an auparavant, il avait été à deux semaines de ses dix-huit ans, et Brandon avait convaincu Garland – qui avait convaincu Wally – d'attendre pour l'engager. Entre-temps, il s'était fait de l'argent en tondant les pelouses de *toutes* les personnes que Brandon connaissait.

Il y avait quelque chose de bien chez Cooper – et quelque chose d'abîmé. Brandon l'avait vu regarder des hommes musclés sans t-shirt, et il y avait eu à la fois de l'envie et de la terreur dans son expression.

La seule personne sur la feuille de référence de Cooper avait été une famille d'accueil, qui avait vaguement confirmé que Cooper avait vécu là, mais était parti dès qu'il en avait eu l'âge.

Il avait prouvé qu'il était un bon travailleur – intelligent, agile, capable à la fois de suivre des indications et de penser par lui-même – même s'il n'était pas particulièrement grand ou fort. Brandon appréciait normalement de travailler avec lui, ce qui était bien, parce qu'il avait gagné auprès des autres gars le surnom de Cooper la Pétoche. Trop silencieux, trop secret, trop enclin à jeter des regards qui glissaient avant même de se poser. Et il bougeait comme si être vu était un crime.

Mais Cooper était sur le point d'apprendre à poser des plaques de plâtre sur le prochain chantier – Garland l'avait placé comme apprenti pour les prochains mois. C'était une part solide sur un contrat de travail et cela lui assurerait de pouvoir trouver un emploi quand il en aurait besoin. Brandon ne voulait pas qu'il manque cette opportunité, voilà tout.

Il devait s'assurer que Coop le voie de cette façon.

– Tu ne veux pas que je vienne avec toi ? Enfin, euh, d'accord. Ça va. Je ne, euh… Je veux dire, je ne suis pas un bébé qui a besoin que tu le surveilles. Ça va.

Cooper était un beau gamin – une peau mate, avec des pommettes et un menton dans une parfaite formation diamant malgré de saisissants yeux marrons asymétriques. Malheureusement, la sincérité n'était pas son point fort ni le contact visuel.

– Cooper, le coupa Brandon, interrompant ses bêtises. Je ne t'abandonne pas. Et j'apprécie toujours de travailler avec toi. Mais poser du placo paie bien et cette formation pourrait te placer chez n'importe quel entrepreneur. Je veux que tu aies une sécurité, tu me comprends ?

Parce que Brandon était pratiquement sûr que Cooper avait vécu dans sa Chevy Impala cabossée quand il s'était montré pour la première fois à la porte de Sowers, demandant un travail. Ses vêtements avaient été usés et ses côtes presque visibles à travers les trous, et il n'avait pas senti la rose non plus.

Brandon ne voulait jamais le revoir dans cet état.

Cooper hocha la tête et jeta un coup d'œil furtif au visage de Brandon. Celui-ci capta son regard et s'assura de le garder.

– Je suis honnête. Coop, je t'apprécie. Je veux que tu travailles ici aussi longtemps que tu en as envie. Mais tu dois apprendre autant de compétences que possible. J'allais te mettre en contact avec Anthony…

– L'électricien ?

– Oui, lui. Dès que tu auras fini d'apprendre à poser du placo. Plus tu en sais, plus tu seras intéressant à embaucher. Plus tu auras de choix. Tu me comprends ?

Cette fois, Brandon crut Cooper quand il hocha doucement la tête et dit :

– Oui, bien sûr. Tu fais attention à moi. J'apprécie.

– Tu ferais mieux, répondit Brandon avec un clin d'œil.

Cooper sourit enfin, ce qui n'était *pas* une expression qu'ils voyaient souvent.

Brandon retourna travailler avec le cœur léger, en grande partie.

L'expression sur le visage de Cooper alors qu'il réalisait, enfin, que Brandon ne le rejetait pas dans le caniveau… il y avait quelque chose de familier dedans. Quelque chose d'obsédant.

41

Quelque chose qui lui rappelait beaucoup Taylor Cochran quand il avait atomisé les certitudes de Brandon avec des faits durs et froids, puis s'était éloigné.

BRANDON termina son deuxième examen de la journée avec soulagement et traîna son corps fatigué en haut des escaliers menant à son appartement. Jacob frappa à la porte pendant qu'il délaçait ses bottes.

Il entra avec une assiette enveloppée remplie de pain de viande et de légumes – ce qui était totalement inutile et vraiment bienvenu – et avec une nouvelle.

– Taylor commence la semaine prochaine.

Il posa l'assiette sur le petit comptoir près du réfrigérateur qui marquait la kitchenette de Brandon et continua de parler alors qu'il passait dans le « confortable » salon peint en blanc.

– Nous pensons que tu en auras fini avec les examens et que tu pourras te concentrer surtout sur l'extension d'ici là. Je sais que tu seras occupé, mais je sais aussi que tu garderas un œil sur les enfants au cas où ils échapperaient au contrôle de Taylor, et s'il a besoin d'aide, il peut venir te voir.

Brandon lâcha un petit bruit mal à l'aise et Jacob leva la main.

– Je comprends, assura-t-il. On ne s'attend pas à ce que tu ramasses derrière Taylor – ce sont deux boulots que personne ne pourrait faire en même temps. Nous disons juste que nous savons que tu prendras la sécurité très au sérieux pendant que tu travailles. Je veux dire, tu as rencontré Taylor – à moins qu'il en ait vraiment besoin, penses-tu qu'il te dérangera ?

Je souhaiterais qu'il me dérange.

– Non. J'entends ce que tu dis. Je serai en renfort s'il en a besoin.

– Oui. Et, bien sûr, Nica et moi ne serons qu'à quelques kilomètres. Ça ira pour lui.

Brandon acquiesça et enleva d'un coup d'orteil sa seconde botte, puis s'appuya en arrière et ferma les yeux.

– Longue journée ?

– Deux examens et un nettoyage de site. Je serai content de rentrer à la maison demain à dix-sept heures.

– Eh bien, nous tenterons de ne pas faire trop de folies. Je pense que Taylor vient dîner avec les enfants pour apprendre à les connaître et connaître la routine – n'hésite pas à passer. Travail d'équipe, hein ?

– Ouais.

Oh mon Dieu. S'il pouvait seulement faire une sieste, il pourrait se lever du canapé et aller à la douche et…

– Hé !

L'assiette de pain de viande était chaude quand Jacob la posa sur ses genoux.

– Tu dois manger, dit-il.

Il attrapa la télécommande sur la table basse et alluma le câble sur quelque chose sans histoire et avec beaucoup d'explosions, pendant que Brandon prenait sa première bouchée. Spontanément, il vit l'expression sur le visage de Taylor avant qu'il ne parte de la cuisine.

– Jakey ?

– Oui ?

– J'ai dit quelque chose d'horrible à Taylor hier soir. Tu penses qu'il va m'écouter ?

– Dustin lui a jeté des lasagnes à la figure, grogna Jacob. S'il revient après ça, je pense qu'il peut survivre au fait que tu aies été un sale con.

Rasséréné, Brandon prit une autre bouchée de viande, tout son corps se réveillant à la pensée de s'excuser envers Taylor Cochran – et peut-être revoir un de ces sourires sardoniques.

Aidé et désarmé

TAYLOR mettait sur la table en érable de Nica des sets bleu de Chine et plaisantait avec elle sur sa technique classique de service client quand Brandon entra.

– Bottes ! cria Nica sans briser son rythme.

Taylor l'avait aidée à démarrer sa première affaire, Dîners à Emporter de Monica, et il avait toujours aimé la voir voler à travers la cuisine comme une petite fée folle possédée par un démon de la vitesse.

– Déjà enlevées, répondit Brandon. Puis-je faire quelque chose ?

Il s'appuya nonchalamment contre le chambranle qui séparait la cuisine ouverte/salle à manger du salon. Il portait un t-shirt propre et autour de son col, il y avait des traces qui ressemblaient à un reste de poussière après s'être rapidement nettoyé. Cette mâchoire carrée était toujours ferme et ses lèvres légèrement boudeuses paraissaient toujours douces. Et non, le charme taciturne de Brandon ne s'était pas allégé d'un iota.

– Dégager du passage, répliqua Nica, ne levant même pas les yeux. Taylor était en train de me dire des trucs stupides que je n'ai pas besoin de savoir.

Taylor termina avec les sets et commença à poser les couverts.

– J'étais juste en train de te dire que si tu déclares tout de suite à tes clients que leur voiture est une daube et va les lâcher, ils vont penser « Oh, mon Dieu, mon bébé ! » et l'amener dans un autre garage.

– Il existe une chose appelée honnêteté…

– Ce n'est pas honnête ! s'écria Taylor avec un rire.

– Ça l'est. Ça existe.

– C'est de la cruauté, Nica. Les voitures ne sont pas simplement un moyen de transport – ce sont nos compagnes, parfois même nos maisons. Non, tu dis au client, « Nous pouvons faire une petite réparation, mais il n'y a aucune garantie que ça durera. Un jour, le moteur devra être remplacé et ça coûte plus cher que la valeur de revente de la voiture.

– Ce qui est la même chose que ce que je viens juste de dire ! protesta Nica.

Elle râpait finement le parmesan dans de l'huile d'olive avec de l'ail écrasé, du persil coupé et du basilic, et la bouche de Brandon saliva. Il adorait quand elle mettait ça sur un plat.

– Ce n'est pas la même chose ! intervint-il, avec un clin d'œil à Taylor, ce qui devait être un moment inconscient de bonne volonté. Ce que tu dis c'est « foutez-la dehors et achevez-la. » Ce que Taylor dit, c'est de mettre la voiture à l'aise et de s'assurer qu'elle est aimée avant de signer un ordre de ne pas réanimer.

Taylor grimaça et Nica arrêta ce qu'elle faisait et le fixa.

– Oh, mon Dieu, c'est morbide, marmonna-t-elle, s'essuyant les mains sur son tablier avant de bouger pour couper le pain.

– C'est une bonne métaphore, jugea Taylor, mais oui. Doux Jésus, gamin, quelle manière de tuer une discussion.

Brandon grogna et se frotta le front avec une main pas si propre.

– Oui, désolé. J'ai eu un examen de physique hier, le prof a utilisé beaucoup d'exemples d'ambulance dans les problèmes. Je pense avoir mélangé mes mondes.

Oh génial. Taylor était même surclassé par le travail scolaire du gamin.

– Alors comment s'est passé l'examen ? demanda Nica.

Taylor lui lança un regard renfrogné. Il y avait une trace de suffisance dans sa voix, une qui disait, *Oui, je sais que tu as réduit ton tout petit cerveau en bouillie sur ce truc, mais le mien pourrait battre le tien à plates coutures même quand le cerveau de grossesse est une chose réelle et que je travaille sur quatre heures de sommeil.*

— Je l'ai foiré, dit Brandon sans sourciller. Je les foire toujours. Tu le sais. J'ai de la chance que l'école m'ait gardé si longtemps.

— Oui, ricana Taylor, ne la laisse pas t'emmerder à propos de tes notes, gamin. Elle a toujours été la plus intelligente d'entre nous et elle n'est pas prête à nous laisser l'oublier.

— Vous êtes tous des fainéants, souffla pompeusement Nica, bien que le sourire qui suivit fut un peu triste. En fait, vous êtes tous les seuls à me supporter. Je suis chanceuse d'avoir des amis tout court.

Elle sembla renifler et Taylor regarda Brandon avec un peu de panique. Celui-ci reculait lentement hors de la pièce.

— Lâche, articula silencieusement Taylor.

Il aurait cru que le garçon avait plus de cran.

— Je vais chercher Jacob, répondit Brandon de la même manière avant de disparaître.

D'accord, alors pas un lâche, montrant juste de la présence d'esprit. Mais Nica était vraiment en train de *pleurer* au-dessus de son plat, et Taylor était coincé dans la cuisine avec elle.

— Ça va, Nica ? Je t'aime, et il est temps de s'asseoir, bon sang.

Elle le fixa bêtement, la bouche s'ouvrant et se refermant, et Taylor passa à l'action. Il avait travaillé avec un kinésithérapeute pendant un *an* pour s'assurer qu'il pouvait faire face à la seconde pièce la plus dangereuse d'une maison, et il était temps de payer.

Doucement, il lui prit la cuillère des mains et fit un geste avec vers la table.

— Va t'asseoir, dit-il, croisant son regard et hochant la tête. Tu dois t'asseoir et te reposer. Ce n'est pas ton genre de pleurer sur le fait d'être plus intelligente que le monde entier ni de devenir hautaine sur le dîner. Va te reposer et laisse ta famille prendre le relais pour toi, d'accord ?

Nica était petite et elle leva vers lui de grands yeux bordés de rouge, la lèvre inférieure toujours tremblante.

— Tu sais, murmura-t-elle, la voix résistant aux larmes, c'est pour ça que j'ai pensé que je t'aimais au lycée. Tu étais si gentil.

– Pas si gentil, répondit-il, détestant ce souvenir. Si je t'ai menti tout ce temps, je n'étais pas gentil.

– Tu avais tes raisons.

Il la tira près de lui pour pouvoir poser sa tête contre son torse pendant qu'il l'étreignait. Oui, ils avaient été doués pour les câlins au lycée. Et aussi blessante qu'ait été la vérité, une des raisons pour laquelle il ne lui avait pas tout avoué à l'époque était que se faire des câlins était agréable.

– C'est une bonne chose que tu sois gay, déclara Jacob, faisant éclater ce moment précieux de contact humain.

Ils s'écartèrent – mais pas coupables – et Taylor secoua la tête.

– Ce n'est *pas* ce que disait mon dernier petit ami.

Jacob enroula un bras autour de la taille de Nica et la guida vers le salon en passant à côté de la table.

– Jakey… le dîner ! protesta-t-elle.

– Combien de fois Taylor t'a-t-il observée préparer du poulet Alfredo ? Je parie qu'il pourrait le faire avec un œil fermé.

Taylor gloussa, mais Brandon parut horrifié.

– *Jakey* !

– C'est les deux yeux fermés, branleur ! cria Taylor.

Jacob hocha la tête, continuant de conduire sa femme vers le salon.

– Où sont les enfants ? demanda Taylor quand ils furent partis.

– Je les ai fait rentrer, ils regardent des dessins animés avec Conroy.

– Quels dessins animés regarde Conroy ?

Ça pouvait être important, pas vrai ? Mais Brandon ricana.

– Tout ce que Dustin regarde, alors en ce moment, c'est *Bob l'Éponge* et *Steven Universe*.

– Bob l'Éponge, j'en ai entendu parler, songea Taylor, étalant le mélange fromage/huile d'olive sur le pain au levain. L'autre…

– Est plutôt super. Très gay-friendly, fais-moi confiance.

Taylor mit de côté le pain à l'ail et alla mélanger la sauce Alfredo, renversant presque la casserole en le faisant.

Brandon la stabilisa, attrapant la cuillère quand elle tomba. Une rougeur monta sur la nuque de Taylor.

– Merci, marmonna-t-il. Désolé. Perception de la profondeur…

– Oui, pas terrible.

Taylor haussa une épaule et prit la cuillère de la main de Brandon. Sa peau, chaude et sèche, fut le premier toucher masculin non médical que Taylor avait eu depuis que son Humvee avait été touché par cette roquette.

— Mieux que l'alternative, contra-il, s'attendant à ce que le garçon bouge.

Mais il ne bougea pas, il se tint juste là à étudier Taylor depuis son angle mort et dégageant de la chaleur, de la sueur et quelque chose d'épicé qui persistait après ce qui avait dû être une dure journée de travail.

— Euh, si tu veux aider à cuisiner, tu devrais probablement te laver les mains.

— Bien sûr, dit Brandon.

Et un instant – un *long* instant – plus tard, il recula vers l'évier. Tandis qu'il s'essuyait les mains sur un torchon, il demanda :

— Qu'a dit ton dernier petit ami ?

— Quoi ?

Taylor avança jusqu'au réfrigérateur et commença à sortir de quoi composer une salade. Il tenta de décider si du fromage râpé était exagéré et si Nica aimait toujours les raisins – Taylor n'aimait pas – et la question fut complètement hors contexte.

— S'il te plaît, pas de raisins…

— Dieu merci !

— Tu as dit que ton dernier petit ami n'était pas content que tu sois gay. Explique.

Taylor grogna et posa sur le comptoir laitue, carottes, tomates et fromage.

— Il voulait le placard. Je voulais toute la maison. Nous étions encore en train de nous disputer à ce sujet quand mon visage a explosé.

Brandon grogna comme s'il avait pris lui-même le coup.

— Il t'a plaqué ?

— *Plaqué* implique de la communication. Je n'ai pas entendu parler de lui en trois ans. La seule raison pour laquelle je sais qu'il n'est pas mort est qu'il gardait ma voiture pendant que j'étais déployé. Il m'a envoyé les papiers quand j'étais cloué au lit.

Nica était avec lui à l'hôpital quand il avait reçu l'enveloppe. Pendant trente secondes, il avait espéré que Duane allait venir le voir. Ce n'était pas arrivé.

— Sympa, dit Brandon. Tiens, donne-moi les tomates et les carottes…

— Tu peux prendre la laitue, contra sèchement Taylor.

Il avait trop travaillé sur la force de sa main et sa mobilité pour se laisser vaincre par une salade.

– Bien sûr.

Brandon parut contrit. Ils travaillèrent en silence pendant un moment et Taylor sourit alors que les sons de Bob l'Éponge et des rires enfantins flottaient le long du couloir.

– Je pourrais regarder cette émission avec les…

– J'ai été un connard.

Taylor évita de justesse de se couper le doigt.

– Pardon ? demanda-t-il, essayant de remettre ces mots dans leur contexte.

– Quand j'ai dit que tu ne t'intégrerais pas ici. J'ai été un connard.

– Le pensais-tu ? interrogea Taylor.

– Je ne te connaissais pas…

– Tu ne me connais pas plus maintenant. Écoute, c'est aussi simple que ça. J'étais un petit sac à merde menteur quand j'étais plus jeune. Maintenant que je me suis réformé, je préfère que tu sois rude plutôt que faux. Est-ce que tu le pensais ?

– Oui, dit doucement Brandon, mais pas sur la défensive.

Taylor arrêta de couper les légumes, regarda sur sa gauche et trouva les yeux du gamin accrochés d'un air affamé sur le visage de Taylor. Celui-ci s'attendait à ce qu'il détourne les yeux, gêné d'avoir été surpris à le fixer, mais il ne le fit pas.

Il capta le regard de Taylor et s'y cramponna, ses yeux verts ardents, comme s'il essayait de se frayer un passage brûlant dans l'âme de Taylor.

– Est-ce…

Le souffle de Taylor se coinça dans sa gorge. Oh par l'enfer. Sa bouche était sèche. Il déglutit et essaya de nouveau.

– Est-ce que tu le penses toujours ?

– Non, dit Brandon, avec fermeté. Je pense que tu vas être dépassé et perdre la boule pendant une semaine environ, mais c'est ça être parent. Tu trouveras la solution.

Il était si incroyablement jeune, et même avec une base de bronzage, son teint était si clair que la rougeur sur ses joues était bien visible.

Taylor dut se forcer à se détourner.

– Eh bien, il m'a fallu presque trente ans – c'est bien pour toi de l'avoir fait si tôt.

– Tout n'est pas réglé, marmonna Brandon.

Mais Taylor garda son attention sur les légumes. *Bob l'Éponge* ne durerait pas une éternité et les enfants allaient venir réclamer à manger dans peu de temps.

LE dîner fut civilisé, ce qui surprit Taylor parce qu'il se souvenait d'avoir chahuté avec ses frères à table et comment sa mère essayait toujours de les calmer. Son père lui disait toujours de se détendre, que c'était ça les garçons. Il avait vu la famille chez Channing, mais il avait pensé que c'étaient les manières des grands-parents.

Apparemment, l'idée que les garçons étaient violents et rudes n'était pas quelque chose que chaque famille adoptait. Ou du moins, pas chez Jacob et Nica.

— Dustin, tu passes les petits pains à Belinda tout de suite.

— Pa-pa…

— Elle te l'a demandé gentiment et ce sont les règles de la maison.

Taylor observa avec admiration tandis que Jacob et Nica parlaient à chaque enfant l'un après l'autre et s'assuraient qu'ils apprennent à communiquer avec des mots entiers et pas simplement des grognements. Il avait vu la même dynamique quand Nica était jeune, mais d'une certaine manière, il avait juste semblé que Nica, Tino et Elena étaient de bons enfants.

Il commençait à prendre conscience que c'était toute une dynamique familiale à laquelle il n'était pas habitué.

Brandon et lui firent la vaisselle, debout, côte à côte devant l'évier, Taylor rinçant, Brandon chargeant le lave-vaisselle. Ils furent silencieux tout du long, et Taylor se retrouva à s'écarter lentement de la chaleur que Brandon dégageait. Ce ne fut que lorsque le biceps de Brandon frotta contre le sien qu'il réalisa ce qu'il faisait et pourquoi.

Un contact – ce fut tout ce qu'il fallut. Un frôlement de bras et l'entrejambe de Taylor gonfla, douloureux contre son caleçon et son short.

Brandon tourna la tête, comme s'il était choqué.

— Désolé, dit-il de façon bourrue. Je ne voulais pas te cogner.

Puis il bougea de nouveau les yeux vers le visage de Taylor, rapide et sensuel. Cette fois, il se tenait sur le côté droit de Taylor.

— Non, répondit ce dernier, la voix râpeuse. Gamin…

50

Brandon faisait environ un mètre quatre-vingt-deux, peut-être un centimètre ou deux de plus que Taylor. Pendant un instant, ils se tinrent face à face, l'air entre eux bouillonnant de promesses.

Brandon se pencha et l'embrassa.

Un bref frôlement de souffle et de langue, et Taylor haleta juste au moment où Brandon reculait.

– Bordel de… ?

Les paupières lourdes, Brandon se lécha les lèvres.

– Agréable, dit-il. J'ai bien aimé. Nous devrions réessayer.

– Non, répéta Taylor. Mauvaise idée. Tellement mauvaise.

Il jeta toute son énergie dans le fait d'essuyer l'évier, maintenant que Brandon enfonçait les boutons du lave-vaisselle.

– Mauvaise, mauvaise, mauvaise, mauvaise… Tu ne m'apprécies même pas !

Idiot. Idiot, idiot, idiot, idiot, idiot. Il n'était *pas* une ingénue.

– Je pense que tu es canon, dit avec assurance Brandon. Est-ce que ça compte ?

– Non !

Ça devait être à ça que ressemblait le karma – il payait pour avoir été un connard arrogant qui pensait que tous les culs gay étaient à prendre.

– Et je ne suis pas canon. Je suis…

Il agita la main gauche vers les cicatrices que le gamin pouvait voir sur son visage, et celles sur son épaule, sa hanche, ses cuisses, son mollet, qu'il ne pouvait pas voir.

– Je suis une *ruine* et tu es bien trop jeune pour moi.

La rougeur de Brandon revint en force.

– Tu n'as même pas trente ans !

– Eh bien, j'ai l'*impression* d'en avoir trente. Bordel, j'ai l'impression d'en avoir quarante-cinq. Et tu as besoin de… jeune et excité. Pas vieux et démoli. Va-t'en.

– M'en aller ? demanda Brandon, la tête penchée.

Encore une chose stupide à dire.

– Je ne voulais pas dire, littéralement, de t'en aller. Je voulais juste dire de trouver quelqu'un de plus à ton rythme.

– Quel est mon rythme ? s'enquit Brandon, comme s'il donnait satisfaction à Taylor, ce qui était irritant à l'extrême.

– Apparemment de zéro à sexy, le temps qu'il faut pour faire la vaisselle !

Brandon plissa les yeux et fit un pas dans l'espace personnel de Taylor. Celui-ci recula et recula encore, jusqu'à ce que Brandon se tienne nez à nez avec lui pendant qu'il essayait de ramper dans l'évier, les fesses en premier.

Une fois encore, les yeux verts du gamin essayèrent de forer un trou dans les profondeurs de l'âme de Taylor.

– Es-tu en train de dire que ça ne fonctionne pas pour toi ? le nargua-t-il. Je pense que nous savons tous les deux que c'est un mensonge.

– Gamin...

La voix de Taylor sortit dans un murmure et il se mordit la lèvre alors que la douleur de l'excitation lui faisait abandonner tout prétexte de résistance.

– Bien sûr que je veux...

Délibérément, Brandon tendit la main dans l'espace presque inexistant entre eux et redessina la forme de l'érection de Taylor à travers ses vêtements. Il passa quelques longues minutes de plus à jouer sur le bord défini du sommet, le taquinant jusqu'à ce qu'il suinte, laissant une trace humide sur l'avant du short de Taylor.

Ce dernier ne put détourner le regard et le désir monta dans sa poitrine, dans son entrejambe, picotant dans ses extrémités, jusqu'à ce qu'il se souvienne de l'hostilité avec laquelle ce gamin l'avait accueilli et de l'arrogance dont il faisait preuve maintenant.

Taylor attrapa ses épaules et le fit pivoter contre le réfrigérateur, prenant sa bouche dans un baiser punitif.

Sa langue s'enfonça, exigeant directement des choses adultes, et il glissa ses mains dures et sûres des côtes de Brandon jusqu'à ses hanches, passant sous la taille de son jean et pétrissant la peau nue et vulnérable de ses fesses, les écartant de manière suggestive et ruant contre lui jusqu'à ce qu'il grogne et se détache.

Dès que Brandon tourna la tête, Taylor sortit les mains de son pantalon et recula, le souffle court, ravagé autant qu'il avait ravagé.

– Ton propre rythme, répéta Taylor, les dents serrées. Je suis un long voyage sur une route cahoteuse.

Il fit un pas de plus en arrière et essaya de ne pas regarder la façon dont Brandon le fixait, abasourdi, frottant doucement son pouce sur ses lèvres gonflées et meurtries.

– Nica ! Jacob ! J'y vais. Merci pour le dîner.

52

– Merci d'avoir nettoyé, lança Jacob de loin. Que Brandon te raccompagne à la porte. On se voit demain.

– Ne te donne pas cette peine, dit-il doucement à Brandon.

Là-dessus, il se tourna sans préambule et se dirigea vers la porte d'entrée.

Brandon le rattrapa avant que la porte se referme et le suivit dans la nuit d'été encore claire.

– Ce n'est pas fini, dit-il sérieusement alors que Taylor essayait de paraître déterminé et de ne pas boiter.

– Bien sûr que ce n'est pas fini. Je vais aller acheter de la crème glacée en rentrant dans mon appartement merdique, regarder un film d'action Marvel et baver.

– Tu vas aller acheter du lubrifiant et te caresser en pensant à moi, répliqua Brandon.

Et Taylor *trébucha*, se rattrapant à la portière conducteur de sa Ford avant de tomber.

– Doux Jésus, gamin. Quel truc à dire !

Ses mains tremblaient alors qu'il bataillait avec la clé électronique.

Brandon fit un pas et referma les doigts de Taylor sur la télécommande. Ils entendirent tous les deux le *clic* et le *bip* quand la porte se déverrouilla.

– Pensais-tu que ce baiser allait m'effrayer ? demanda-t-il, souriant gentiment. Ça me donne juste envie de plus. Désolé, Taylor. Tu ne peux pas me faire fuir.

– Tu devrais être très effrayé, rétorqua Taylor, de la sueur collant le dos de sa chemise sur sa peau. Et tu avais raison. Ma place n'est pas du tout ici. Pas avec cette gentille famille, pas avec toi. Je suis sûr que Nica cherchera mon remplacement dès que mon paiement arrivera.

– Tu es son ami. Est-ce pour ça que je ne t'ai jamais vu avant ? Je vis ici depuis deux ans – je sais que Nica allait rendre visite à un « ami » –, mais tu n'es jamais venu ici. Est-ce parce que tu pensais que tu n'avais pas ta place ?

Arrogant – mais pas stupide.

– Je n'ai pas ma place. Maintenant bouge, gamin. Je dois y aller.

– Des plantes à arroser ? demanda Brandon avec une douce moquerie.

– Une chatte à nourrir. Cette sorcière essaie de me faire tomber quand je passe la porte si j'attends trop longtemps. Maintenant, *bouge* !

Brandon bougea, mais le toucher de sa main glissant au creux des reins de Taylor et vers ses fesses s'attarda longtemps après que Taylor fut parti.

IL ne mentait pas à propos de la chatte.

Une des choses que Nica lui avait données après qu'il eût vécu dans son appartement pendant un mois avait été Marilyn. La toute petite chatte blanche à l'attitude de princesse était bien partie pour grandir et devenir une grande duchesse, et pour s'entraîner à ce rôle, elle était actuellement en train de râler vigoureusement sur le fait que Taylor soit parti ce soir-là.

Elle était la raison pour laquelle il était sorti discrètement de la chambre d'amis de Channing et Tino à six heures ce matin, se sentant stupide de s'être saoulé avec de la crème glacée au caramel et de la bière.

S'il ne nourrissait pas Marilyn à vingt et une heure, au clic de la deuxième aiguille, ça n'avait pas d'importance *combien* de nourriture il avait laissée dans son bol, elle pleurnichait contre lui pendant au moins une heure avant de planter ses grosses fesses poilues sur son torse et de faire des petits trous dans la peau de son cou pendant une heure de plus tandis qu'il essayait de regarder la télé.

Non pas que Taylor ait eu beaucoup de raisons d'exploser l'emploi du temps.

Oh, le gamin – Taylor continuait de penser à lui de cette façon, parce que songer à lui comme étant un *homme* signifierait toute autre chose – avait été sur la bonne voie quant à la raison pour laquelle Taylor s'était tenu éloigné de la famille Robbins une fois sorti de rééducation.

Toute cette gentillesse. Toute cette fonctionnalité. Cela mettait simplement en lumière que les parties de la vie de Taylor, qu'il avait essayé de faire paraître normales, étaient tombées en morceaux.

Brandon pensait apparemment qu'endommagé était sexy. Alors que Taylor faisait tomber une boîte de pâtée à côté d'une montagne de croquettes, il commença le régime quotidien d'étirements qui lui permettait de marcher chaque matin, et il ne fut pas du même avis.

Quand Marilyn fut installée, le réprimandant avec sérieux entre les bouchées, il alluma la télévision pour trouver quelque chose plein d'action et de science-fiction. Il croisa son mauvais bras devant son torse, tirant doucement dessus depuis le milieu de l'avant-bras pour augmenter l'étirement. *Aïe, aïe, aïe, aïe... ah...*

La libération des muscles crispés ondula à travers son corps et une partie de la tension s'évacua.

Et maintenant au-dessus de sa tête, la position du guerrier, étirer le torse... *ah*... Un étirement à la fois, il alla au bout de tout le schéma, faisant attention à sa forme, sa posture, sa respiration. Vingt minutes le matin, vingt minutes le soir et différents étirements en milieu de journée aidaient tous à empêcher Taylor de devenir un tas de nœuds hurlant de crampes musculaires.

Uniquement quand le dernier muscle se relâcha, il s'autorisa le luxe de s'asseoir sur le canapé rembourré avec un verre de lait et des Oreos dorés.

Juste à temps pour la page de publicités, bien sûr. Il pencha la tête en arrière contre le canapé, ferma les yeux pendant un instant et essaya de *forcer* les Oreos à effacer le goût de Brandon.

Il voulait dire sucré, mais alors que sucré convenait à un cookie ou de la crème glacée caramel, ce n'était habituellement pas ce que Taylor recherchait chez un amant.

Il aimait un peu plus de mordant dans un baiser. Brandon avait ça. Comme le mordant de l'alcool dans un mojito – du citron, de la menthe et du waouh. Absolument létal.

Avant, Taylor pouvait s'envoyer des mojitos par litres. Combien de temps pourrait-il embrasser Brandon – des bras comme des coups de canon, un ventre avec l'ondulation d'un sluice [2] à faire s'entrechoquer les dents ?

Pendant une minute déroutante, quand Brandon l'avait embrassé en premier, avant que Taylor se sente contraint de lui montrer avec quoi il jouait, il avait voulu laisser cette jeunesse et cette force prendre le dessus.

Il essaya d'en rire maintenant, alors même que son corps répondait.

Il avait toujours été le dominant, toujours été un homme, un vrai. Pendant un instant au goût de sucre, quelqu'un l'avait embrassé, l'avait dragué, avait essayé de lui dire que tout irait bien dans la vie parce que quelqu'un d'*autre* serait aux commandes.

Pendant ce bref instant, Taylor s'était interrogé. À quoi cela ressemblerait-il de laisser quelqu'un prendre soin de lui ? À quoi cela ressemblerait-il d'être le receveur ?

---

2 Le sluice ou rampe de lavage est un canal ou un ensemble de plans inclinés, le plus souvent en bois, garni de tapis ou de moquette et de tasseaux, dans lequel on fait passer les alluvions aurifères pour en extraire l'or.

Pas simplement la position sexuelle – mais émotionnellement ?

Avec le bourdonnement des publicités pour voitures en fond et le goût sucré peu satisfaisant des Oreos imprégnant ses sens, il ferma les yeux et se demanda ce que cela serait. S'il laissait simplement Brandon prendre le contrôle – embrasser son cou, le long de son torse, le long de son ventre. Dans son rêve, il ignora aisément les cicatrices entrecroisées de l'éclat d'obus et de l'opération qui marquaient un corps dont il avait autrefois été fier, et se concentra sur le fait d'être touché. Les mains de Brandon, calleuses, rêches, exigeantes, voyageant sur sa peau sans excuses. Les baisers de Brandon, audacieux, un peu inexpérimentés peut-être, mais donnés avec un cœur entier et aucune peur.

Ces mains, cette bouche, s'occupant de son érection, *satisfaisant* son érection, tenant, serrant caressant…

Taylor glissa la main sous la taille de son short. Oh oui ! De la pression, des caresses – c'était sa foutue queue et il en connaissait tous les points sensibles. Serrer, caresser, cajoler, serrer, caresser, cajoler. Il connaissait son rythme, savait exactement ce qu'il lui fallait pour faire monter l'excitation dans son corps. Un pincement sur le téton, une pression sur son membre… depuis un an qu'il était sorti de l'hôpital, cela avait été sa bonne main droite et lui – et sa main gauche légèrement estropiée.

Il continua ses caresses et il souleva les hanches en l'air avec abandon, oubliant aussitôt qu'il était seul sur son canapé usé, dans son tout petit appartement plein de courants d'air. Oubliant aussi que ses mains étaient expertes et familières. Mais rien n'était aussi merveilleux que les mains de quelqu'un d'autre, quelqu'un qui avait de l'affection, quelqu'un qui exultait dans le fait de faire plaisir à un amant avec chaque toucher.

Dans cet instant, il imagina la bouche de Brandon sur lui, ses mains, tâtonnant peut-être, inexpérimentées, mais essayant quand même. Il imagina ces yeux verts complices étudiant son visage, attendant de voir ce qu'il aimait, ce qui l'excitait vraiment.

Ce qui l'excitait était une langue s'enfonçant dans sa fente, une pression à la base, une légère traction sur ses bourses. Un peu d'action audacieuse en bas, jouer un peu avec sa raie – oh oui, un peu de pénétration, pas complète, juste un peu… Mais peut-être que Brandon ne serait pas satisfait par ça. Peut-être que Brandon voudrait le pénétrer jusqu'à la garde.

Taylor n'avait jamais été pris. Pas une fois.

Est-ce que ce gamin aux yeux verts inquisiteurs et à la rougeur de gêne serait *aussi* courageux ? Est-ce qu'il lubrifierait, pénétrerait et *prendrait* Taylor avec tout ce qu'il avait ?

Dans la sécurité de son imagination, Taylor imagina tout ça, être dominé, être pris en charge. Imagina quelqu'un d'autre lui disant de se détendre, que ça irait. Imagina quelqu'un *faisant* en sorte que tout aille bien et s'enfonçant en lui, le caressant, faisant chanter son corps comme il ne l'avait jamais fait avant que l'explosion dans le désert ne rende les simples notes douloureuses.

Taylor voulait récupérer ça, voulait le toucher d'un amant sur son corps, voulait plus.

Il voulait s'ouvrir à quelqu'un qui ne le blesserait pas, qui prendrait soin de lui, qui le rattraperait quand il tombait en morceaux.

Il repoussa son short et son sous-vêtement le long de ses cuisses et continua de se caresser d'une main pendant qu'il suçait deux doigts de l'autre.

Il geignit, essayant de se concentrer sur deux choses en même temps. Son érection était ferme, douloureuse, prête à exploser, mais son périnée et son anus faisaient mal aussi. Ils lui faisaient mal d'être négligés, ayant besoin d'être touchés, et il sortit les doigts de sa bouche, enleva son short d'un coup de pied et écarta les genoux. Maladroitement, il enfonça ses doigts en lui pendant qu'il se caressait un peu plus.

Toute cette stimulation, et pourtant ce furent les yeux de Brandon, ses lèvres gonflées et sa promesse – *Ce n'est pas fini* – qui envoya Taylor par-dessus bord.

Son corps, étiré et relâché, se tendit comme un ressort. Oh, mon Dieu, oui, un peu plus de pression autour du sommet, de la poussée avec ses doigts et…

Oui !

Il pourrait bien avoir crié tout haut ce mot.

Son corps convulsa, et il jouit et jouit, se déversant sur ses abdominaux, ses côtes, son torse. Un sanglot déchira sa gorge et un autre, des cris d'orgasme et il ne prit pas la peine de les mettre en veilleuse dans son salon, tout seul devant sa télévision.

Quand il eut fini, il resta allongé, le souffle court, passant l'index dans le désordre sur sa peau.

Le calme vide de son appartement flotta sur lui.

Se relever du canapé pour aller se laver s'avéra un tel effort qu'il décida de simplement mettre l'alarme sur son téléphone à la place et d'aller se coucher.

Le lendemain serait passé à étudier : des conseils parentaux abondaient sur Internet et il comptait faire des recherches. Il ne voulait pas transformer les enfants de Nica pour la vie. Le reste de la semaine serait passé à aider Nica pendant sa journée pour que quand elle irait au bureau lundi, il sache ce qu'elle attendait. Dormir serait nécessaire.

Il s'essuya et se lava les mains, se mit en boxer et se glissa sous les draps, assez fatigué pour que le sommeil ne soit pas un problème.

Ou cela n'aurait pas dû l'être.

Jusqu'à ce que cette vision de Brandon, à genoux, couvrant Taylor de plaisir, envahisse de nouveau ses pensées.

Avec un grognement, il se retourna et laissa l'épuisement de la journée et la torpeur de l'orgasme le bercer.

Cela fonctionna et ne fonctionna pas.

Il ferma les yeux et l'obscurité l'emporta, mais il rêva quand même de Brandon.

Brandon avec ses yeux verts et son sourire entendu, qui le prenait, le chevauchait, le faisait jouir…

Puis lui murmurait beaucoup de choses tendres à l'oreille après, lui disant des mensonges délicieux de maison, de famille et de bonheur pour toujours.

Il se réveilla le lendemain avec Marilyn sur son torse et un vide à l'intérieur.

Il avait vu une famille heureuse, avait vu un jeune homme avec un futur.

Ces choses-là n'étaient pas pour lui.

Vision Binoculaire

IL fallut à l'équipe de Brandon une journée pour préparer le site et installer des zones sûres qui permettraient aux enfants d'aller jouer dans le jardin sans courir de risques à cause de la construction. Ils avaient été chanceux dans le fait que Jacob et Brandon aient coulé de solides chemins en béton de chaque côté de la maison, et la parcelle elle-même était assez grande pour accueillir des hommes portant de lourdes charges, ainsi que certaines des machines nécessaires pour faire le travail.

Brandon n'eut pas la chance de voir beaucoup Taylor pendant son premier jour de travail solo – il l'avait simplement beaucoup entendu rassembler les enfants hors de la maison, puis partir pour aller les rechercher. Nica avait par chance prévu des activités consécutives pour tout le monde. Même si c'était le premier jour des vacances d'été, personne ne faisait de pause, et étant donné le chaos engendré par le fait de transformer une maison en un site de construction, Brandon pensa que Taylor était probablement soulagé.

Mais cela ne voulait pas dire que Brandon n'était pas déçu.

L'expression sur le visage de Taylor après ce premier baiser – blessé, affamé et à moitié apeuré... ça n'avait pas du tout été ce à quoi Brandon s'était attendu. Il s'était attendu au baiser colérique et provocateur. Il l'avait espéré, espéré que Taylor prendrait le contrôle, prendrait ce que Brandon offrait, attraperait sa main et le traînerait dans une cachette hors du temps et de l'espace et poserait des mains torrides sur son corps, le marquant à vie.

Que Dieu en soit témoin, Brandon avait lu beaucoup des romans d'amour de sa mère étant enfant. Elle les avait utilisés pour échapper à la réalité d'être mariée au père de Brandon et lui avait toujours été bon à apprendre des choses en regardant.

Et il avait regardé Taylor. L'avait vu reculer loin du contact humain, l'avait vu frissonner et réagir au toucher de *Brandon*. Lui pouvait être un vierge frustré, mais Taylor était en fait dans une situation pire.

Le besoin qui émanait de lui par vagues – entre ça, l'indépendance féroce et le comportement irritable, tout le corps de Brandon était sur les nerfs.

Il prenait soin des gens. C'était ce qu'il admirait chez Jacob – la façon dont il prenait soin de sa famille. C'était pour ça qu'il avait craqué si fort pour Tino – il avait été le gardien de la famille.

Et là se tenait un homme qui faisait de son mieux pour prendre soin de la famille de Brandon – et il voulait à tout prix qu'on prenne soin de lui.

Le désir furieux de Brandon de s'occuper de Taylor le surprenait, mais le revigorait également. Il avait attendu toute sa vie d'adulte qu'un prince lui fasse tourner la tête.

Imaginez sa surprise de découvrir qu'il était le prince et qu'il avait un boulot à faire.

Malheureusement, son vrai travail payant les factures et lui permettant de finir les cours faisait actuellement obstacle.

– Grayson !

Brandon détourna ses pensées sombres de la maison, où Taylor était actuellement occupé, essayant probablement de coucher Conroy pour sa sieste d'après repas, vers le site devant lui.

– Désolé, Gus. Nous sommes prêts à faire une pause ?

Gus grimaça et gratta son crâne chauve et brillant puis son ventre chauve et brillant comme un ballon de volley. Il était un de ces types qui avait vu sonner le glas de sa beauté du lycée à vingt-cinq ans. À trente-cinq, il avait quelques traces de gris dans sa barbe et une tête parfaitement ronde pour s'accorder à la boule de bowling hautement concentrée que l'habitude de deux bières par jour avait formée. Mais il était vif et aimable, et plus important, cela ne le dérangeait pas de travailler pour Brandon même si celui-ci était plus jeune et gay.

En fait, ces deux dernières choses étaient presque les critères exclusifs de Brandon pour choisir toute son équipe – et cela fonctionnait. Luis, Ray, Carl, Rufus et Gus travaillaient bien ensemble. Ils utilisaient leur tête, acceptaient les directives de Brandon et ne lésinaient pas.

Mais aussi décents que soient tous les gars travaillant pour lui, et bien qu'il les apprécie, la pause de onze heures quarante-cinq était quelque chose qu'ils ne comprenaient simplement pas.

– Brandon ! se plaignit Luis, enlevant sa casquette et lissant ses cheveux noirs en arrière, avant de faire des gestes vagues avec les mains. Il fait chaud là dehors, mec ! devons-nous vraiment… ?

– Oui, je sais, admit Brandon. C'est chiant et nous ne sommes pas encore prêts à nous reposer. Mais les gars, c'est un petit garçon. Si nous pouvons réduire le bruit pendant simplement quinze minutes, il sera endormi pendant toute une heure et demie. Enfin, tu as des enfants, Luis. Que donnerait ta femme pour savoir qu'ils font une sieste ?

– Une crème glacée et une pipe, répondit Luis, les yeux rêveurs.

Brandon le regarda avec des yeux de merlan frit, mais Rufus hocha la tête, sa queue de cheval grisonnante bougeant en rythme.

– Mec, ma femme acceptait de passer à la casserole pour moi quand je pouvais coucher les enfants pour une sieste, expliqua-t-il, l'air rêveur lui aussi. Je pense que c'est comme ça que nous en avons eu trois.

– Ma femme s'en fichait, grogna Gus. Le gamin était coincé dans sa chambre qu'il dorme ou non.

Brandon lui fit une grimace, mais Gus leva les yeux au ciel.

– Il va à la fac et ce n'est pas un meurtrier, mais d'accord. Je vais donner à ce gamin une avance de quinze minutes pour la sieste. Si on a besoin de moi, je serai dans mon pick-up, à finir mon café et me griller une clope.

Ray et Carl, étudiants à la fac comme Brandon, blonds comme des surfeurs, qui faisaient passer des gueules de bois perpétuelles en dormant, haussèrent les épaules et se dirigèrent vers leur voiture, probablement pour faire une sieste aussi.

– Retour à 12h05 ! lança Brandon.

Il fit un signe de tête à Rufus et Luis, qui avançaient vers la glacière d'eau et de Gatorade avant de trouver une place à l'ombre.

– Je vais voir comment va Taylor. Nous venons juste de faire un sacré raffut, je veux m'assurer que le bébé n'est pas trop effrayé.

– N'as-tu pas dit que tu n'allais pas porter deux casquettes à la fois ? se renfrogna Rufus.

Oh bon sang.

– Oui, mais… c'est le bébé, les gars, d'accord ?

Il s'attendait à une autre dose de conneries, mais à sa grande surprise, tous les deux acquiescèrent, soudain sérieux. Le bébé était aussi sacro-saint que la sieste. Bon à savoir.

Attentif à ne pas faire trop de bruit, Brandon enleva la poussière de ses bottes sur le tapis devant la porte du garage et ôta sa ceinture d'outils et son casque, les laissant près du tapis avant de se glisser à l'intérieur.

La vaisselle du petit déjeuner était à moitié finie, mais Taylor n'avait pas encore attaqué le reste de la cuisine. Il y avait une tache géante sur le sol, près de l'évier, qui pourrait être n'importe quoi – de la moutarde, du sirop et du mélange à pancake, du caca moutarde… tellement de mauvaises, très mauvaises options dans cette direction.

Le travail de Taylor – Brandon dut se le rappeler. Bien sûr, il savait que Taylor couperait probablement son bon bras avant de laisser Brandon l'aider de toute façon.

Brandon était en train d'enjamber un gobelet – vide heureusement – quand il entendit la voix de Taylor en mode panique totale.

– Conroy ? Doux Jésus, gamin. Où es-tu passé ?

Oh, merde ! Brandon fonça à travers la cuisine vers le couloir, menant à la chambre des garçons, où le berceau de Conroy se trouvait.

– Conroy ! cria Taylor. Bon sang, gamin, tu étais à l'instant dans ton berceau !

Le son distinctif du plat d'une main heurtant un mur résonna dans la maison, tout comme le cri surpris d'un enfant de deux ans.

Les pas de Brandon ralentirent quand il entendit la voix de Taylor redescendre.

– Oh. Oh mince. Petit. Je suis tellement désolé. Tu étais dans ton berceau. Oh bon sang. Bébé, je suis tellement désolé – je ne voulais pas te faire peur, d'accord ?

– D'accord, Taylor.

– Mon Dieu, tu es gentil. Bon, Oncle Taylor va te frotter le dos et tu vas te rendormir, d'accord ?

– Hum…

Brandon avança discrètement jusqu'à la porte et regarda à l'intérieur. Conroy était allongé sous une petite couverture bleu foncé, portant une grenouillère bleu foncé, avec des draps bleu foncé.

Il ne fallait pas être un génie pour comprendre ce qui s'était passé.

Brandon resta jusqu'à ce que Conroy s'endorme – avec cet enfant, il fallait une minute et demie – et attendait quand Taylor émergea de la chambre sombre, referma doucement la porte et s'affala contre le mur du couloir.

– Foutre Dieu, souffla-t-il.

Brandon put voir les taches de sueur sous ses bras et la brillance de son visage – le pauvre homme avait été terrifié.

– Tu ne pouvais pas le voir, hein ?

Il s'assura de maintenir sa voix décontractée et compatissante. Il ne pouvait imaginer à quel point ça serait terrifiant de penser qu'il avait perdu le petit.

– Pas même un peu, répondit Taylor d'une voix éraillée. Je pensais que ce gamin avait crocheté la fenêtre ou autre chose. Saloperie, ça craint, cracha-t-il en claquant légèrement son cache-œil de la paume.

– Ce n'est pas ta faute, lui dit Brandon.

Taylor tourna la tête et Brandon acquiesça parce qu'il le pensait vraiment.

– Ça aurait pu m'arriver aussi. Il tire tout le temps la couverture par-dessus sa tête.

– Il s'était volatilisé. C'était… Mon Dieu.

Taylor ferma l'œil, déglutit et frissonna. Brandon avança vers lui, frottant un cercle hésitant sur son biceps.

– Tu t'en sors bien, tu sais.

– As-tu vu la cuisine ? demanda amèrement Taylor.

– Eh bien oui, fut obligé de rire Brandon. Et je crois que j'ai laissé des traces de jus dans le couloir, alors ne me remercie pas. Mais, Taylor, il allait bien. Tu n'as rien cassé en le cherchant. Tu n'as pas encore appelé la police, alors il n'y avait pas *trop* de panique. Les enfants font des trucs comme ça. Il y a deux ans, quand Conroy était un bébé ? C'était Melly. Elle s'était planquée sous la table basse pour jouer à cache-cache – mais elle n'avait jamais dit à qui que ce soit qu'elle était en train de jouer. Nica courrait vers

63

la piscine pour voir si la barrière avait été laissée ouverte et Jacob prenait le téléphone pour appeler les flics quand elle est sortie d'un coup et a dit « Surprise ! » Je te jure, je n'ai jamais été aussi soulagé de toute ma vie.

Taylor déglutit, hocha la tête et la pencha en arrière contre le mur comme s'il essayait toujours de se reprendre.

Brandon profita du moment.

Il l'embrassa.

Pendant une intense seconde, Taylor ouvrit la bouche et répondit. Brandon tomba dans le baiser comme s'il tombait dans le terrier du lapin blanc. Quand Taylor enroula les bras autour de ses épaules et le tira plus près, Brandon suivit le mouvement, et ils furent torse contre torse, égal à égal, Brandon plongeant la langue dans la bouche de Taylor et le goûtant, le goûtant encore. Pancakes, jus de fruit, panique, désir… tout était à prendre et Brandon le prit.

Taylor rompit le baiser après un moment et s'écarta.

— Le réconfort est terminé, dit-il d'un ton bourru. Je dois aller ranger la cuisine. Et bon sang, tu as vraiment marché dans la flaque de jus de fruit et tu en as mis partout dans le couloir, pas vrai ?

De parfaites empreintes violettes en forme de gaufre tachaient la moquette beige.

— Désolé. Je m'en occupe. Tu prends la cuisine.

— N'as-tu pas un boulot à faire ?

Taylor lui lança un regard noir et Brandon se rappela son équipe, qui deviendrait nerveuse dans environ cinq secondes.

— D'accord, très bien. Tu peux nettoyer mon bazar. Mais j'ai besoin d'une faveur.

— Tu as besoin d'une faveur pour que je nettoie…

— Reste, dit rapidement Brandon.

C'était jeudi. Depuis quatre jours, Taylor avait réussi à ramasser ses affaires et décamper à l'instant où Jacob et Nica étaient rentrés. Brandon en avait assez – il était pratiquement sûr que Taylor allait à la salle de sports, puis peut-être dans son propre appartement pour ruminer ou se suspendre à l'envers comme une chauve-souris ou autre chose. Brandon voulait une chance et était prêt à supplier.

— Je suis désolé ?

— Tu devrais l'être. Ils te demandent de rester dîner chaque soir, et tu te casses.

– Ils n'ont pas besoin que je m'attarde chaque soir pendant qu'ils essayent d'avoir un...

– Reste, insista Brandon. Reste ce soir. Reste dîner avec nous.

Taylor gigota, mal à l'aise.

– Gamin...

– Brandon. Reste. S'il te plaît. Penses-tu être le seul à avoir de l'orgueil ?

Taylor baissa le menton sur son torse et se massa la nuque.

– Très bien. Ce soir, je vais rester.

Brandon lâcha un soupir de soulagement et le suivit dans le couloir. Quand ils arrivèrent à la cuisine, Brandon s'autorisa le luxe de faire traîner une main entre les omoplates de Taylor jusqu'au creux de ses reins, s'arrêtant pendant un instant pour caresser ses fesses à travers le jean.

– Merci, dit-il doucement.

Taylor frissonna et garda la tête tournée.

– Tu es sacrément persuasif, marmonna-t-il.

Brandon lui donna une claque sur les fesses et rit, puis sortit pour dire à ses troupes que Conroy était endormi et qu'ils pouvaient reprendre le travail.

TAYLOR mangeait en silence, souriant à Jacob et Nica, taquinant doucement les enfants, mais ne se mettant pas en travers du rituel de leurs parents, comme chaque soir.

Brandon saisit l'occasion pour l'observer, remarquant l'expression presque affamée dans ses yeux, tandis que Nica et Jacob s'occupaient de leur famille.

Tino disait que Taylor avait été battu.

La pensée éclata spontanément dans la tête de Brandon. Taylor avait été maltraité quand il était enfant, probablement pour avoir été gay.

Un homme coriace – un soldat – qui avait lutté pendant la rééducation et travaillait à obtenir son diplôme. Tant de détermination à faire quelque chose de bien de sa vie, tant de coups contre lui et ce qu'il semblait vouloir – semblait *désirer* – était juste ici, dans cette pièce.

Et il avait été forcé de rester.

Brandon avait besoin de savoir pourquoi.

– Dustin...

L'avertissement dans la voix de Nica sortit Brandon de son étude de l'homme à sa droite, et tous les yeux se posèrent sur le garçon, qui remua sur son siège.

– Oui, Maman ?

– Ta professeure de natation m'a appelée aujourd'hui. Elle a dit que tu allais te noyer.

Jacob recracha son riz pilaf.

– Sérieusement ?

– Oh oui, leur dit Nica d'un air sombre. Apparemment, Dustin a imité la nage du petit chien qui se noie toute la semaine.

Melly et Belinda ricanèrent, et Dustin leur lança un regard assassin.

– Pourquoi ferais-tu une telle chose ? reprit Nica. Nous savons tous que tu sais très bien nager ! Pourquoi as-tu fait ça ?

– Parce qu'il s'emmerdait comme un rat mort, offrit nonchalamment Taylor avant d'enfourner une autre bouchée de riz pilaf dans sa bouche.

Tous les yeux se tournèrent vers lui, y compris ceux de Brandon. C'était la plus longue phrase qu'il avait dite depuis qu'ils s'étaient assis, incluant « Passe-moi le lait. »

– Taylor ! siffla Nica. Ton langage !

– D'accord, répondit Taylor en plissant le nez. Il s'ennuyait comme un rat mort. Ou s'embêtait. Il s'ennuyait tellement que pisser dans son pantalon paraissait une bonne idée, parce que, au moins, c'était quelque chose à faire.

– Beurk ! s'écrièrent en tandem les petites filles.

Mais Brandon eut une bonne vue sur le visage de Dustin.

Il avait les larges pommettes et le petit menton pointu de la famille de Nica, mais il avait le teint à rougir facilement de Jacob. À cet instant, ses pommettes arboraient d'éclatantes marques roses et il se mordait la lèvre inférieure pour s'empêcher de glousser.

Oh oui… aussi sûrement que l'enfer était en feu, ce petit morveux avait fait pipi dans la piscine.

– Pourquoi s'ennuierait-il ? demanda Nica.

Taylor avala la bouchée de riz et s'essuya la bouche avec précaution avant de répondre.

– Parce que la prof est plus équipée pour des enfants de l'âge de Melly. Mais Belinda est déjà un peu vieille pour elle. Et tes enfants sont déjà des as de la natation. Enfin, si tu veux leur offrir de la stimulation, enrôle-les peut-être pour un cours de sécurité aquatique. Il y a des cours de maîtres-nageurs juniors au même endroit à peine une demi-heure plus tard. Melly et Belinda pourraient assister au cours de natation et Dustin pourrait aller aux maîtres-nageurs juniors, puis nous pourrions faire notre demi-heure à la bibliothèque *après* l'heure de l'histoire et pas avant, et je pourrais les déposer au Club ABC sans la demi-heure supplémentaire à patienter au préalable.

— Mais qu'en est-il de la sieste de Conroy ?

— Pourquoi cela affecterait-il la sieste de Conroy ? se renfrogna Taylor, essayant manifestement d'utiliser son cerveau comme tableur. De plus, je dois emmener Conroy pour un long trajet jusqu'à la maison après, alors il peut dormir dans la voiture. Brandon oblige les gars à faire une pause le temps que Conroy s'endorme, ça ne va pas faire avancer les travaux plus vite.

Maintenant, tout le monde fixait Brandon. Ou plutôt Nica le fixait et Jacob avait un sourire en coin.

— Tu fais arrêter ton équipe pour qu'il puisse faire la sieste ?

Brandon claqua le bras de Taylor, mais celui-ci ne tressaillit même pas.

— Oui, Jakey… Et alors ? C'est un cauchemar d'essayer de maintenir tout le monde dans les temps quand il est grognon. Quinze minutes de sieste, et c'est de l'or en barre.

— Mais il est sacrément tôt pour six hommes adultes pour prendre leur pause, rétorqua Jacob. Peut-être que Taylor marque un point. Pas sur le fait de conduire. Mais peut-être que si nous reprogrammions la séance du Club ABC une demi-heure plus tard, il pourrait déposer les enfants et ramener Conroy ici à temps pour que l'équipe de construction prenne un vrai déjeuner.

Taylor grogna.

— Quoi ? demanda Brandon, sentant sa désapprobation.

— J'espérais vraiment pouvoir éviter la demi-heure avant le Club ABC, marmonna-t-il. Mais peu importe…

— Les dames sont toujours impolies, intervint Dustin, hochant la tête avec sympathie vers Taylor.

Et soudain, tout le monde regardait de nouveau Dustin.

— Clarifie « impolies », exigea Nica, d'un ton dangereux.

La mâchoire de Dustin se serra de la même manière que celle de sa mère.

– Elles lui offrent simplement tous ces conseils et lui disent qu'il sera tout content quand il ne sera plus obligé de faire ça et disent « Oh, je suis désolée que vous ne puissiez pas avoir un vrai travail… »

– Ce n'est pas ce qu'elles disent, grogna Taylor, donnant l'impression de vouloir être n'importe où sauf à table. Et ce n'est pas grave. Dustin, l'emploi du temps est assez compliqué tel qu'il est. Je peux faire face à tout ce poulailler. Ce n'est pas un drame.

– Que… commença lentement Nica. Qu'a dit *exactement* cette femme ?

Taylor serra la mâchoire et secoua la tête, regardant partout sauf vers les gens autour de la table.

– Laisse tomber, Nica. Je suis…

– Oh non. Non, non, non, non. Qui était-ce et qu'a dit exactement cette femme ?

Brandon détestait l'impuissance féroce qui irradiait du corps de Taylor.

– Elle a dit qu'être blessé n'était pas une excuse pour faire le travail d'une femme. Et, je n'ai aucune idée de qui c'était… Le nom de son gamin est Kelsey, mais il y a au moins six Kelsey dans leur séance, alors voilà. Nous savons tous qui a été méchant envers Taylor, je suis un grand garçon et je peux encaisser, ce n'est pas le sujet.

– C'est *exactement* le sujet, aboya Nica avec fureur.

– Non, le sujet est que Dustin a besoin d'un autre cours de natation et que nous devons arrêter d'empêcher Brandon de faire son travail. Tout le reste, ce sont mes affaires…

– Tu es notre affaire ! gronda Nica. Nous n'allons pas de nouveau te jeter aux loups…

– Ce n'est pas du tout la même chose, maintint Taylor, claquant sa fourchette sur la table.

Toute la famille le fixa et il jura doucement dans sa barbe.

– Écoute, Nica… s'il te plaît, non. Je peux faire face à des gens stupides, d'accord ? Trouvons simplement aux enfants un cours décent. Cette femme qui leur enseigne la natation a le cerveau de moineau le plus petit et le plus agaçant au monde. Elle va leur faire détester l'eau et ils sont en partie poissons. Tenons-nous-en à ça.

– N…

Jacob prit apparemment son courage à deux mains pour passer outre sa femme.

– Bien sûr. Nous nous en tiendrons à ça.

– Jakey !

Jacob la regarda, son visage, un masque enjoué de fainéant amical qui aurait pu tromper les gens quand il était plus jeune. Mais après ces deux dernières années à observer Jacob élever une famille, faire tourner ses entreprises et être un mari et un père extraordinaire, Brandon n'était pas particulièrement dupe.

– Monica ! retourna Jacob, riant. S'il te plaît… nous pourrons en parler plus tard, après avoir verrouillé l'emploi du temps et convaincu Brandon de ne pas mettre son entreprise sur la paille juste pour que Conroy puisse faire une sieste.

– Ce n'est pas un si gros drame, maugréa Brandon.

– Eh bien, nous pouvons faire en sorte qu'il soit encore plus petit et ramener Conroy ici pour une heure de déjeuner décente. Je téléphonerai demain quand j'accompagnerai Taylor pendant ses tournées.

– Non, grommela Taylor.

– Tu ne peux pas changer l'emploi du temps – tout le monde a besoin d'une signature parentale et je n'ai aucun souci à prendre un congé. J'ai des gars pour faire mon travail et on a besoin de Nica ici. Alors je viendrai et nous pourrons simplement…

– Jacob, dit Taylor avec désespoir, les yeux fermés, je te donnerais de l'argent pour que tu ne fasses pas ça.

– Tu ne te laisses emmerder par personne, dit sévèrement Jacob.

– Je suis…

– Le sujet est clos.

– Puis-je sortir de table ? demanda Taylor avec une patience exagérée.

– Bien sûr, répondit Jacob, piquant avec violence sa côte de porc. Mais va dans le salon et regarde la télé. Ne t'arrête pas devant l'évier pour faire la vaisselle. Nous avons une femme de ménage et ton travail aujourd'hui est terminé. Tu es ici en tant qu'invité.

Taylor se leva, ayant l'air perdu et un peu affecté, et Brandon posa sa propre fourchette.

– Pendant que tu es là, je vais te montrer comment passer autour du site, comme ça si tu emmènes les enfants à la piscine, tu connaîtras le chemin le plus facile.

Le scepticisme transparent de Taylor était bien justifié, mais de cette façon, Brandon pourrait le tirer de ce dîner clairement pénible.

– Allez, insista-t-il, amenant son assiette à l'évier. Il fait bon dehors.

L'humeur maussade ne diminua pas, mais il suivit Brandon hors de la cuisine vers la construction ouverte sur la terrasse. Brandon s'arrêta pour allumer l'éclairage afin qu'ils puissent voir tout du long jusqu'à la piscine.

Brandon mena le chemin, fier que son site soit aussi propre, même quand il n'était pas en utilisation. Taylor suivit d'un pas lourd et Brandon put dire à son allure qu'il était fatigué.

Ils passèrent le long de la balise jaune jusqu'au jardin, et quand Taylor ne releva même pas la fragilité de l'excuse de Brandon, celui-ci sut qu'il avait eu besoin de s'éloigner.

— Ils ont de bonnes intentions, dit-il doucement.

— Bien sûr.

Taylor avança jusqu'à la piscine et regarda l'eau avec morosité. La lumière immergée était allumée et la piscine brillait comme un bijou enveloppé du velours calme de la nuit estivale.

— Ce n'est pas bien, ces femmes dégueulasses...

— Je ne suis pas un enfant, Brandon. Je sais de quoi j'ai l'air. Je ressemble à un type qui ne pourrait pas trouver un boulot d'homme. Je pense que c'est l'un des jobs les plus difficiles que j'ai jamais faits, alors elle peut s'étrangler avec ses diamants et mourir... mais ce n'est pas obligé d'être un problème.

— Mais ils ne pouvaient pas être là pour toi quand tu en avais besoin, dit Brandon, oubliant que Taylor ne lui avait jamais raconté lui-même cette histoire. Ils veulent se rattraper.

— Tu as joué les commères ? demanda Taylor avec un rire sec.

— J'étais inquiet au début. Tu le sais. Mes parents... eh bien, ils ont été un peu froids quand j'ai fait mon coming out. Ensuite, ils sont devenus glacials quand je n'ai pas changé d'avis. J'ai changé de fac pour l'Université de Sacramento, et Jakey m'a offert une place au-dessus de son garage. Je suis le resquilleur préféré de tout le monde depuis, expliqua Brandon en gardant la voix légère, mais Taylor comprendrait. Cet endroit, ces gens... ils sont une famille pour moi. Ils essaient d'être une famille pour toi. Je pense simplement...

Taylor l'épingla d'un regard irrité.

— Tu penses quoi ?

— Je pense que tu devrais accepter leur aide.

— Je ne suis pas un étudiant...

— Tu vas l'être !

– Je suis tout seul depuis une décennie…

– Alors ne serait-il pas agréable de sortir de ton isolement ?

– Sérieusement, je suis chanceux que Dustin n'ait pas piégé la maison à ce stade…

– Je crois qu'il t'*apprécie* vraiment…

– Et qu'est-ce que *tu* retires de tout ça ?

De frustration, Taylor donna un coup de pied dans le grillage.

Brandon se tenait environ un mètre vingt sur la droite de Taylor et il imita un des lents pivotements de celui-ci pour le coincer sous un regard inflexible.

La bouche de Taylor s'ouvrit d'un coup et ses sourcils se haussèrent… même son cache-œil bougea.

– Non !

Mais il semblait plus perplexe qu'autre chose.

– Mon Dieu, tu es bête.

Brandon fit deux pas vers sa gauche. La chaleur du corps de Taylor chargea l'air contre son bras.

– Je pourrais dire pareil ! s'écria Taylor, secouant la tête d'exaspération… et faisant deux pas sur *sa* gauche.

– Vas-tu jouer la carte de l'âge ? demanda Brandon. Parce que je pourrais souligner que jouer à Jacques a dit n'est pas vraiment mature.

De nouveau deux pas sur la gauche. Il les fit plus grands – leurs bras se touchèrent vraiment.

Taylor grogna et s'écarta, levant la main pour la passer dans ses cheveux.

– Brandon… lâcha-t-il dans un souffle. S'il te plaît. Juste… pas ce soir.

Brandon enroula un bras autour de la taille de Taylor et sentit le frisson qui l'agitait.

– Je ne te drague pas… pas à cet instant, promit-il. Simplement… tu as eu une dure journée, Taylor. Appuie-toi sur moi. Juste pour quelques minutes. À qui cela va-t-il faire du mal ? Comment quelqu'un le saurait-il ?

– Je le saurais, dit misérablement Taylor, mais sans s'écarter.

– Et moi aussi. Mais ça va. Je ne penserai pas de mauvaises choses sur toi parce que tu as eu besoin de quelqu'un, pendant une minute.

Taylor se détendit de manière infinitésimale.

– Tu as raison pour la journée. Elle a été vraiment craignos.

– Tu veux m'en parler ?

– Je préférerais simplement écouter le silence, répondit Taylor en secouant la tête.

Brandon prit une profonde inspiration et essaya de ne pas remplir ce moment de bruit. Deux maisons plus loin, le chien des Codit aboyait, et des enfants de l'autre côté de la rue massacraient du rock dans leur garage. Une faible brise vola à travers le jardin, Brandon ferma les yeux et laissa une partie de sa journée partir avec elle.

Le corps de Taylor, chaud et solide, continuait de générer de la chaleur, et Brandon en tira aussi du réconfort.

– J'ai eu si peur, avoua Taylor, sa voix perçant à peine le silence. J'ai été au combat. J'ai… J'ai vu des gens blessés… tués. Je ne me souviens pas avoir autant paniqué. Ce gamin… il dépendait de moi, je me suis retourné et il avait disparu.

– Il fait partie de ta famille, Taylor… tu vas ressentir ça un peu plus profondément.

– Je ne me rappelle pas avoir ressenti ça envers ma famille, déclara Taylor après un moment et un grognement. Qu'est-ce que ça fait de moi ?

– Un enfant, avoua Brandon, ayant du mal à déglutir à la pensée de son propre père. Comme moi. Un enfant blessé.

Taylor tourna la tête et frotta le nez vraiment doucement contre la tempe de Brandon. *Ahh*… Celui-ci ferma les yeux et soupira. Il n'était *pas* seul… et ceci en était la preuve.

– Étais-tu un enfant blessé ? demanda doucement Taylor.

– Mon patron connaît mes parents, expliqua Brandon, qui avait essayé de ne pas réfléchir à tout ça pendant la semaine. Il dit que mon père ne va pas très bien. Ma mère essaie de le convaincre d'aller chez le médecin, mais ce n'est pas comme s'il l'avait déjà écoutée, hein ? Mes frères sont partis de la maison et n'appellent jamais… Et, soudain, c'est… ils m'ont appelé, genre, quatre fois en deux ans ? Je n'ai même pas le droit à une carte de Noël – la famille de *Jacob* y a droit. Et on s'attend à ce que je l'appelle ou lui rende visite et lui dise d'aller voir le médecin avant qu'il ait une crise cardiaque. Et je suis énervé. Parce que… parce que…

– Parce que ta famille devrait te traiter mieux que ça, conclut Taylor, ponctuant ses mots d'un baiser sur la joue de Brandon.

Celui-ci se tourna et prit sa bouche à la place.

Il ne le fit pas violemment… il n'était pas question de sexe. Il était question de réconfort et de compréhension. Brandon le comprenait.

Pourtant, quand Taylor soupira et ouvrit la bouche, Brandon, qu'on lui pardonne, poussa son avantage. Il prit les commandes, se tournant pour qu'ils soient torse contre torse, et prit fermement en coupe la nuque de Taylor pour que ce dernier sache ce qu'il voulait.

Taylor le laissa finir le baiser, répondit comme s'il avait besoin de plus. Mais quand Brandon recula et appuya le front contre celui de Taylor, tous les deux le souffle court et haletant dans l'obscurité éclairée de diamants, Taylor inclina légèrement la tête – juste assez pour rendre difficile le fait de continuer.

– Est-ce que Simms est toujours ouvert ? demanda-t-il sans crier gare.

Brandon dut cligner plusieurs fois des yeux avant de comprendre la question. Dieu... chaque terminaison nerveuse dans son corps picotait, chaque centre sexuel – sexe, odeur, anus, bouche, mamelons – était gonflé, et la seule pensée qui tournait dans son tout petit cerveau privé de sexe était *Comment je peux emmener ce mec dans un endroit privé pour que je puisse lui montrer comment on fait ça ?* Malgré le fait qu'il ne l'ait jamais fait avant, Brandon voulait *tellement* prouver à Taylor qu'il pouvait faire en sorte que ce soit bon, attentionné, merveilleux.

Il voulait offrir à Taylor le merveilleux.

Alors il se sentit comme un foutu génie quand il répondit de manière intelligible.

– La salle de billard ?

Taylor sourit faiblement et – de façon étrangement tendre – embrassa son front.

– Oui. C'est toujours ouvert ?

– Oui. Pourquoi ?

Taylor ne s'écartait pas encore et Brandon appelait ça une victoire.

– Parce que... tu veux aller jouer au billard avec moi demain ? Tu sais, de mauvaises ailes de poulet, une bière ou deux, du billard ?

Il fallut un moment à Brandon... et ce fut embarrassant.

– Un rendez-vous ? demanda-t-il stupidement.

– Est-ce que les gens font encore ça de nos jours ? J'ai été à l'hôpital pendant plus d'un an... ce n'est pas devenu politiquement incorrect, pas vrai ?

– Non, Taylor, fut obligé de rire Brandon. Simplement... habituellement, les salles de billard... pas romantiques.

– Eh bien, d'accord, grogna Taylor. Nous pouvons inviter Jacob.

Bon sang, il semblait sérieux.

– Non, non, non ! Ça peut être un rendez-vous.

Un sourire pensif étira la bouche mince de Taylor.

– Bien. Je n'ai jamais été doué avec la partie relation. La partie sexe…
ça, je pouvais faire.

Une rougeur se répandit comme une traînée de poudre sur le corps de
Brandon, de ses orteils à la racine de ses cheveux. Taylor dut le sentir – *devait*
l'avoir senti – parce qu'il gémit et frotta du nez la tempe de Brandon.

– Tu es soudain devenu tout chaud, dit-il doucement. Ne sois pas
trop excité. Pour ce que j'en sais, je ne me souviens pas comment faire ça
avec un autre être humain. Sérieusement, ajouta-t-il avec un haussement
d'épaules avant de reculer, rien d'extraordinaire.

– À ce stade, tout acte sexuel sera quelque chose d'extraordinaire,
grogna Brandon, avant de marquer une pause. Si, tu sais, je voulais vraiment
que mon père fasse cette crise cardiaque.

Taylor lâcha un bruit de genre « Eurk ! » et Brandon lui claqua le
visage d'une main.

– Je l'ai refait, n'est-ce pas ? J'ai dit quelque chose de vraiment
morbide. Désolé. Je devrais probablement capter le fait que je *suis*
simplement ce type.

– Oui, dit Taylor d'une voix rauque. La morbidité, je peux vivre avec.
As-tu sous-entendu que tu es vierge ?

Brandon pensa aux quelques branlettes qu'il avait offertes à la fac
et la demi-relation qui s'était terminée quand l'autre gars avait confessé
échanger des pipes avec un autre ami.

– Pratiquement. En gros. Vierge à quatre-vingts pour cent. J'ai déjà
tenu un autre pénis, vu un autre pénis, mais n'ai en fait pas *goûté* un autre
pénis. Ou vu une autre personne complètement nue.

– C'est presque complètement vierge, espèce d'idiot !

Brandon le frappa sur le bras.

– Il n'y a pas de raison de crier.

– Oh doux Jésus ! Pourquoi moi ? Qu'est-ce qui, chez le type que tu
pensais incapable d'être la nounou, t'a fait penser « Lui ! C'est le bon. Je
dois le draguer ! »

– Eh bien, avoua Brandon en commençant à glousser, d'une, *tu es
vraiment canon.*

Taylor tourna un regard outragé vers lui et il se calma.

– Et de deux, j'étais stupide. Je t'ai regardé – les cicatrices, le caractère
bourru – et Jacob n'était pas très enthousiaste à l'idée de te voir au début.

Et j'ai pensé au pire. Mais tu n'es pas le type que tu étais au lycée. Jacob le sait – ou il sait que tu es le *meilleur* de ce type et pas le pire. Et c'est un type vraiment bien. Est-ce si mal que je veuille te connaître mieux ?

Taylor grogna et recula précipitamment. Brandon frissonna à la fraîcheur soudaine laissée par son corps et se tourna pour le suivre jusque dans la maison.

– Taylor, attends ! Est-ce que ça veut dire que nous n'allons pas au billard ? Taylor, où vas-tu ?

Taylor ne regarda même pas par-dessus son épaule.

– Je vais demander à Jacob s'il veut venir avec nous demain !

Pour un homme qui prétendait être physiquement démoli, il bougeait horriblement vite. Brandon abandonna l'idée de le rattraper et s'arrêta pour sauter sur place dans une montée outrageusement puérile de frustration.

– Bordel de *merde* !

– À qui le dis-tu ! rétorqua Taylor.

Puis il traversa le site de construction et claqua la porte de la cuisine, laissant Brandon seul dans le noir romantique de l'été.

Mauvais Garçons

– **ALORS,** redis-moi pourquoi je suis ici ?

Jacob semblait s'ennuyer, et étant donné qu'il n'avait pas encore réussi à envoyer une seule boule dans les poches, Taylor comprenait pourquoi.

Le billard n'était clairement pas son jeu.

– Pour protéger la vertu de ton cousin, répondit Taylor de manière absente.

Contrairement à Jacob, qui avait apparemment été élevé par des loups qui ne jouaient pas au billard, Brandon avait déjà joué avant. Malgré son corps musclé, il maniait la queue avec la même délicatesse que Picasso tenant son pinceau, et Taylor pourrait vraiment passer la soirée à simplement le regarder.

Ou il aurait pu, si le reste du monde n'en avait pas après le cul étroit et baraqué de Brandon qui étirait son jean usé.

Le regard de Jacob passa de Taylor à Brandon, qui se tenait prêt à dégager la dernière boule dans la poche du coin. Une petite blonde avait la main sur son épaule musclée pour qu'elle puisse lui donner des instructions, comme s'il n'avait jamais joué avant, quand manifestement ce n'était pas le cas. Et son meilleur ami gay tout aussi blond caressait son postérieur quand elle ne pouvait pas voir, essayant de conclure avec lui ou de bousiller la concentration de Brandon – d'une façon ou d'une autre, attaquant pour avoir les deux.

– Je suis supposé protéger sa vertu ? demanda Jacob d'un air hébété.

– Oui.

Brandon tira droit devant avec précision, et la boule rebondit sur la bande opposée et ricocha sur la boule de huit, l'envoyant tourbillonner droit vers la cible.

La fille sauta sur place et l'embrassa sur la bouche, et le garçon saisit ses fesses par-derrière.

– Je suis nul à le protéger.

– Oui, oui, tu l'es.

De l'autre côté de la table, Brandon tourna un regard ironique vers eux et leva expressément un sourcil vers Taylor.

La mâchoire de Taylor se crispa et il plissa les yeux pour lancer un regard noir aux intrus, qui l'ignorèrent. Probablement parce qu'il les mettait mal à l'aise, mais il n'en avait vraiment rien à foutre.

– As-tu des suggestions ? demanda Jacob, s'appuyant avec philosophie sur sa queue. Y a-t-il quelque chose dans le vaste manuel ami-et-famille qui me dit comment briser cette situation ?

– Tu es un père ! grogna Taylor. Et ils ont quoi ? Douze ans ?

– Ils en ont clairement vingt… euh dix-huit. Dix-huit, au moins.

Ils étaient supposés en avoir vingt et un, mais alors que Blondasse couinait et bavait partout sur le biceps de Brandon, le caressant comme un chaton, Taylor dut se retenir de contourner la table et de lui donner une fessée. Pour *ensuite* la forcer à mettre un t-shirt, parce que ses seins débordaient de partout.

– Mec ! susurra le meilleur ami à côté de Blondasse. Tu veux qu'on parte d'ici ? Nous pouvons planter les vieux, tu sais – et ça n'a pas d'importance qui tu choisis. Nous aimons tous les deux regarder !

Les yeux de Brandon s'écarquillèrent de façon comique, et Jacob postillonna de rire avant de bouger pour positionner le triangle.

– Alors, Brand, demanda-t-il, ressortant les boules de la fente, prêt à planter les vieux ?

– Non, affirma Brandon d'un air sombre. D'autant plus que j'ai rendez-vous avec le vieux sexy.

Jacob le regarda, le visage sérieux.

— Tu veux dire que je ne *suis* pas le vieux sexy.

— Beurk… tu es marié. Et mon cousin. Non, Taylor est le vieux sexy.

Taylor savait que son œil s'écarquillait.

— Non pas que je dise que tu devrais rentrer avec Romper Room [3] ici présent, mais je pense que tu exagères un peu.

Il ne savait pas comment le gamin faisait ça. Brandon était entouré par des personnes ayant à peine dix-huit ans, lui sautant presque dessus, caressant son torse, et il réussissait à transformer un moment incroyablement gênant dans une salle de billard bondée en un moment d'intimité.

— Tu es la raison pour laquelle je suis ici, dit Brandon avec douceur.

Il était amusant comme de tels mots pouvaient rendre un homme plus puissant.

Taylor contourna la table jusqu'aux jumeaux excités et essaya avec beaucoup de précautions de les retirer du corps de Brandon.

— D'accord, princesse, il est temps de te trouver quelqu'un plus à ton goût. Je sais qu'il est mignon, mais il n'est pour aucun de vous, d'accord ?

— Trouble-fête, marmonna la fille.

— De mauvais goût, rajouta son ami, levant les yeux au ciel et partant d'un pas nonchalant.

La fille suivait deux pas derrière lui quand la porte en bois plaqué qui maintenait Simms sombre et peu recommandable, même dans la journée, s'ouvrit d'un coup.

— Maureen ! hurla un géant. Maureen ! Nous savons que tu es là, ta mère a tracé ton GPS jusqu'ici, nous ne sommes pas stupides ! Maintenant où diable es-tu ? Il est minuit !

— Oh mon Dieu ! cria la blonde — apparemment Maureen — avant de revenir précipitamment vers Brandon. Papa ! Je peux avoir une vie ! C'est mon nouveau petit ami, son nom est Brandon et Philip approuve totalement.

— Mec, j'approuve carrément, lança Phillip avec un regard lubrique.

— Jésus ! aboya Taylor. Quel âge avez-vous tous les deux ?

— J'aurai dix-huit ans l'an prochain, dit Maureen, levant les yeux au ciel si fort que ça devait faire mal.

Brandon et Taylor grognèrent tous les deux.

— Chérie, rentre chez toi, conseilla gentiment Brandon.

---

3 Ancienne émission de télévision pour enfants d'âge préscolaire.

– Gamine, dégage d'ici. Réconcilie-toi avec Papa – Doux Jésus, sois reconnaissante qu'il en ait quelque chose à foutre de toi, d'accord ?

Elle regarda Taylor et lui tira la langue, puis se tourna vers Brandon et se jeta dans ses bras.

Il la laissa tomber comme si elle était un déchet toxique.

Elle atterrit sur les fesses avec un cri perçant, et Taylor aurait pu jurer que la table de billard trembla et que les boules roulèrent sous la répercussion des pas de son père.

– As-tu fait mal à ma petite fille ?

– Monsieur, je ne pense pas qu'elle puisse avoir mal… elle est comme un cafard ou une araignée-loup, elle revient tout le temps !

Taylor le regarda et Jacob produisit un son ressemblant à un jouet couineur cassé.

– Envie de mourir ? murmura Taylor.

Le reste de la salle était devenu totalement silencieux.

Jacob réussit à trouver assez de souffle pour dire :

– J'aurais pu jurer qu'il n'était pas aussi stupide.

– *Qu'est-ce* que tu viens de dire sur ma fille ?

Taylor devait absolument faire quelque chose.

– Monsieur, il ne voulait pas dire ça. Il est… il a un problème de métaphores morbides, c'est tout. Simplement… elle ne l'intéresse pas, vous comprenez ? Elle est mineure et il n'est pas stupide.

Le type se retourna d'un coup et Taylor entendit sa propre déglutition.

– Vous, monsieur, vous êtes vraiment grand, dit-il.

Il se souvint de la dernière fois où il s'était retrouvé dans une bagarre chez Simms. Cela avait été de sa faute pour avoir sucé deux types dans les toilettes le même soir, et il lui semblait que Gordie n'aimait pas les bagarres dans sa salle de billard.

En particulier quand des dommages étaient inclus.

– Papa, ça fait vraiment mal, geignit Maureen, luttant pour se relever.

Taylor observa le père – deux mètres à quelques centimètres près, avec le visage carré et buriné d'un docker et les mains pour aller avec – regarder sa petite chérie pénible.

Et fondre.

Et Taylor pensa, *Oh merde. Ce type va tous nous tuer.*

– Es-tu en train de dire que quelqu'un devrait être stupide pour aimer ma petite fille ?

– Non, mais je commence à penser que ça aiderait, grommela Brandon.

Mais dans le silence de mort de la salle, tout le monde l'entendit.

– Qu'as-tu dit ? hurla le père de Maureen.

Brandon grimaça comme s'il venait juste de lui traverser l'esprit qu'il aurait pu gérer la situation d'une meilleure façon.

– Écoutez, monsieur, mon rencard ne pensait pas à mal.

Taylor se demanda ce qui lui faisait penser qu'il pourrait maintenant faire la paix. Il avait été l'équivalent de Maureen et de son ami *et* de son père quand il avait été adolescent – lui mieux que quiconque savait comment ça finissait.

– Nous étions juste en train de jouer une partie, et ce Phillip et elle se sont jetés sur lui. Il est un peu frustré, c'est tout.

– Es-tu en train de dire que ma petite fille est une salope ?

Un coup d'œil à ses poings se serrant et se desserrant, ses dents serrées, et à sa posture remuant d'un pied sur l'autre, et Taylor comprit.

Ce type avait probablement pensé que sa petite fille était *morte*. Son sang bouillonnait, son bon sens s'était transformé en vapeur, et aucune âme ne quitterait cet établissement de billard à moins que de la violence fasse baisser la pression.

– Oui, monsieur. C'est ce que je dis. Et je préférerais que votre salope garde les mains loin de mon rencard.

Taylor esquiva le poids du coup parce qu'il était prêt, mais l'impact seul frôlant sa pommette fit horriblement mal. Malgré tout, il se rappelait comment faire ça – il tourna sur sa jambe faible, mais se rétablit, se jetant sur le père de Maureen avec quelques petits coups rapides au ventre et un crochet à la mâchoire.

Papa tituba en arrière, l'air surpris, et heurta la table de billard, qui tint bon. Il rebondit, restant à peine debout, et s'essuya la bouche avec le dos de sa main, regardant avec intérêt le sang qui sortait.

Puis il regarda Taylor et sourit. Il fit des deux mains le signe consacré disant *Viens. Je suis prêt.*

À côté de Taylor, Jacob lâcha :

– Je te hais pour ça.

La soif de sang de Taylor fut si forte que sa tête tourna. Il s'accroupit et hocha la tête, commençant la danse.

– Tu peux partir si tu veux.

– Ma femme m'écorcherait les couilles avec un épluche-légumes. Dis-lui que je l'aimais éperdument.

Dans un soupir massif et un cri, le père de Maureen se jeta sur les deux hommes comme un train de marchandises. Brandon bondit sur son dos et la bataille fut lancée.

TINO Robbins-Lowell observait les dégâts, les sourcils haussés.

– Vraiment, Jakey ? C'est ça ton idée d'une soirée ?

– Pas de ma faute, marmonna Jacob contre la poche de glace, maintenue sur la moitié de son visage. Accuse Brandon.

– Moi ?

Brandon avait sa propre poche de glace, mais de ce que Taylor avait vu, il la tenait sur son œil et rien d'autre.

Taylor lui aurait bien jeté un regard noir, mais son bon œil était si gonflé qu'il était à moitié fermé.

– Oui, toi, répondit-il sèchement. Foutre Dieu, gamin, tu as traité la fille de cet homme de salope !

– Non, Taylor, rétorqua Jacob sans aucune ironie. C'était toi. Brandon a dit qu'il faudrait être stupide pour l'aimer et l'a comparé à un cafard.

– C'est juste. D'une façon ou d'une autre, ce n'est pas la faute de Jacob.

Taylor était assis sur le billard à présent brisé, et sa jambe commençait à avoir des crampes.

De façon assez surprenante, Tino ricana.

– Ce n'est jamais de sa faute. Les gens ne s'énervent pas contre Jacob. Je te jure, il a mis ma sœur en cloque et mes parents lui ont presque apporté des fleurs, expliqua-t-il avant de poser les mains sur ses hanches et d'observer de nouveau les dégâts. Alors M. Simms, combien vous dois-je ?

Gordon Simms, qui avait tant terrifié Taylor pendant la majorité de sa jeunesse déchaînée, faisait un mètre soixante-deux et pesait peut-être quarante kilos. Il avait le visage comme une pomme de terre bouillie et un cigare constamment éteint coincé entre ses dents marron. Parfois pendant la soirée, il passait la tête par la porte battante et crachait, et que Dieu vienne en aide à quiconque était sur le point d'entrer quand il le faisait.

Maintenant, il avait les mains sur ses hanches et secouait la tête.

– Eh bien, l'assurance prendra la plus grande partie en charge. Je n'avais pas eu de bagarre depuis la dernière fois où celui-ci, indiqua-t-il en penchant la tête vers Taylor, a presque tout démoli. Ce n'était pas de sa faute, cette fois. Pas totalement, ajouta-t-il en haussant les épaules.

– Oui, enfin, c'est une bonne chose que mon mari n'a pas été là, ou il se serait jeté dedans avec un ordinateur préhistorique et les choses seraient vraiment devenues terribles. Connaissez-vous au moins le nom de l'autre type ?

– Il s'est enfui comme le lâche qu'il était, dit Simms.

Et bien sûr, un flot de fumée de cigare mâchouillé fit un arc loin des hommes au centre de la salle et partit vers les dégâts en périphérie.

– Sa gamine et son pote le suivaient, pleurnichant sur le fait de défendre son honneur. Crétin.

Tino rigola jusqu'à ce que Jacob le frappe aimablement dans le dos.

– Histoire vraie, expliqua ce dernier.

Taylor hocha la tête en soutien, même s'il ne pouvait pas voir l'expression de Jacob.

– Il a entendu Simms hurler qu'il allait appeler les flics et il est parti si vite que je pense que Brandon a eu un bleu sur les fesses d'avoir été lâché par terre.

– Il ne l'a pas volé, grommela Taylor, faisant encore plus rire Tino.

Quand il eut fini de s'essuyer les yeux sur l'intérieur de son t-shirt en micro-fibre, il réussit à se reprendre suffisamment pour parler affaires.

– Eh bien, nous vous sommes reconnaissants de ne pas porter plainte. Êtes-vous sûr que nous ne pouvons pas vous aider avec une partie des dommages ?

Simms soupira et tordit la bouche de façon presque désolée vers Taylor.

– De l'aide pour la franchise serait très appréciée, admit-il.

– J'ai… grogna Taylor.

– Accordé, affirma Tino. Jacob, tu ramènes Brandon à la maison et je vais parler chiffres avec notre ami Simms. Taylor, je peux te ramener quand j'ai fini.

– Je peux aider…

– S'il te plaît, non, répondit Tino avec un clin d'œil. Tout va bien. Jacob avait besoin d'une soirée entre mecs, plus qu'aucun autre homme dans l'histoire. Si ça ne le rend pas heureux d'être à la maison avec ma sœur, nous devrons l'expédier dans une nation en voie de développement pour qu'il s'occupe d'un village atteint de choléra, parce que rien d'autre ne le rendra heureux.

— Je ne sais même pas ce que je faisais ici, se plaignit Jacob.

Il se leva avec effort de sa position accroupie près de la table cassée et se tourna pour serrer la main de Taylor.

— Mais bon sang, Tino a raison. C'était amusant. Je ne veux jamais refaire ça, mais c'était plutôt super le temps que ça a duré.

— Content d'avoir pu aider, ricana Taylor en lui rendant la poignée de main.

— Ouais, bon. Nica passera demain avec plus de poches de glace, de la nourriture et d'autres trucs. Une fois que je lui aurai raconté l'histoire, elle va m'accueillir en héros.

La poitrine de Taylor se serra et il pensa à la façon vaine dont il avait essayé de protéger l'honneur de Brandon. Et de protéger Brandon en général.

— On est des as, dit-il, mais les mots manquaient de passion

Jacob soupira et posa une main réconfortante sur son épaule.

— Ce n'était pas de ta faute, Tay… Ce type allait mettre la pâtée à l'un d'entre nous. Il cherchait juste la bagarre. Tu t'es proposé comme cible. C'était comme te jeter sur le mec avec une grenade.

— Il l'a fait, confirma Simms, sa poitrine se gonflant d'admiration. Je me souviens de toi, tu sais, quand tu étais une petite merde agitatrice. Qui aurait cru que tu te développerais vers la grandeur ! Je suis sacrément impressionné, gamin. Tu n'as pas idée.

Il serra la main de Taylor avec une prise ferme et joyeuse, puis Tino et lui se tournèrent vers le bureau pour faire leurs étranges rites vaudous monétaires ou quoi que ce soit d'autre. Taylor ne voulait même pas penser à Tino ramassant l'addition.

— Tu viens, Bran ? demanda Jacob, faisant quelques pas vers la porte d'entrée.

— Nan, répondit celui-ci et Taylor le regarda rapidement. Si Nica passe demain, je lui demanderai de me ramener. Je veux parler à Taylor.

— Et pioncer sur son canapé, dit Jacob, comme si c'était la seule manière dont ça pouvait finir.

Taylor regarda Brandon à temps pour le voir papillonner de ses grands yeux verts à l'attention de son cousin.

— Bien sûr, Jakey. Je dormirai sur le canapé de Taylor.

La bouche de Taylor s'ouvrit en grand, mais aucun son ne sortit.

– Chez moi ? articula-t-il après le départ de Jacob et que la porte s'était refermée derrière lui.

– Oui, répondit Brandon, balançant les jambes sous le bord de la table et se redressant. Ton appartement.

– Pourquoi ?

– Pour que nous puissions finir notre rendez-vous.

Brandon avança dans son espace et remit doucement la poche à glace. Taylor devait avoir été frappé plus fort qu'il ne le pensait.

– Nous allons…

– Parler, coupa Brandon, laissant courir ses doigts sur le dos de sa main. Crois-moi, Taylor, je ne veux rien faire de physique ce soir. Mais c'était notre rendez-vous. Tu me le dois.

– Défendre ton honneur ne compte pas ? demanda Taylor d'un ton bougon.

Bon sang, avait-il fait la vaisselle ? Avait-il fait son lit ? Est-ce que sa grosse chose blanche avait souillé sa litière ?

– Quel est le problème, Taylor ? Tu as peur de ne pas avoir frotté la cuvette jusqu'à ce qu'elle brille ?

Oh, ce gamin *était* le karma – arrogant, outrecuidant et… et caressant le côté du visage de Taylor avec les cicatrices, le côté qui n'avait pas été frappé ce soir, le côté que Taylor touchait à peine avec un gant de toilette parce qu'il détestait la rugosité des cicatrices sous ses doigts.

Le côté qui avait envie qu'on le touche.

– Mon appartement n'est pas préparé pour de la compagnie, expliqua Taylor avec une dignité tardive.

– Eh bien, je ferai comme chez moi, dit doucement Brandon, continuant ces caresses fascinantes sur la mâchoire endommagée de Taylor.

– Gamin, qu'est-ce que tu me fais ?

– Tu as bondi à ma rescousse. C'est un truc digne d'un chevalier en armure étincelante, Taylor. Comment suis-je supposé ne pas vouloir te connaître mieux ?

Taylor grogna, essayant de le repousser d'une main.

– Tu es à peine plus âgé que… c'était quoi son nom ?

– J'ai vingt-deux ans. Je te l'ai déjà dit. Tino et Channing ont dix ans d'écart… je ne te vois pas argumenter contre ça !

– C'est parce que tu n'étais pas là quand j'ai essayé de me glisser dans le pantalon de Tino, grogna Taylor, pensant que ceci – *ceci* pourrait être la chose pour le faire arrêter d'essayer.

– Quel âge avais-tu ?

Argh ! Il était incroyablement grand et prenait tout l'espace de Taylor avec une odeur de sueur et de quelque chose d'étonnamment sombre et musqué.

– Dix-huit ans, admit Taylor. C'était l'été où Nica et Jacob se sont mis ensemble et où ton cousin a mis enceinte ma meilleure amie.

– Et avant que Channing et Tino soient ensemble. Alors tu n'essayais pas d'être un briseur de ménage, tu essayais juste de te taper ce canon.

Taylor grogna et s'écarta des mains douces de Brandon.

– Il était mignon, concéda-t-il

Brandon rit à gorge déployée et abaissa les lèvres jusqu'à la bonne oreille de Taylor.

– Il l'est toujours. Mais il est hors limite. Je ne le suis pas.

– Ce n'est pas que je n'ai pas envie de toi, lâcha-t-il les dents serrées et souhaitant ensuite mourir.

– Vraiment ? Alors pourquoi ?

Oh, il était excité de manière obscène.

Taylor ferma les yeux et secoua la tête.

– Beaucoup trop de questions, confessa-t-il. Mais gamin, tu vas quand même rester sur le canapé ce soir.

Le sourire de Brandon prit ce qui restait de sa vision.

– Mais je *vais* rester cette nuit. Je n'exclus rien.

– Argh !

Le doux ricanement de Brandon rendit uniquement la défaite pire.

TINO les ramena tous les deux au petit appartement de Taylor, sans aucune question.

Jusqu'à ce qu'il conduise jusqu'au parking miteux et voie le stuc écaillé et l'allée craquelée.

– Comment diable as-tu trouvé un immeuble aussi merdique à Rocklin ?

– Il fallait un don et un mauvais jugement, grimaça Taylor. Un très, très mauvais jugement.

Il ferma l'œil, content de ne pas être capable de voir l'endroit. Il l'avait trouvé en ligne pendant son séjour à l'hôpital. Le jour de sa sortie, Nica l'avait attendu à la porte avec une camionnette empruntée transportant toutes ses possessions matérielles stockées au garde-meuble.

Tino s'arrêta devant le petit immeuble et Taylor avait la main sur la poignée pour sortir quand Tino le stoppa d'une phrase.

— Un mois, déclara-t-il comme s'il résolvait un problème.

— Excuse-moi ?

— Quand ton loyer est-il dû ?

— Euh… dans vingt-cinq jours.

— Bien. As-tu signé un bail ?

— Non…

Parce que l'endroit était vraiment trop merdique.

— Encore mieux. Tu as vingt-quatre jours pour préparer tes affaires. Channing et moi venons juste de rénover un immeuble qui est à un kilomètre et demi de chez Nica. Nous louerons un camion et t'aiderons à emménager.

— Oh, mon Dieu, *Tino*… gloussa Brandon depuis la banquette arrière. On dirait tellement Channing. C'est extraordinaire.

— En dix ans, j'ai appris des choses, répliqua Tino, poussant Taylor du doigt pour s'assurer qu'il avait toute son attention. Je ne déconne pas, Taylor. Nica aurait dû nous parler de cet endroit. Tu as trois semaines et demie. Tu emballes tout et…

— Ma chatte ! protesta Taylor, surtout parce que c'était la seule objection à laquelle il pouvait penser.

— Ta chatte est la bienvenue. Nous t'installerons dans un appartement qui a gardé la vieille moquette. Tu m'entends ?

— Tino, non. Je veux dire, c'est mon appartement pourri…

— Étage supérieur ou inférieur ?

— Je vis à l'étage supérieur…

Mais il le détestait. Après une longue journée, ces escaliers détruisaient ce qui restait de son mollet et sa cuisse.

— Nous te mettrons en dessous.

Brandon s'esclaffa et Tino leva les yeux au ciel.

— Nous parlons appartement, Brandon… le reste, ce sont tes affaires personnelles. Mais non. Tu es venu demander de l'aide à ma mère, maintenant tu es de la famille. Nous ne laissons pas la famille vivre dans un endroit dangereux. Cet endroit devrait être condamné.

– Mais…

– Merci, Tino, s'écria Brandon depuis l'arrière. Je le dirai à Nica quand elle viendra me chercher demain. Jakey voudra aider.

– Bien sûr.

Brandon ouvrit sa portière. Malgré le fait qu'il était une heure du matin un vendredi à la fin d'une très longue semaine, il bondit de la voiture comme un lièvre très musclé. Taylor se sentit un peu malade à cette pensée.

Pendant que Taylor se débattait encore avec l'idée de déménager si vite, Brandon ouvrit sa portière et lui offrit une main pour sortir. Taylor l'ignora.

– Mais, Tino, je viens juste d'emménager…

– Alors tu n'as probablement même pas déballé tes affaires. Ne le fais pas.

– Mais c'était meublé.

Taylor n'avait *rien* eu quand il était parti de l'armée. Enfin, des économies. Et une tonne de cicatrices.

– Tout comme le sera celui que tu auras, rassura Tino, sortant son téléphone et se faisant une petite note. Maintenant, je déteste me plaindre, mais il est une heure du matin, et vous avez vu mon mari ? J'aimerais rentrer auprès de lui.

Il regarda Taylor avec impatience et Brandon poussa de nouveau la main dans le champ de vision de Taylor.

Cette fois-ci, il la prit.

– Merci de nous avoir tirés d'affaire, réussit-il à dire, juste avant que Brandon ne referme la portière et que Tino ne démarre.

Brandon n'avait toujours pas lâché sa main.

Taylor l'écarta.

– Le canapé est horrible. J'espère que tu vas te bousiller le dos.

Le rire rauque de Brandon sembla obscène dans le calme du cul-de-sac. Avec un grognement, Taylor ouvrit la marche vers les escaliers.

– **MARILYN,** appela-t-il. Viens ici, chérie.

Un *miaou* indigné lui parvint avant même qu'il puisse libérer la porte. Il se pencha avec raideur et prit la chatte dans ses bras. Il savait qu'il serait sorti cette nuit-là, alors il lui avait laissé de la pâtée le matin, mais il ne faisait aucun doute qu'elle avait déjà été dévorée et oubliée.

Mais Marilyn aimait apparemment Taylor même plus que son bol de nourriture, parce qu'elle mit le museau contre le sien pendant trente bonnes secondes dans une tentative de le marquer minutieusement.

Taylor lui fit plaisir, ignorant Brandon, qui était assez près pour gratter cette chose blanche et duveteuse derrière les oreilles pendant que Taylor la cajolait.

Finalement – *finalement* –, elle gigota pour descendre, et Taylor lui donna à manger, puis clopina jusqu'au salon, conscient que Brandon assimilait tout : la cuisine en U, la table en formica, le carrelage blanc craquelé, la moquette beige défraîchie. Même le misérable canapé écossais. Tout ça criait « fauché » et « temporaire », et la gêne de Taylor était vive.

Mais Brandon ne dit rien là-dessus.

– Viens… Taylor, assieds-toi au moins. Tu marches pas bien.

– N'es-tu pas à la fac ? grogna Taylor. Cela fait longtemps, mais j'aurais pu jurer qu'il y avait un cours de grammaire quelque part dans les deux premières années. Je veux dire, sérieusement ?

– Vas-tu t'asseoir ou non ?

Typiquement Brandon – non affecté par la critique. Peut-être que Taylor devrait arrêter d'en offrir.

– Non, en fait.

Taylor enleva ses tennis – elles avaient des inserts spéciaux dans les semelles – et commença ce régime d'étirements dont il était si fier.

– Désolé. Ma chambre n'a pas assez de place, alors je vais faire ça ici pendant que je peux encore bouger.

Ses mollets et ses cuisses étaient le plus contactés à cet instant, alors Taylor se mit en position fente, jambe gauche devant, jambe droite derrière, les mains serrées devant lui. Ah, voilà. Lever le talon arrière, le baisser. Lever la tête, la baisser. Il respira prudemment, expirant alors qu'il s'étirait, inspirant quand l'étirement se relâchait, et rien que la respiration détendit les muscles crispés par la bagarre et la longue nuit.

Pour une fois, Brandon était heureusement silencieux, et Taylor changea de jambe, passant à la fente avec les mains liées derrière le dos et releva les fesses pour pouvoir étirer son torse et ses épaules.

Ah… ah… ah…

– Merde !

Le spasme tordant sa jambe gauche fut énorme et sans merci.

– Quoi ! Quoi !

Brandon bondit du canapé, presque comme s'il faisait la sieste pendant que Taylor s'étirait.

– Crampe, réussit à dire Taylor avant de tomber à genoux puis sur le côté.

À sa grande surprise, Brandon le fit rouler immédiatement sur le dos, ses mains larges et compétentes.

– Jambe gauche ?

– Oui ! haleta Taylor, s'efforçant de pousser contre son talon et de diriger ses orteils vers son tibia dans la position classique dorsiflex.

– Là, appuie contre ma main.

Brandon appuya contre la plante du pied avec une main et ensuite – oh que Dieu le garde – appuya la paume de son autre main le long de l'arc contracté du pied de Taylor, et tandis qu'il se détendait, il appuya son épaule contre le pied et bougea les deux mains jusqu'au mollet, poussant fort jusqu'à ce qu'il ait défait le nœud musculaire.

Le souffle de Taylor ralentit et il s'autorisa à se détendre sur la moquette pourrie pendant qu'il essayait de voir quelle partie de son corps allait réagir le plus mal à ce qui venait juste de se passer.

– Voilà, dit doucement Brandon, se levant et lui offrant une main pour se relever. Va t'allonger et mets-toi en boxer.

Taylor prit la main parce qu'il n'avait pas d'autre choix et se retrouva supporté par le bras de Brandon autour de sa taille alors qu'il boitait jusqu'au lit.

– Peut-être que je devrais me doucher d'abord, dit-il, pensant au bonheur de l'eau chaude le martelant.

– Bien sûr. Je t'aiderai à entrer et sortir de la douche, puis je t'aiderai à t'habiller.

Le ton fade de Brandon dit à Taylor tout ce qu'il voulait savoir sur le fait qu'il était une vieille fille célibataire.

Mais quand même.

– Oh non !

– Oui, c'est ce que je pensais. Les douches sont pour les hommes qui peuvent marcher. As-tu une baignoire ?

– Pas une dont je voudrais approcher mes fesses.

– Mon Dieu, Taylor, je jure que si tu n'acceptes pas de ton plein gré l'offre de Tino, je te ferai déménager moi-même.

– Je ne suis pas un enfant !

– Non, mais ça ne signifie pas que nous n'avons pas tous besoin de soins, même si nous avons, oh, que Dieu nous vienne en aide, vingt-huit...

– Neuf !

– Oui, vingt-neuf ans. Doux Jésus, tu es un emmerdeur.

– Alors, rentre chez toi.

Taylor ne pouvait se rappeler, de toute sa vie, avoir été aussi pitoyable. Aussi embarrassé.

– Non, refusa doucement Brandon. Là, enlève ton haut.

– Je sens *vraiment* mauvais, avertit Taylor.

– Tout comme moi. Tu te souviens, aucun de nous ne s'est douché après le travail. Il faisait une centaine de degrés aujourd'hui.

– L'épique couche triple épaisseur de Conroy pourrait m'avoir effrayé à vie, admit Taylor. J'ai joué toute la première partie de billard en espérant que personne n'allait renifler l'air et crier « Hé ! Ce type ! Il pue le caca de bébé ! » Je ne serai jamais de nouveau propre.

Brandon rigola et enleva le t-shirt, faisant attention de ne pas lui faire lever son bras estropié trop loin au-dessus de sa tête.

Il souffla doucement quand les cicatrices furent visibles et Taylor se dépêcha de déboutonner son short pour en finir. Il heurta le sol avec un bruit sourd, et il grimaça.

– Bon sang, mon téléphone.

– Je m'en occupe.

Brandon enroula sa main chaude à l'arrière de la cuisse de Taylor alors qu'il s'accroupissait pour ramasser le téléphone. Il se releva et Taylor indiqua le chargeur posé sur la petite table basse décrépite près du lit.

L'absence de cette main chaude fit mal quand Brandon s'écarta.

Taylor prit une grande bouffée d'air et la relâcha consciencieusement, essayant de détendre le nœud qui s'était formé quand ses épaules s'étaient tendues.

– Pourquoi ce soupir ? demanda Brandon, se retournant et repoussant les couvertures.

Au moins, les draps étaient propres. Et il avait trouvé la couette pendant un de ses voyages – tout en coton, avec des broderies vives et des dessins de moutons, de poules et de chevaux sur l'avant. Cela lui avait coûté une petite fortune pour la faire expédier depuis l'étranger, mais Nica l'avait mise dans son garde-meuble sans un mot.

Quand elle était venue à l'hôpital le jour de sa sortie, elle conduisait une camionnette empruntée avec toutes les possessions matérielles à l'arrière, y compris cette couette.

– J'essaie de défaire les nœuds, répondit Taylor, repliant avec précaution la couette un peu plus.

– Voilà, je vais chercher une serviette. Ne t'allonge pas encore.

Taylor portait toujours son boxer, mais il ne pouvait se souvenir s'être senti plus nu. Contracté, blessé – son œil faisait encore mal, tout comme un millier d'endroits sur son corps qui n'aurait pas dû se battre ce soir, mais avait été surpris à le faire quand même.

Il fut soulagé quand Brandon revint avec une serviette de plage géante et une bouteille de lotion corporelle à la vitamine E et à l'aloès.

– Y a-t-il une piscine par ici ? demanda-t-il, étalant la serviette sur le lit double.

– Oui. Elle n'est pas géniale, mais…

– Mais tu es trop fier pour utiliser celle chez Jacob et Nica, même si la natation aide ton corps, évalua Brandon. Je vais voler ton maillot de bain en sortant d'ici, d'ailleurs.

Il était pendu sur le porte-serviette. Bien sûr.

– Pourquoi ?

Il ne put résister quand les larges paumes de Brandon le repoussèrent, la tête la première sur la serviette.

– Parce que. Ils ont une piscine parfaite et agréable. Et des enfants qui aimeraient jouer avec toi. Je ne sais pas combien de chlore ils utilisent ici, mais l'odeur dans la salle de bain m'a fait pleurer. C'est mauvais pour ta peau.

– D'où la lotion, reconnut Taylor.

Brandon devait en avoir mis sur ses mains, parce que l'odeur réconfortante d'amande et de cerise emplit la pièce.

– Floral.

Brandon posa ces grandes mains sur les épaules de Taylor et commença à travailler sur les muscles, et Taylor s'en moqua complètement de l'odeur.

– Le parfum de ma mère, dit-il, luttant contre la faiblesse qui l'envahissait de partout.

Faiblesse corporelle, la fragilité dans son cœur d'avoir été seul pendant si longtemps, la barrière fragile qui maintenait Brandon à distance quand cet homme – pas ce gamin – voulait entrer avec tant d'insistance.

Brandon ne s'arrêta pas quand les nœuds se relâchèrent. Il continua simplement de pétrir et pétrir jusqu'à ce que les muscles fondent comme du beurre.

— Hum, oui. La mienne portait quelque chose qui sentait la prune et la violette. Pourpre. Elle porte encore, probablement.

— Je devrais chercher un parfum masculin.

Taylor appuya son visage contre la serviette et essaya de ne pas laisser sa voix se voiler. Des larmes spontanées dues au soulagement de la douleur, à la privation de contact, coulèrent et il ne put simplement pas les arrêter.

— Ils en ont, mais ça ne paraît jamais aussi doux. On dirait qu'ils mettent plus d'alcool dans les parfums pour hommes, alors ça ne fonctionne pas aussi bien.

— Beurk… ahh… oh bon sang. Probablement une idée de mon père. Oh mon Dieu, gamin, vraiment ?

Brandon travaillait sur le biceps atrophié de son bras blessé, ses mains prudentes, mais tout de même fermes.

— Tu as perdu beaucoup de muscles ici, commenta-t-il. Dans l'épaule aussi.

— La chair était arrachée jusqu'à l'os, l'informa Taylor. J'ai à peine gardé le bras.

Les lésions cicatricielles, épaisses et tordues, devaient être étirées constamment pour permettre au muscle de se reconstruire dessous.

— Et la jambe ?

— L'œil était un échange équitable.

Cela l'avait été. Durant ces mois de rééducation physique, Taylor avait rendu grâce jour après jour. Il pouvait encore voir les couleurs. Il pouvait encore conduire – pendant la journée était préférable, mais il pouvait encore conduire. Il pouvait encore marcher. Il pouvait encore…

Tenir le corps d'un homme dans deux mains fonctionnelles.

Enfin, il n'avait pas osé penser à ça, mais il y pensait à coup sûr maintenant.

Les mains de Brandon s'arrêtèrent pendant un moment, et il se pencha pour embrasser l'épaule de Taylor.

— Pour que tu reviennes afin que je puisse te rencontrer ? Bien sûr.

— Gamin…

— Non.

La voix de Brandon s'était voilée, tout comme celle de Taylor. Et maintenant, celui-ci était reconnaissant d'être allongé sur le ventre, parce que ses larmes coulaient, chaudes et impuissantes, de son bon œil.

Physique, spirituel, émotionnel – il avait été dans un vide pendant si longtemps. La montée de stimulation autour de son cœur, son esprit et son corps était bien plus que ce à quoi il avait été préparé.

– D'accord, grogna-t-il.

Brandon continua simplement de travailler sur son dos, ses côtes, ses bras, son fessier, ses cuisses, ses mollets. Quand il eut passé ces derniers, il incita Taylor à se retourner.

À ce moment-là, les larmes avaient fini de couler, mais il savait de quoi il avait l'air.

– Je vais bien, marmonna-t-il, relevant les genoux et roulant sur son bon côté.

– Ça fonctionnera aussi, décida Brandon.

Et ensuite, qu'il soit béni, il poussa Taylor à étirer sa jambe pour pouvoir travailler de nouveau sur sa voûte plantaire et son cou-de-pied.

– Tu as de bonnes mains, soupira de contentement Taylor, le voile disparu de sa voix, Dieu merci. Pour un ouvrier spécialisé.

– Oui, eh bien, avoua Brandon, continuant de travailler même si ses doigts devaient se fatiguer, j'étais en kinésiologie pendant mes deux premières années de cours. Je voulais en faire mon métier.

– Hum... pourquoi as-tu arrêté ?

Le vif éclat de rire de Brandon surprit Taylor. Il ne s'était pas attendu à de l'amertume.

– Mon contact avec les patients est merdique – je dis plus de conneries morbides que n'importe qui de ma connaissance.

– Ce qui te met à égalité avec les secouristes dans l'armée, lui dit Taylor.

Il avait été « M. Bones » pendant un mois à l'hôpital. Mais ces mêmes types qui l'avaient engueulé quand ils l'avaient sorti du sable étaient venus voir comment il allait pendant ce mois – Taylor pouvait faire face à leur sens de l'humour pourri.

– Tu ne voulais pas continuer ?

– Eh bien, *si* ! répondit Brandon, semblant surpris, même envers lui-même, peut-être. Mais il y a eu mon coming out, et l'étrange atmosphère froide venant de mes parents, et... eh bien, c'étaient eux qui avaient suggéré la kinésiologie et tout. Alors j'ai déménagé chez Jakey et...

– Laisser tomber les bonnes choses concernant tes parents avec les mauvaises ?

– Pouah. Ça semble si mature.

– Tu m'as vu, ça – Brandon ? J'ai l'impression d'être le roi des mauvaises erreurs que j'ai faites étant jeune.

– C'est… c'est rassurant, en fait.

Et l'optimisme fut de retour. Dieu merci.

– Rassurant ?

– Eh bien, oui. Parce que… tu vas accepter l'aide de Tino et quitter cet appartement, et c'est une erreur avec laquelle tu n'auras pas à vivre.

Oh par l'enfer. Il n'était pas obligé d'en être reconnaissant.

– Très bien.

– Et je peux reprendre la kinésiologie. J'ai eu beaucoup de cours techniques et physiques qui peuvent être mis en application, et l'éducation générale est toujours utile. Je peux seulement ajouter un an ou deux à ma peine.

– Tu es vraiment horriblement heureux, tu le sais ?

– Allez, donne-moi ton autre pied.

Taylor lutta très fort pour ne pas fondre, baver et couler sur les draps en coton.

– Et… continua Brandon, baissant la voix, comme s'il se persuadait de quelque chose. Et… demain, j'irai voir mon père et ma mère. Même s'ils sont des abrutis, je pourrai au moins dire que j'aurai essayé.

– Je viendrai avec toi, marmonna Taylor.

Parce qu'apparemment, il avait eu une grosse montée d'endorphines et planait très haut. *S'il vous plaît, qu'il dise non merci, s'il vous plaît, qu'il dise non merci…*

– Ce serait génial ! Merci, Taylor !

Il fut tenté de feindre le sommeil.

– Je t'en prie, Brandon. Merci pour…

Pour avoir enlevé la douleur. Pour m'avoir parlé comme à un être humain. Pour m'avoir touché volontairement.

Pour m'avoir touché tout simplement.

– Pour le massage, finit-il. Merci pour le massage.

Il sentit le baiser de Brandon sur sa joue, mais il *était* vraiment proche de s'endormir, alors il ne dit ni ne fit rien.

Il pourrait avoir souri.

B.a.-ba de l'âge adulte

BRANDON ne dormit pas sur le canapé.

Taylor s'endormit, clairement plus satisfait qu'il ne l'avait été depuis un moment, et Brandon se leva et se déshabilla, ne gardant que son boxer. L'appartement était petit et exigu, mais le refroidisseur par évaporation fonctionnait plutôt bien. Il l'alluma en ajustant les ouvertures pour que la chambre, au moins, soit fraîche.

Puis il repoussa les draps au pied du lit et s'y glissa à côté de Taylor.

Non, il ne prévoyait pas de l'attaquer dans son sommeil, non pas qu'il ne fut pas tenté. Mais, petits pas – ce soir Taylor l'avait laissé le toucher, et Seigneur, comme il avait semblé en avoir besoin. Brandon serait heureux avec ça pour la nuit.

De plus, il était fatigué, endolori, et ils sentaient tous les deux mauvais. Même si Taylor n'avait pas eu de gros bagages physiques et émotionnels, Brandon n'aurait pas voulu qu'ils fassent quoi que ce soit de romantique durant cette nuit.

C'était suffisant que Taylor ait bondi à sa rescousse, se soit jeté devant un tank en approche et ait supporté le plus gros de sa furie.

C'était suffisant que Taylor l'ait laissé passer la porte, entrer dans son appartement dépouillé, douloureusement ordonné, avec sa chatte persane gâtée qui mangeait sur la table de la cuisine, parce que Taylor ne l'utilisait manifestement pas.

À cet instant, en cette seconde, regarder Taylor, son visage endormi vulnérable pendant qu'il respirait en paix, était suffisant.

Brandon frissonna et tendit le bras pour tirer la jolie couette en coton et le drap sur leurs corps, juste à temps pour que la chatte saute sur le lit avec la grâce d'un sac de sable.

– Bonjour, Marilyn.

La chatte avança entre eux en se déhanchant et laissa tomber sa grande silhouette blanche et duveteuse à hauteur de visage. Brandon rigola doucement et se tourna de l'autre côté, content pour l'instant. Taylor viendrait à lui le jour suivant. Il pouvait vivre avec ça.

IL se réveilla tôt, envoya un message à Nica, puis interchangea son téléphone avec celui de Taylor sur le chargeur et se rendormit. Quand Nica lui répondit, il eut assez de temps pour sortir du lit et fusiller le téléphone du regard avant de l'entendre frapper.

Il courut à la porte et l'ouvrit en boxer, lui faisant signe de se taire.

– Il dort encore, chuchota-t-il. S'il te plaît, Nica ! Il a été un héros hier soir !

Elle entra, brandissant une boîte rose de pâtisseries devant elle comme une protection contre les conneries et regarda le visage contusionné de Brandon avec un franc scepticisme.

– Je vois que certains méchants se sont glissés sous le bouclier de Captain America.

– Eh bien, répliqua Brandon avec un clin d'œil, il ne peut pas accaparer *toute* la gloire. As-tu appoté mes vêtements ?

Elle balança le sac de son épaule jusqu'au sol et il le ramassa.

– Tino attend dehors…

– Pourquoi Tino ?

– Parce que mon mari a apparemment *aussi* été un héros hier soir et il végète sur le canapé avec les enfants dans les bras, souhaitant être endormi ou mort.

Tant mieux pour Jacob.

– Eh bien, si ça peut te consoler, je souhaiterais être avec lui. Ce sont de bons samedis. En particulier quand on a des donuts.

Il hocha la tête avec sérieux alors qu'il défaisait la fermeture du sac et commençait à sortir des habits.

Les fossettes aux coins de la bouche de Nica lui indiquèrent que c'était exactement son plan, et elle posa la boîte sur la table, à côté des clés de voiture de Brandon. Elle embrassa sa joue avec joie. Il y avait probablement quelques *grosses* versions de cette boîte dans la voiture avec Tino.

– Eh bien, il essaie de faire bonne figure face à tout ça, mais le futur bébé l'a laissé comme deux ronds de flan. Il fait presque tout ce que je veux – certaines nuits, il se saoule et fait l'idiot. Ou, grimaça-t-elle, se saoule un soir et a fait l'idiot hier, parce qu'il était plutôt sobre quand il est rentré.

– La bagarre n'était pas de sa faute, affirma Brandon en riant doucement. Ni celle de Taylor, mais il s'est placé pour prendre le plus gros.

– Taylor et toi… commença Nica, soudain complètement sérieuse.

Il arrêta de fouiller dans le sac et se releva avec ce dont il avait besoin, incluant son nécessaire de rasage.

– Il s'est endormi avant de pouvoir m'indiquer le canapé, c'est tout. Deux gars allongés côte à côte. Rien à voir ici.

Le sourcil de Nica prit cette incroyable inclinaison, presque verticale, que certaines femmes arrivaient à obtenir.

– Bien sûr. Rien à voir. Excepté que vous aviez *rendez-vous* hier soir et que je dépose ta voiture et trois jours de vêtements, y compris tes habits de travail pour lundi.

Brandon jeta un coup d'œil par-dessus son épaule et vit que Taylor n'avait pas bougé.

– Aucune promesse, dit-il doucement. Je n'ai aucune promesse qu'il se passera quelque chose. Juste… j'espère simplement, tu vois ?

– Oui, lâcha-t-elle dans un petit soupir. Je connais l'espoir. Et je sais que Taylor le connaît aussi. Il peut avoir été un dragueur quand il était plus jeune, mais il a grandi. Il ne veut pas te blesser, trésor, mais il a sacrément peur d'être blessé.

– Je sais que je suis jeune et stupide, mais même *moi,* j'ai compris ça.

Elle grimaça, embrassa sa joue… et soupira de fatigue.

– D'accord, je vais vous faire confiance pour savoir ce qui est le mieux. Ce bébé me botte les fesses. Je n'ai pas l'énergie de materner deux hommes adultes.

– Rentre à la maison et végète avec ta famille, lui conseilla-t-il, offrant une rapide étreinte à un bras. Tu as l'air plutôt en vrac. Ne t'inquiète pas pour nous. Quand est prévu ton prochain rendez-vous avec le médecin ?

Elle paraissait, en fait, horriblement pâle.

– La semaine prochaine. Et tu as raison… J'ai besoin de nourriture qui ne soit pas du sucre et de sommeil, avoua-t-elle, s'arrêtant une main contre la porte. Sois prudent, Brandon. Taylor… c'est un type bien, mais…

– Endommagé, finit Brandon en tapotant sa tempe. Jeune, pas stupide.

Elle hocha la tête et partit, et Brandon attrapa ses vêtements et se dirigea vers la chambre et la salle de bain attenante.

Taylor se releva sur un coude, à moitié endormi quand Brandon entra.

– C'était Nica ?

– Oui. Elle a laissé des donuts, mais ne sors pas du lit avant d'y être prêt. Je vais prendre une douche, si ça ne dérange pas.

– Assomme-toi. Je veux dire, fais attention sur le carrelage, parce qu'il est glissant et tu pourrais t'assommer.

Brandon sourit et s'aventura près du lit pour passer le bout d'un doigt prudent autour de l'œil gonflé de Taylor.

– Comment ça va ce matin ? Ça obscurcit ta vision ?

Taylor lâcha un éclat de rire sans humour.

– *C'est* marrant.

– Ne sois pas un crétin. Comment va ton œil ?

– Super, rétorqua Taylor, son expression ennuyée, pas réprimandée. Ou, tu sais, patriotique aujourd'hui.

– Parce qu'il est rouge, blanc et bleu – ah ah. Devons-nous y remettre de la glace ?

– Gamin, souffla Taylor en se laissant retomber sur le matelas, tu me tues avec cette tenue. Pourrais-tu, s'il te plaît, aller te doucher pour que je puisse ensuite y aller, et que nous puissions prétendre que tu n'as jamais passé la nuit sur le canapé ?

Merveilleux. Ils recommençaient.

Ou pas.

– Bien sûr, je vais me mettre nu chez toi, couvert d'eau chaude savonneuse. Et au fait ? Je n'ai pas dormi sur le canapé cette nuit, et je ne vais pas dormir sur le canapé ce soir. Je ne vais pas y dormir demain soir non plus. Mais je *vais* rester ici et t'emmener chez Nica lundi matin, pour que tu puisses récupérer ta voiture. Et maintenant, tu sais.

Il fonça vers la salle de bain et souhaita – souhaita simplement – pouvoir claquer la porte, mais il était quasiment sûr que s'il faisait ça, cette chose se décrocherait de ses charnières. Ensuite, s'il jugeait bien la situation, le miroir tomberait du mur et le lavabo sur pied s'effondrerait, coupant l'eau et la faisant jaillir partout sur le carrelage, qui craquelait à cause de la pourriture sèche en dessous.

Ce qui enverrait Brandon à travers le sol s'il essayait de tout arrêter.

Il ferma la porte très prudemment et se renfrogna durant sa douche dans la cabine pour une personne.

La menace de Tino de déménager Taylor de force ne serait pas mise à exécution assez vite à son goût.

QUAND Brandon sortit, habillé et marchant d'un pas alourdi par sa mauvaise humeur, Taylor était dans le salon en train de faire des fentes, un poids de deux kilos et demi dans la main gauche et un de dix dans la droite. Il portait un short de course et rien d'autre, de la sueur brillant sur son corps.

Il fallut un moment à Brandon pour réaliser qu'il transpirait à cause de la douleur.

Il déglutit, et Taylor passa des fentes aux développés des triceps, rentrant sa ceinture abdominale et ajustant sa position, le petit pli de concentration sur son front suffisant pour dire à Brandon que ce n'était pas facile non plus.

En silence – Taylor lui tournant le dos –, il avança vers le coin-cuisine et la machine à café, qui finissait de couler.

Il s'en versa une tasse et le dénatura avec beaucoup de lait et de sucre, puis il s'assit devant la boîte de pâtisserie, les yeux remplis d'envie.

– Allez, Nica, allez, allez…

– Touche à celui fourré à la crème d'érable et tu es mort, grommela Taylor.

Il était maintenant sur le dos, les deux poids tenus contre son ventre, les bras croisés pendant qu'il faisait des abdominaux.

– Elle en a amené deux, dit Brandon, jetant un coup d'œil dans la boîte. Suis-je sauf ?

– Oui, bien sûr. Deux, c'est bien. Il y a des fruits et des œufs dans le frigo si tu veux. Cinquante, cinquante et un, cinquante-deux…

– J'ai pensé que nous pourrions manger les donuts maintenant et prendre un gros déjeuner sur la route vers Truckee, suggéra nonchalamment Brandon, pas surpris quand il entendit les poids tomber sur le sol.

– *Truckee ?*

– Oui… C'est là que vivent mes parents. Tu as dit que tu viendrais avec moi.

– Oh. Oui. D'accord. Je ne savais simplement pas… Truckee ? La vache, gamin, c'est une sacrée trotte.

Brandon regarda Taylor tandis qu'il se remettait debout et attrapait les poids. Il chancela légèrement alors qu'il les posait avec précaution dans un coin.

– Je suis désolé. Tu ne veux plus venir ? demanda-t-il, devant forcer les mots, mais jouant franc jeu.

Taylor lui jeta un regard rapide et détourna les yeux.

– Non. Je n'ai pas dit ça. Si tu es sûr de vouloir que je sois là.

Dans la lumière du jour, en short, la chair perdue et les lésions cicatricielles sur son corps étaient encore plus apparentes. En était-il gêné ?

– J'aimerais vraiment que tu viennes.

Brandon attendit que Taylor accepte le contact visuel et hocha fermement la tête. Taylor haussa les épaules et se dirigea vers la chambre.

– Garde-moi un donut fourré à la crème.

L'eau de la douche se mit à couler, et Brandon lâcha un soupir de soulagement. Irritable. Il avait supposé que c'était de l'arrogance au début. Il commençait à voir la gêne, le regret, tout ça jeté dans le même puits.

Ça ne rendrait pas l'eau amère, mais ça rendait le goût… complexe.

Contrairement à, disons, celui de cette pâtisserie, qui était tout ce que Brandon avait espéré et plus encore.

Il finissait son deuxième donut quand la chose blanche géante qui s'était plantée entre Taylor et lui la nuit précédente sauta sur la petite table. Le café et les donuts étaient à un bout, en diagonale se tenaient les deux chaises, et elle se laissa tomber lourdement à l'autre bout, là où sa gamelle débordait sur un set de table. Brandon la regarda comme un vieil adversaire respecté.

– Toi et moi, minette, nous allons devoir parler de limites.

– Oui, tu enfreins les siennes, indiqua Taylor, arrivant de la chambre en sentant le savon épicé et la menthe.

100

Il portait un pantalon-treillis propre et un t-shirt, tout comme Brandon, mais pas de tongs – des tennis à la place. Brandon s'étonna qu'il ne portait pas de sandales, en dépit de la chaleur californienne, mais pensa que ces chaussures avaient probablement des inserts orthopédiques spéciaux pour l'aider à marcher. Brandon réévalua l'homme assis à côté de lui, ébahi de nouveau par le travail qu'il faisait simplement pour être actif dans le monde.

– C'est pour quoi ? demanda Brandon, indiquant la légère gaze autour de la tête de Taylor, couvrant son œil mutilé.

– Il doit sécher à l'air libre, répondit Taylor, la bouche tordue. J'ai pensé t'épargner la foire aux monstres.

Brandon grogna comme si on l'avait frappé et se leva tandis que Taylor s'asseyait. Il s'agenouilla près de la chaise sur le côté droit, et posa des doigts doux sous cette mâchoire carrée fraîchement rasée.

– Laisse-moi voir, ordonna-t-il.

– Non. Doux Jésus, écarte…

– Taylor, laisse-moi voir.

– Tu viens juste de prendre ton petit déjeuner. C'est dégoûtant.

– La ferme, s'il te plaît, laisse-moi voir.

Taylor pencha la tête, se tournant pour que son flanc balafré soit moins accessible.

– Pourquoi ?

– Parce que tu penses que ça va me repousser. Je te verrai sans le cache-œil, je cesserai mon stupide petit béguin et tu ne devras plus être responsable de moi.

– Si c'était vrai, rétorqua Taylor, lui jetant un regard noir, je te le mettrais sous le nez.

– Ce qui signifie que tu apprécies en quelque sorte que je sois dans les parages. Maintenant, laisse-moi voir. Tu pourras le laisser sécher à l'air libre comme il devrait, et nous pourrons mettre ça de côté.

– Très bien, rechigna Taylor.

Il retira la gaze et Brandon vit la cause du cache-œil.

Les lésions cicatricielles étaient étendues, mais normalement, Taylor aurait dû recevoir une prothèse à l'hôpital, probablement avant sa sortie. En fait, avec l'étendue de ses autres blessures, il aurait pu même avoir guéri de l'opération initiale avant de se rendre compte qu'il ne voyait pas.

Mais dans ce cas, il semblait y avoir un surplus de tissus cicatriciel autour de la ligne où la paupière aurait dû être recousue, et Brandon

101

plissa le front alors qu'il glissait doucement les doigts sur la périphérie de l'orbite oculaire.

– Pourquoi pas de prothèse ? demanda-t-il, essayant de comprendre ce que signifiaient les autres lésions.

– Une putain d'infection, grommela Taylor. Chaque fois qu'ils ont essayé de mettre une prothèse, toute la zone gonflait à cause d'un streptocoque. Ils ont compris que les matériaux avaient été contaminés ailleurs, mais j'en avais simplement marre, tu sais, expliqua-t-il avec un haussement d'épaules. Donnez-moi seulement un cache-œil. Comme l'a dit Tino, ils sont sacrément sexy.

Brandon sourit et, sans même y penser, frôla des lèvres celles de Taylor dans un baiser désinvolte.

– C'est vrai. Et ça va, tu sais. Aucun monstre effrayant ici.

Il y avait, en fait, une protubérance de muscles – probablement transplantés depuis la cuisse de Taylor – sous la ligne de greffes cutanées de sa paupière. On aurait dit qu'il avait fermé l'œil et perdu tous ses cils, mais en gros, ça ressemblait à un œil fermé avec des bosses de tissus autour.

– Le cache-œil est mon préféré, lui avoua doucement Taylor. Je dis toujours à Nica que j'ai besoin d'en trouver un en cuir avec un clou en diamant pour les occasions spéciales.

– Ce serait vraiment cool, approuva Brandon, l'embrassant de nouveau.

Ce fut différent cette fois. Taylor s'ouvrit pour lui, doux, vulnérable. Aucun jeu de domination, aucune irritabilité. De la douceur. Brandon en voulait plus, et il appuya un peu plus, satisfait quand Taylor répondit. Brandon prit son visage dans ses paumes et caressa l'intérieur de sa bouche avec la langue jusqu'à ce que le gémissement de satisfaction de Taylor résonne entre eux.

Brandon put à peine s'écarter.

Il se leva en tremblant et se pencha pour embrasser le front de Taylor.

– Nous reviendrons, promit-il. Nous reviendrons et nous finirons ce que nous avons commencé.

L'expression de Taylor tordit quelque chose dans la poitrine de Brandon.

– S'il te plaît, Brandon. Tu ne sais pas ce que tu…

– Je sais. Enfin, je pourrais avoir besoin d'assistance pour l'acte en lui-même…

– Disquette A, fente B ou C – ce n'est pas de la neurochirurgie, maugréa Taylor.

Et pour le grand plaisir de Brandon, il put voir la rougeur s'étalant sur ses joues.

Il caressa doucement du pouce un croissant rose.

– Je sais ce que je fais avec mon cœur, Taylor. S'il te plaît… s'il te plaît, donne une chance à tout ça.

– Tu me connais depuis, quoi ? Deux semaines ?

– Je pourrais te connaître depuis deux cents ans et je pense qu'il y aurait toujours plus de choses à connaître. Deux semaines, c'est un début.

Taylor secoua la tête, clairement à court de mots.

– Tiens, offrit Brandon, tendant la main dans la boîte rose et posant un donut recouvert de sirop d'érable sur la serviette devant Taylor. Veux-tu du lait ou du café ?

– Oui ?

– Mélangés ?

– De préférence, répondit Taylor, esquissant pourtant un sourire. Tu n'as pas à me servir.

– Mange simplement ton donut. Comme je l'ai dit, nous prendrons un déjeuner sur la route de Truckee, rendrons visite à mes parents et serons de retour avant la nuit.

Brandon attrapa l'*autre* tasse dans le placard et commença à diluer le café.

– Je suis impatient, bougonna Taylor. Redis-moi pourquoi tu veux que je vienne.

Eh bien, ce n'était pas comme si Brandon était doué pour mensonges de toute façon.

– Parce que ça va être dur. Et tu sembles vraiment fort. Je pense que tu peux aider à améliorer tout ça.

Le masque de Taylor glissa un peu et l'expression sur son visage fut bizarrement tendre.

– Ça va être dur, concéda-t-il, mais pas comme s'il en était content. Je ne peux pas changer ce fait. Mais oui. Je souhaiterais… Enfin, Nica aurait été là pour moi si elle avait su à quel point ça pouvait être mauvais. Je ne voulais pas qu'elle le sache. Alors je peux faire ça pour toi. Ce n'est pas grand-chose.

– C'est déjà énorme, contra Brandon en posant son café. Maintenant, viens. Il va faire quarante degrés aujourd'hui, et la meilleure partie de tout ça, c'est que nous serons hors de la ville.

– Si nous ne sommes pas rentrés à vingt et une heures, Marilyn va nous éviscérer dans notre sommeil. Tu le sais, pas vrai ?

La chatte n'avait pas bougé, excepté pour enrouler les pattes de manière possessive autour de sa gamelle quasiment remplie. Brandon la fixa et elle le lui rendit, ses yeux jaunes impérieux et inflexibles.

– Tu sais que la plupart de gens ne laissent pas le chat s'asseoir sur la table.

– La plupart de gens n'ont pas pour leur chat le solide respect que j'ai pour elle, rétorqua Taylor avec emphase.

Marilyn tourna son attention vers lui, et Brandon aurait pu jurer qu'elle n'avait rien d'autre que de l'admiration dans les yeux.

Oui, eh bien, elle devrait attendre son tour.

Ou du moins, descendre du lit.

Froid et Ombres

BRANDON conduisit et Taylor se détendit pendant le trajet. La journée restait chaude, mais Nica avait déposé le pick-up Chevrolet de Brandon. Usé, bosselé et pas de la couleur originale ? Oui. Mais il se targuait d'une climatisation exceptionnelle, et Taylor approuvait.

La conversation fila étonnamment bien.

Brandon lui parla des cours de kinésiologie, de ce qu'il avait appris en essayant d'être ouvrier spécialisé du bâtiment, et comme il en aimait le côté physique.

– Oui, kinésithérapeute serait une bonne chose pour toi, admit Taylor. Ceux du centre de rééducation, ils étaient comme toi. Forts, enthousiastes. Sacrément implacables, ajouta-t-il avec un grognement.

Brandon sourit de façon si large que Taylor se demanda si l'éclat de ses dents aveuglait les conducteurs en face.

– Je fais de mon mieux, dit-il fièrement.

La route se rétrécit, tourna, mais Brandon conduisait avec compétence, sans la peur que les gens avaient parfois sur les routes sinueuses. Taylor ouvrit un peu la fenêtre et laissa entrer l'air frais, sentant la poussière et la forêt. Il ferma l'œil, tournant le visage vers le soleil et apprécia la sensation.

— Tu le fais.

— Faire quoi ? demanda-t-il, ne sursautant même pas à la voix de Brandon.

— Je t'ai observé. Parfois, tu… savoures simplement. Comme si tu ne savais pas quand tu pourrais de nouveau en profiter.

— On ne sait pas, déclara Taylor, détestant exprimer l'évidence. Gamin, quand je suis parti pour le désert, j'étais tellement plein de… d'envie, je suppose. Je voulais un *travail*, je voulais une *éducation*, je voulais *tirer un coup*. Je voulais *tout* ça et je le voulais tout de suite. Et même quand j'étais là-bas, c'était une envie après l'autre. Et un jour, nous sommes partis en reconnaissance. J'étais à l'arrière d'un Humvee en pensant « Je *veux* rentrer à la caserne pour pouvoir dîner et prévoir mon futur, et peut-être lire un livre avant de dormir », et soudain, ma vie a explosé.

— Je suis tellement…

— Tu ne comprends pas. J'étais avec des gars, ce jour-là. De bons gars. Je ne pensais pas à quel point c'était bien d'être avec de bons gars — et je n'ai jamais revu la plupart d'entre eux. Le désert était… enfin, c'était horriblement chaud, mais parfois, c'était magnifique, et les gens… ils avaient des vies complètement différentes, je ne les ai jamais regardés pour voir à quoi *ressemblaient* leurs vies. Je n'ai jamais eu cette seconde chance. Et la liste continue. Les choses que j'aurais pu voir, les choses que j'aurais pu sentir, aurais pu dire, aurais pu faire. Ensuite, j'étais sur le dos à l'hôpital et j'ai eu tout le temps du monde pour le *vouloir*. J'en étais presque fou. Je me suis comporté comme un connard, criant et faisant des caprices, puis ce type a été installé à côté de moi — ayant perdu les deux jambes et un bras. Et je l'ai écouté parler à sa femme au téléphone. Tu sais ce qu'il voulait ?

— Quoi ?

— Tenir son bébé, qui venait juste de naître. Et ça m'a frappé. Quand il aurait la chance de tenir ce bébé dans son seul bras… ce serait la meilleure chose au monde pour lui, parce qu'il avait survécu pour le faire, envers et contre tout. Et soudain, je ne *voulais* plus.

— Tu avais, dit-il si doucement que Taylor sut qu'il comprenait.

— J'ai une route agréable, un beau ciel, des arbres et l'air ne sent pas l'autoroute… expliqua-t-il en prenant une inspiration. D'accord, ça sent un peu comme si certains de ces camionneurs devraient apprendre à utiliser leurs freins. Mais oui. J'ai eu mon donut préféré ce matin parce que ma meilleure amie l'a déposé, en dépit du fait que j'ai essayé de tuer son mari la nuit dernière.

– Jacob a aimé ça.

Taylor sourit – il ne put s'en empêcher.

– C'est vrai. Mais tu comprends, pas vrai ?

– Tu as. Tu as de bonnes choses dans ton monde à cet instant.

Oui.

– Oui.

La main de Brandon dans la sienne le surprit, mais Taylor ne s'écarta pas.

– Tu m'as moi.

– Pour l'instant, admit Taylor. Oui.

– Profite, dit Brandon, passant un pouce calleux sur les articulations de Taylor.

– Oui, bien sûr.

Comment pourrait-il ne pas profiter ?

Mais Brandon eut finalement besoin de reprendre sa main, et quand il le fit, Taylor regarda la petite ville autour de lui avec intérêt.

De petits édifices avec des façades bordaient la courbe courte de la rue principale, et Taylor vit des restaurants et un café – très pittoresques et dignes de touristes. La région était magnifique. Beaucoup de résidents étaient simplement là pour l'été, ou même pour de brèves vacances. Beaucoup de gens dans la ville gardaient un chalet ou une multipropriété dans la Sierra Foothills. Brandon s'était arrêté pour faire le plein à Auburn, et étant donné le prix de l'essence à Truckee, Taylor était content qu'ils n'aient pas à s'arrêter de nouveau. À la place, Brandon conduisit à plus de huit kilomètres de la ville et tourna à gauche sur un chemin en gravier qui traversait les bois.

Le pick-up rebondit sur la route inégale, et Taylor se tint fermement à la poignée au-dessus de la vitre, remarquant que Brandon ne semblait pas du tout préoccupé par les mottes de terre.

Apparemment, apprendre à conduire sur une course d'obstacles était considéré comme normal à Truckee.

Moins d'une centaine de mètres sur ce chemin, il tourna à droite et Taylor eut vraiment le souffle coupé.

– C'est la plus mignonne et la plus normale des petites maisons que j'ai jamais vue.

Un étage, peinte en jaune vif et plutôt grande. Taylor imagina environ cinq chambres et deux grands salons, rien qu'à en juger par le nombre de fenêtres à l'étage et au rez-de-chaussée.

– Tu ne t'attendais pas à du normal ? demanda Brandon, s'arrêtant en une glissade.

– Je ne sais pas. Nous sommes au milieu des bois et tu es taillé comme un bûcheron. Je m'attendais en quelque sorte à ce que tu sois né d'une cabane en rondins en sortant par la cheminée. *Ceci*, je ne m'y attendais pas.

Brandon ricana, une chose qu'il faisait beaucoup et facilement. Taylor se demanda à quoi ressemblerait le fait de vivre avec lui. Du rire chaque jour. C'était quelque chose qu'il avait vu dans la famille de Nica, mais n'avait jamais imaginé dans la sienne.

– Oui... enfin, des gens vivent ici, tu sais ? Il y a des commerces et des écoles, comme ailleurs. Mon père dirige l'entreprise fournisseuse de propane ici, et crois-moi, les affaires sont bonnes. Ma mère est réceptionniste au bureau. Ils s'en sortent bien. Ils ont gagné assez pour payer les études de mes frères...

– Pas les tiennes ? demanda Taylor, mais en connaissant la réponse.

– Pas après l'annonce de mon homosexualité, avoua Brandon, une partie de son exubérance faiblissant. C'est pour ça que je ne comprends pas pourquoi Garrett et Cliff ne sont pas venus lui parler. Garland – c'est mon patron, mon père et lui sont amis – m'a dit que Papa n'avait pas l'air bien.

Taylor offrit un bref éclat de rire.

– Ton père est probablement un « homme, un vrai »... qui n'aime pas admettre qu'il est malade.

Taylor avait joué au football une fois avec une fracture au poignet – une sacrée douleur, et quand il avait terminé la partie, il avait été fini pour le reste de la saison aussi. Le médecin lui avait demandé pourquoi il ne s'était pas plaint, et sa réponse avait été « Je peux supporter ça comme un homme. »

Mon Dieu, les hommes étaient idiots parfois.

Taylor ne voyait aucune raison pour laquelle le père de Brandon devrait être différent du sien. Il sortit du véhicule avec la ferme conviction que Brandon était trop bien pour ces personnes – mais Taylor se tiendrait derrière lui quoiqu'il arrive.

– **BRANDON !**

Dans un cri, une toute petite femme dans la cinquantaine se jeta sur le mastodonte qui-ne-voulait-pas-partir de Taylor.

Elle avait la peau pâle et les cheveux teints d'un roux doux. Ils avaient probablement été du même marron auburn que Brandon dans sa jeunesse. Son visage – fin et délicat, sans les larges pommettes de Brandon – portait quelques rides et plus de taches de rousseur, et son expression quand elle vit son fils frappa Taylor droit dans l'estomac.

La dernière fois qu'il avait parlé à sa mère, pour lui dire qu'il sortait du centre de rééducation, elle lui avait répondu qu'elle était contente qu'il aille bien, mais de ne pas revenir chez eux.

Cette femme ne ressentait clairement pas la même chose.

– Bonjour, Maman. Je suis désolé de ne pas avoir appelé…

– Non, coupa-t-elle, en secouant la tête. Je suis désolée. J'aurais dû le faire. Appeler, écrire. Simplement nous… enfin, ton père…

Elle déglutit et regarda par-dessus son épaule, vers le salon.

– C'est un con têtu, Brandon. Il n'a pas changé. Mais je pense que tu lui as manqué.

– J'en doute, grommela Brandon. Va-t-il commencer à hurler quand je vais entrer dans la pièce ?

– Il ne t'a jamais hurlé dessus avant ! s'écria-t-elle, plissant les yeux vers lui comme s'il avait perdu l'esprit.

– Non, mais vous êtes devenus bizarres.

Elle recula et les fit entrer tous les deux dans une agréable maison de style banlieusard – en décalage, peut-être, avec le cadre rustique, mais les murs couleur crème, les parquets, les tapis décoratifs et les pots-pourris ne mentaient pas.

– Comment étions-nous supposés nous comporter ? lui demanda sa mère, perplexe. Y a-t-il un manuel ?

– Oui, répondit Taylor, irrité. Il y est écrit qu'il est le même gamin qui n'essuyait pas ses chaussures quand il avait douze ans. Brandon, es-tu né dans une grange ?

Le regard noir, mais penaud de Brandon fut réconfortant. Taylor s'était senti remarquablement jeune dans cette relation et il était bon d'être plus mature, même pour un instant.

— Non, je n'ai pas non plus été élevé dans une grange, dit-il avec dignité, ressortant pour enlever une partie de la boue sur ses bottes. Désolé, Maman.

— Je suis simplement si heureuse que tu sois ici. Qui est ton ami, chéri ?

Brandon ferma la porte, avança et posa fermement une main au creux des reins de Taylor – et celui-ci renvoya le regard noir, mais sans embarras.

— Voici Taylor Cochran. C'est un ami de Nica et Jakey.

Oh bien… pas de conneries du genre « voici mon petit ami. »

— Et nous nous fréquentons.

Taylor frappa son tibia en passant, mais cet idiot n'eut pas la décence de se taire.

— Arrête ça, Taylor. Je ne suis pas honteux ou gêné, tu ne devrais pas l'être non plus.

— Je n'ai pas l'étoffe pour rendre les parents heureux, siffla-t-il. Tu essaies de faire bonne impression ici.

— Je suis heureuse de vous rencontrer. Je suis Ann-Marie, puisque Brandon n'a vraiment aucune manière.

— Heureux de vous rencontrer, Ann-Marie, répéta Taylor en tendant la main. Il est jeune. Il pourra être dressé.

— Vous ne semblez pas si vieux vous-même, Taylor.

Elle sourit, chaleureuse, mais incertaine, et Taylor se rappela les subtilités sociales qu'il avait utilisées pour tirer un coup.

— J'aurai trente ans en octobre, répondit-il, haussant les épaules. On m'a dit que le cache-œil ajoutait dix ans.

Le reniflement inélégant de Brandon lui offrit une petite lueur chaude dans la poitrine. Il ne pouvait pas y résister, non.

— Apparemment non, dit-il, pince-sans-rire.

Brandon eut le culot de lui sourire. Taylor n'allait pas s'en débarrasser, n'est-ce pas ? De cette menace de continuer où leur baiser s'était arrêté… pour la première fois depuis ce matin, Taylor réalisa que ça pourrait être une chose vraie. Cette menace était crédible.

C'était presque une promesse.

– Vous paraissez trop jeune pour avoir de telles cicatrices, dit Ann-Marie, le tirant loin de la chaleur qui le traversait à la suite de cette promesse. L'armée ?

– Oui, Madame, marmonna-t-il, mal à l'aise avec ce qui viendrait ensuite.

– Merci d'avoir servi votre patrie.

Ouais. Certains types aimaient entendre ça. Il n'était pas l'un d'eux.

– Je vous en prie, Madame. C'est gentil. Brandon, ne devais-tu pas parler à ton père ?

– Que diriez-vous de manger d'abord ? Avez-vous déjeuné ?

Ann-Marie sourit de façon trop joviale, et Taylor garda son soupir pour lui.

– Non, Maman, répondit Brandon avec mélancolie. Mais nous ne voudrions pas te déranger.

Taylor se retint vaillamment de dire « Bon sang, tu ne déranges pas ! » parce que n'importe quelle mère au monde aurait entendu ce désir et l'aurait dit…

– D'accord. Si tu es sûr.

Observer la déception de Brandon fit mal. Elle semblait soulagée, et Taylor comprit.

Ils n'étaient pas de mauvaises personnes, mais ils n'étaient pas à l'aise. La proposition qui serait probablement sortie facilement avec ses autres fils restait coincée.

Brandon avait raison. C'était un coup de poker. On était sur un sol solide un instant, sur une corde raide en pleine tempête le suivant.

Mais il ne pouvait pas haïr Ann-Marie, et il était prêt à parier qu'il ne pourrait pas haïr le père de Brandon. C'était pour cette raison que cela allait être dur.

Sans autre offre de déjeuner, ils s'aventurèrent dans le salon. Un retour dans les années quatre-vingt-dix, la pièce avait du papier peint à bandes dorées, avec des compositions florales et des meubles en cuir rembourrés.

Le père de Brandon était affalé au mieux d'un fauteuil club, ressemblant moins à un humain et plus à un champignon couvert de transpiration.

Taylor grimaça et se tourna pour voir ce que pensait Brandon.

À en juger par la tension dans sa mâchoire et autour de ses yeux, il pensait que la situation n'était pas bonne – pas bonne du tout.

– Mitch ? Mitch, regarde qui est venu nous rendre visite.

111

Le père de Brandon prit une grande inspiration et redressa les épaules, se tournant pour les regarder quand ils entrèrent.

– Bran… don ? Que fais-tu ici ?

Sa respiration était si horrible que Taylor ne put dire s'il était heureux ou non. Ses lèvres et le bord de ses ongles étaient bleutés.

Brandon observa son père pendant un instant, comme sonné. C'était un homme grand et sûrement bâti comme une machine humaine, comme son fils. Il avait les mêmes pommettes larges et les cheveux grisonnants qui devaient avoir été marron autrefois. Il avait l'air atteint de déconditionnement [4] à cet instant, mais Taylor en connaissait suffisamment sur les maladies cardiaques pour savoir que se sentir mal avait probablement précédé le manque d'énergie, plutôt que l'inverse.

– Taylor ? demanda Brandon, la voix tremblante. Euh…

Ann-Marie ne l'avait sans doute pas vu arriver. Taylor pouvait imaginer la progression, parfaitement visible. « *Mitchell, tu vas bien ?* » « *Oui, chérie. Juste fatigué.* » « *Mitchell, veux-tu aller te promener ?* » « *Pas aujourd'hui. Ça va aller…* » Cela avait pu se produire en l'espace de quelques mois.

– Bonjour, M. Grayson, salua cordialement Taylor. Brandon et moi sommes ici pour vous emmener chez le médecin.

– Je n'y… vais pas.

Taylor sortit son téléphone et grimaça. Réseau faible.

– Brandon ?

– Oui ?

– Où est la ligne fixe ?

Brandon lui indiqua du doigt la cuisine sans un mot.

– Va chercher les informations pour l'assurance de ton père. J'appelle une ambulance.

Il ne s'attarda pas pour écouter le choc, l'outrage ou la discussion inévitable. Que ce soit une crise cardiaque aujourd'hui ou la semaine suivante, elle approchait, et Brandon lui avait demandé de l'aide. Taylor ne pouvait réconcilier Brandon et sa famille et il ne pouvait pas arranger la tension, mais il *pouvait* faire ça.

Le courrier sur le plan de travail fut un coup de chance. Il composa le 911 sans hésitation, donna l'adresse et informa son interlocutrice qu'un

---

4 Déconditionnement : perte de la condition physique constatée chez les patients porteurs d'une maladie chronique

homme adulte était en détresse respiratoire, assez pour gêner le mouvement et la parole.

Ils purent entendre l'ambulance arriver de la ville alors que Taylor raccrochait.

ILS suivirent l'ambulance jusqu'à l'hôpital Tahoe Forest et s'assirent dans la salle d'attente pendant que la mère de Brandon entrait dans la salle d'examen. Le père de Brandon s'était plaint – ou avait essayé de se plaindre – durant toute la procédure pour le charger dans l'ambulance, mais c'était difficile de faire valoir un argument quand on pouvait à peine respirer.

– Je m'attendais à être rentré ce soir, soupira Brandon. Je ne m'attendais pas à ça.

– Eh bien, ton père non plus, si ça peut aider, dit Taylor.

Bien que le ricanement de Brandon sembla fatigué, c'était quand même un rire. Sa main sur le genou de Taylor ne fut pas importune.

– Je te suis si reconnaissant. Tu… tu as simplement surgi. Comme Superman. Tu as dit « Ça ! C'est ce que nous devons faire ! » Papa pourrait ne jamais te pardonner, mais tant pis.

Il était du bon côté de Taylor, mais celui-ci ne put se forcer à regarder son expression. À la place, il couvrit la main de Brandon.

– Ça va ?

– Oui, répondit Brandon en serrant sa main. À la fin de la journée – ou tu sais, quand nous retournerons chez toi –, ce sera juste toi et moi, et pas Maman et Papa. Alors, ce n'est pas grave s'ils ne sont pas à l'aise avec nous.

– Tu mérites mieux, dit-il doucement, le pensant vraiment et serrant à son tour. Tu… Tu mérites, genre, la famille de Tino.

Brandon rit, et cette fois, ce fut aussi naturel et franc que Taylor pouvait le demander.

– Tout le monde mérite la famille de Tino et Nica. La chance avec des gens comme ça, c'est qu'ils partagent.

– Partagent ?

Taylor savait ce qu'il voulait dire, mais il aimait le sérieux, l'optimisme dans les mots de Brandon.

– Ils partagent toute cette acceptation. Ils adoptent tout le monde. La famille de Jakey est gentille, mais ils sont plutôt calmes et réservés, tu vois ? Mais les Robbins – ils accueillent simplement les gens. Ils partagent.

– Oui. Ils partagent.

Deux hommes entrèrent dans la salle d'attente, et Brandon se leva, tirant doucement sur la main de Taylor pour qu'il se lève aussi.

– Viens, que je te présente mes frères.

Les frères de Brandon étaient tout aussi grands que lui. Taylor était grand, mais en masse pure, ces types feraient de sacrés ailiers défensifs.

– Garrett, c'est bon de te voir.

Brandon sortit ce franc sourire de vainqueur que Taylor avait commencé à chérir parce qu'il connaissait l'air renfrogné du gamin de façon tout aussi intime. Garrett – plus petit, plus costaud, de l'âge de Taylor, peut-être, dans un polo qui montrait un ventre plus épais et le cou d'un taureau de concours – plissa les yeux et ignora la main tendue de Brandon.

– Que fais-tu ici ?

– Cliff ?

Cliff ressemblait plus à leur mère, ce qui rendait son nez et son menton un peu faible pour ses larges pommettes, et il prit avec réticence la main de Brandon.

– Heureux de te voir, petit frère. Mais que *fais*-tu ici ?

– Gar est venu il y a quelques semaines. Il a dit que Papa n'avait pas l'air bien et que je pourrais lui faire entendre raison.

– Maman l'enquiquine depuis une éternité, grogna Garrett. Qu'est-ce qui l'a finalement décidé à venir ?

– Taylor a appelé le 911, dit sans ménagement Brandon. Parce qu'il pouvait à peine dire mon nom.

– Qui diable est *Taylor* ? questionna Garrett, bien qu'à son regard noir *vers* Taylor, il devait en avoir une bonne idée. Et pourquoi a-t-il son mot à dire sur ce qui arrive à Papa ?

– Voici Taylor. C'est mon…

– Petit ami, déclara franchement Taylor, car même si ce n'était pas vrai, il n'aimait pas le mépris dans la voix, ou les yeux, de Garrett. Et j'ai clairement mon mot à dire parce que je l'ai dit. S'il ne pouvait pas se lever et dire aux ambulanciers de partir, il était manifestement assez faible pour avoir besoin d'eux.

– Alors tu ne connais ma famille ni d'Ève ni d'Adam et tu entres simplement dans la maison de mes parents et…

– Je connais Brandon. Je suis ici pour lui. Il ne voulait pas se disputer avec votre père, alors j'ai appelé le 911. Hais-moi autant que tu veux. Comme tu l'as dit, tu ne me connais pas.

Brandon fit un bruit suspicieux et Taylor se concentra sur lui.

– Ne me regarde pas comme ça ! protesta Brandon. Tu t'en sors très bien tout seul.

Taylor secoua la tête et souhaita de tout cœur avoir ses deux yeux pour que son profond dégoût puisse être bien visible.

– Tu me dois un déjeuner, marmonna-t-il.

– C'est vrai, dit Brandon, saisissant sa main. Et la cafétéria de l'hôpital ne compte pas.

Oh génial. Il ne pouvait pas lâcher la main de Brandon *maintenant*. Il venait juste d'affirmer qu'ils étaient ensemble.

– Un steak, insista-t-il, surtout pour le spectacle. Je veux un steak.

– Marché conclu.

Et pendant un instant, comme par magie, ils furent seuls. L'hôpital cessa d'exister. La gêne de Brandon avec sa famille – même les deux hommes les fusillant du regard – tout ça disparut simplement.

Taylor déglutit difficilement. Les petits amis, les coups d'un soir, les types qu'il avait baisés – jamais, dans toutes ces situations soi-disant intimes, il ne s'était senti aussi d'un homme.

Il hocha la tête et se força à détourner le regard, mais Brandon serra sa main et il sut qu'il ne trompait personne. Quoi que le futur ait en stock pour eux deux, il s'était engagé pour le présent. Ils *étaient* ensemble, quelle que soit la façon dont Brandon le voulait, parce que Taylor était incapable de cracher au visage de ce pur optimisme, de cet espoir sans limites.

À cet instant, dans cette bulle, il abandonna l'envie d'essayer.

Cliff pénétra dans leur bulle, mais pas dans leur intimité. La main de Brandon dans celle de Taylor s'en assura.

– Je ne comprends toujours pas. De quel droit as-tu… ?

– Il a sauvé la vie de votre père.

Ils se tournèrent tous vers Ann-Marie, qui était entrée sans se faire remarquer.

– Maman ? demanda Garrett, la voix baissée de façon respectueuse. Comment va Papa ?

– Ils vont le stabiliser pour ce soir, et il sera opéré demain, expliqua-t-elle avant de prendre une grande inspiration. Ils ont dit qu'il avait besoin d'un triple pontage, et que si Taylor n'était pas venu et n'avait pas pris les choses en main, il aurait simplement pu… s'effondrer. Parce qu'il est tellement entêté.

Elle rigola à moitié et avança vers Brandon, puis le prit dans une étreinte véritablement chaleureuse.

– Merci, fils – de ne pas avoir renoncé à nous.

Taylor lâcha la main de Brandon pour qu'il puisse serrer sa mère dans ses bras et se retira ensuite dans un coin de la pièce avec son téléphone et un jeu vidéo pour qu'il puisse ignorer la joyeuse réunion de famille. Ça ne signifiait rien pour lui de toute manière.

Brandon se laissa tomber à côté de lui quelques minutes plus tard.

– Si tu veux venir les rencontrer maintenant, je promets qu'ils ne mordront pas.

– Je ne les blâmerais pas si c'était le cas, répliqua Taylor avec un haussement d'épaules. Laisse-moi être l'étranger énigmatique qui arrive en ville, fait une bonne action et s'en va. J'ai même une cicatrice, ajouta-t-il avec un geste vers son visage.

– Non, partenaire, se renfrogna Brandon, tu ne peux pas faire ça. Laisse-les te remercier… ensuite, nous partirons.

– Je pensais que nous allions rester pour l'opération. J'allais appeler Nica et demander si elle pouvait aller nourrir ma méchante chatte.

– Maman a demandé à Garrett et Cliff s'ils voulaient dormir à la maison, annonça Brandon avec une secousse de la tête. Elle m'aime, Taylor – elle est reconnaissante envers toi. Mais tout n'est pas gentillesse et lumière.

– Nous pouvons descendre dans un hôtel, offrit Taylor, se surprenant. J'en ai vu quelques-uns. Quand sera-t-il opéré ?

– Très tôt, admit Brandon. Mais…

Taylor fit alors l'impensable – il attrapa de lui-même la main de Brandon.

– Ce qui va arriver arrivera, Brand. Je… Je ne lutterai pas contre ça. Le jour où notre convoi a été frappé, je n'ai pas ressenti de picotements, je n'ai pas eu de prémonition. Il n'y a pas eu d'oiseaux étranges ou de présage. Je ne crois pas aux signes. Au destin, peut-être. Mais si tu veux toujours de moi, je ne vais pas t'arrêter.

Il pensait que cela rendrait Brandon heureux, mais il regarda leurs mains serrées avec du trouble dans les yeux.

– Mais tu ne vas pas te battre pour moi non plus, dit-il, comme si cela venait juste de lui traverser l'esprit.

– Je vais te rapporter un sandwich, lâcha Taylor dans un soupir en se levant. Je meurs vraiment de faim.

Et juste comme ça, l'optimisme de Brandon revint.

– Non… non. Je t'ai promis un steak et il est assez tard pour dîner. Tu as raison. Tu pourras appeler Nica sur le trajet. Je trouverai un hôtel. Nous pourrons partir quand il sortira du bloc.

Taylor lui sourit, le soulagement rendant ce sourire tremblant.

– D'accord. Je vais… enfin, je peux parler à ta famille pendant une minute, si tu le veux.

Ah, ce sourire. Il devrait y avoir une loi contre ça.

– D'accord – très rapidement. Les restaurants ferment tous à vingt heures, et sérieusement, je serai obligé de manger les meubles ou n'importe quoi d'autre.

– Tu es encore en pleine croissance, le taquina gentiment Taylor.

– Toi aussi, répondit Brandon avec une pointe de défi. Tout le monde grandit. Maintenant, allons-y !

GARRETT et Cliff n'étaient toujours pas chaleureux envers lui le temps que Brandon et lui partent, mais l'hostilité ouverte avait faibli. La mère de Brandon étreignit son fils une dernière fois, et Taylor la regarda de manière significative, espérant qu'il comprendrait l'allusion. Il la comprit.

– Es-tu sûre que tu ne veux pas que Taylor et moi restions avec toi ? demanda Brandon, le fusillant du regard par-dessus l'épaule de sa mère.

– Non, chéri. Tes frères sont là. Et… J'aurais dû vous faire à déjeuner, ajouta-t-elle après avoir dégluti et regardé Taylor avec des excuses sincères dans les yeux. Vous deux, allez manger. Si vous voulez, vous pouvez dormir dans ton ancienne chambre…

– Un hôtel sera très bien, expliqua rapidement Brandon.

Taylor rit doucement pour lui-même. Transparent. Transparent comme du verre. Mais le verre pouvait être brisé, et Taylor n'allait pas être responsable de la casse.

– Je serai de retour à six heures.

Une étreinte de plus et ils sortirent.

Une fois que le soleil se couchait derrière la limite des arbres, les montagnes devenaient incroyablement froides, et Taylor se sentit bête de frissonner alors qu'ils montaient dans le pick-up. Il sortit son téléphone pour appeler Nica, soulagé d'avoir, semblait-il, du réseau en ville. Ça sonna et passa sur répondeur, alors il appela Jacob à la place… et ce fut pareil.

– C'est étrange, marmonna-t-il. J'espère que tout va bien.

– Appelle Tino, lui dit Brandon. Là, reste à l'intérieur. Je reviens tout de suite.

Il s'arrêta devant une de ces épiceries qui semblaient vendre de tout, du tabac à mâcher au lait, et Taylor hocha la tête.

– Des brosses à dents ? réclama-t-il, parce que, oui. Nécessaire.

– Bien sûr. Ne t'inquiète pas, je prendrai soin de toi.

Il agita la main de façon rassurante, et Taylor trouva le numéro de Tino et le composa.

Quelqu'un répondit enfin au téléphone.

– Taylor ? Qu'est-ce qui se passe ? Est-ce que Jacob t'a appelé ?

Tino – serein, imperturbable – semblait secoué. Et entouré d'enfants. Taylor entendit distinctement la voix de Dustin en arrière-plan en train de dire « Je ne l'ai pas frappé ! Elle a couru droit dans le mur ! ».

– Non. Quelque chose ne va pas ?

Et soudain, panique. Parce que Taylor, dans son petit appartement pourri, n'avait pas compris à quel point il dépendait de Nica et Jacob pour rendre sa vie normale.

– Eh bien. En quelque sorte. Nica a eu des saignements cet après-midi. Sammy et moi sommes ici avec les enfants puisque les médecins la gardent pour la nuit. Et, bien sûr, Jacob ne va pas la laisser.

Enfin, oui. Parce que Nica et Jacob, c'était un amour véritable. Taylor n'en avait jamais douté, même quand Jacob ne lui parlait pas.

– Alors ça va aller pour elle, pas vrai ?

– Oui, répondit Tino, avant de se calmer presque immédiatement, comme s'il n'aimait pas être surpris à s'inquiéter pour sa petite sœur. Oui. Jacob dit qu'elle devra sûrement rester alitée à la maison, cependant. Sans doute pas pendant toute la grossesse, mais au moins jusqu'au cinquième mois. Alors, continua-t-il, essayant de paraître enjoué, et Taylor eut mal pour lui, c'est assurément bon pour la sécurité de ton emploi. Nica ne voudra de personne d'autre dans la maison à part toi.

Tout l'air sortit à toute vitesse des poumons de Taylor. On avait besoin de lui. On avait vraiment, vraiment besoin de lui. Oh mon Dieu. Oh par l'enfer. Cette famille avait *besoin* de lui. Et toutes ses peurs de ne pas suffire – toute son auto-dévalorisation pour les erreurs du passé – devaient être balancées par la fenêtre.

Il était celui qui suivrait la trace des chaussures de Melly, trouverait le doudou de Conroy, dirait à Dustin de la mettre en veilleuse et s'assurerait que Belinda ait le temps de mener ses poupées à la baguette. Pendant des *mois*, il serait aux commandes. Il pouvait soit dire à Tino de trouver quelqu'un d'autre, soit…

Soit il pouvait gagner à la table familiale cette place dont il avait eu si peur à peine deux jours plus tôt.

– Bien sûr.

Sa voix semblait lointaine à ses propres oreilles. Quelqu'un d'autre. Il était quelqu'un d'autre. Quelqu'un qui n'avait jamais menti à Nica, quelqu'un qui n'avait jamais couché avec une multitude de types au lycée et à la fac, quelqu'un qui ne pouvait pas faire fonctionner une relation dans l'armée, même en restant au pays. Il était un type comme Brandon. Quelqu'un sur qui les personnes qu'il aimait pouvaient compter.

– Je… oui. Pas de problème. Brandon et moi sommes hors de la ville ce week-end, cependant – Brandon a un bordel familial à nettoyer, et je suis du voyage.

– Est-ce que Brandon va bien ?

Mon Dieu – tellement Tino, si totalement inquiet.

– Il s'en est fallu de peu pour son père aujourd'hui. Nous voulions rester pour l'opération demain, si ça ne dérange pas…

– Non, ça va. Restez là-bas. Sammy et moi, on s'en sort très bien ici, en fait. Ce n'est pas un problème. Tu as besoin de prendre des congés – j'ai été le manny, c'est épuisant. Et ce n'était qu'un seul enfant.

– Merci, mais… commença-t-il, se sentant comme une couille molle. Ma satanée chatte, Tino. Je suis désolé. J'appelais ta sœur parce qu'elle a le double de mes clés, et j'allais lui demander de nourrir ma chatte, Marilyn. Elle est une espèce de grosse garce, et si je ne lui donne pas à manger, plus de la pâtée et ne nettoie pas sa litière le soir, eh bien… laissa-t-il traîner avec une grimace.

– Pas joli à voir ? Compris. Je peux envoyer Sammy pour le faire, le rassura Tino, avec rien d'autre que de la compassion dans la voix, avant d'ajouter plus faiblement, comme s'il cherchait quelque chose. Attends… Voilà. Elle a ce tableau pour les clés…

– Tout est étiqueté, avec son propre porte-clés.

Cet objet était d'une grande aide, en fait : garage, porte d'entrée, casier des enfants à la piscine municipale où ils avaient leurs cours, les trois entreprises de Jacob – tout était étiqueté et suspendu sur le tableau dans la buanderie.

– Ouais. Et te voilà. Alors c'est bon pour nous. Ne t'inquiète pas pour ça. Vous serez rentrés demain soir ?

– Oh oui. Même si… enfin, Brandon va devoir rentrer pour tout arranger au travail si les choses deviennent plus, tu sais, compliquées ici.

C'est-à-dire, si son père mourait. *Argh.* Taylor se retrouva à prier pour que cela n'arrive pas. Le gamin méritait une autre chance. D'ailleurs, sa famille aussi. Ils n'étaient pas des personnes horribles. Ils étaient cette famille intermédiaire mal à l'aise, pas les Robbins, mais pas non plus les parents de Taylor. Ils avaient encore du bon à faire dans le monde. Et ils avaient produit Brandon, celui-ci méritait d'être entouré par sa famille.

– Je te comprends, lui assura Tino, comprenant clairement. Tiens bon, Taylor. Et ne t'inquiète pas pour ma sœur. Nous savons tous les deux qu'elle est trop mauvaise pour laisser se passer quelque chose qui n'est pas en concordance avec son programme précis.

– Oui. Prends soin de Jacob, cependant, avant que nous rentrions. Il va grimper aux murs, tu le sais ?

– Je sais. Jakey aura besoin de moi.

– Bien sûr. Tout le monde a besoin d'amis.

Ils étaient meilleurs amis depuis des années. Tino devait être si inquiet. Et Nica était pour Taylor ce que Jacob était pour Tino. Le ventre de Taylor se noua, et il ferma les yeux pour dire une autre prière.

– Toi aussi, lui dit Tino. Profite de ce temps avec Brandon, même avec l'inquiétude. Nica a de l'espoir pour vous deux – et je pense que vous êtes bons l'un pour l'autre.

– Je ne vois honnêtement pas ce qu'il y gagne dans l'histoire, confia-t-il, content d'être sincère avec *quelqu'un*.

– Il y gagne un homme bien, répondit Tino, le surprenant. Tu étais difficile à gérer quand tu étais enfant, Taylor, mais ce n'est pas toujours mauvais. Parfois, ça signifie simplement que tu es une personne forte trouvant son chemin dans un monde déroutant. Tu as laissé les pires parties de toi dans le passé. Tu as besoin de laisser tes regrets pour cette personne dans le passé également. Je ne pense pas à Brandon et toi pour me dire « Oh, Taylor, c'est un idiot chanceux d'avoir choppé ce gamin ! » Je me dis, « Si quelqu'un peut empêcher Brandon de se briser le dos en renversant des moulins à vent, c'est Taylor. » Tous les deux, Taylor. Vous êtes tous les deux des hommes bien.

– Eh bien, réussit à dire Taylor malgré sa gorge serrée. Avec de bons modèles. *Pas* mes parents, crois-moi.

– Tu es gentil, et j'adorerais en entendre plus sur mes vertus, mais je dois préparer des mini pizzas et donner ta clé à Sammy. Fais-nous savoir s'il y a du changement, d'accord ?

– Oui, toi aussi. Je passerai toutes ces infos à Brandon.

– Ça marche.

L'appel se termina et Taylor regarda le téléphone, impuissant, s'étirant inconfortablement à l'avant du pick-up. Il commençait à avoir de crampes et maudit le manque d'efficacité de son corps. Brandon avait besoin d'un homme entier, en bonne santé et sans problèmes, pour lui tenir compagnie ce soir.

Où était-il, d'ailleurs ?

Il émergea au même instant, frissonnant, plusieurs sacs en plastique dans les mains.

– Bon, dit-il, ouvrant la portière pour lancer les sacs sur le siège à côté de Taylor. J'ai appelé le restaurant et ils seront ouverts pendant encore une demi-heure, puis j'ai appelé Best Western et ils ont une chambre pour nous, alors c'est bon. Tiens, donne-moi un de ces sweats, s'il te plaît.

Oh qu'il soit béni !

– Lequel ?

– Je vais prendre le noir, tu prends le gris.

– Tu es génial. Merci !

Taylor arracha l'étiquette et passa l'épais sweat souvenir en polaire par-dessus sa tête. Il était écrit à l'avant *Tahoe National Forest, Truckee*, et Taylor pensa que c'était le plus beau vêtement qu'il avait jamais possédé.

– Mon Dieu, il commençait à faire froid !

– N'est-ce pas ? J'avais oublié ce détail à propos de cet endroit – même en été !

Taylor commença à fouiller dans les sacs.

– D'accord, nous avons des brosses à dents, du dentifrice, un peigne – des sous-vêtements ?

– Un pack de deux, expliqua Brandon avec un rire. Tu peux choisir la couleur !

– Excellent. Et des t-shirts souvenir, très bien, alors, nous n'aurons pas l'air de souillons demain. Merc...i ? couina-t-il, se figeant face au petit article de toilette au fond du sac, la gorge sèche. Euh... non, euh...

— Tu n'as pas eu d'amant depuis que tu es sorti de l'hôpital, dit doucement Brandon. Tu ne l'es pas ? Positif, je veux dire ?

— Non, articula Taylor d'une voix rauque. Je te l'aurais dit…

— Je l'avais compris. Alors nous n'avons pas besoin de préservatifs. Mais du lubrifiant – j'ai cru comprendre que c'est nécessaire.

Avoir chaud n'était plus un problème. Taylor transpirait sous la douceur laineuse du sweat.

— Euh… ça dépend de ce que tu vas faire, oui.

— Excellent, s'écria Brandon en montant dans le pick-up et en claquant la portière. Nous avons couvert nos arrières. Allons manger ce steak !

Se Battre

BRANDON étudia Taylor pendant qu'ils mangeaient.

Il avait commandé un simple aloyau, avec des champignons, de la purée à l'ail et du brocoli, et le restaurant-grill avait été heureux de le servir. Brandon – toujours affamé, ce qui était probablement un autre signe de jeunesse – avait commandé le steak de six cents grammes.

Ils avaient parlé de Nica, Jacob et les enfants avant que leur repas soit amené, et ils commencèrent immédiatement une fois qu'il fut arrivé. D'abord, ils étaient les dernières personnes dans le restaurant, et il n'aurait pas été poli de s'attarder.

Et ensuite…

Brandon se donnait des coups de pied mentaux. Presque constamment, en fait.

Mais tu ne te battras pas pour nous, n'est-ce pas ?

Pourquoi Taylor se battrait-il pour eux ? Il n'avait pas encore vu ce qu'était ce « eux ». Il avait vu des enfants et du chaos chez Jacob et Nica, et la famille passablement dysfonctionnelle de Brandon.

Mais autrement, que lui avait montré Brandon ?

Des baisers. De bons baisers, mais pas de quoi tenir une semaine. Pas de quoi tenir un mois. Pas assez pour promettre toute une vie.

Il lui avait offert un massage – du réconfort, du soulagement – et des donuts.

C'était tout ce qu'il avait pu réussir au pied levé.

Et du côté de Taylor ? C'était lui qui avait initié le rendez-vous. C'était lui qui s'était jeté au milieu d'une bagarre de bar pour protéger l'honneur de Brandon. C'était lui qui était entré chez les parents de Brandon et avait sauvé la vie de Mitch Grayson.

Que savait Brandon sur le fait de se battre pour quelque chose ?

Taylor Cochran n'avait, à sa façon revêche et irritante, *rien fait d'autre* que se battre pour eux. Probablement comme il s'était battu pour chaque amour, chaque affection dans toute sa vie.

– Comment sont tes parents ? demanda Brandon quand il eut entaillé sa faim avec la première moitié de son plat et mâchait la seconde moitié.

Taylor avançait sur son propre steak à une allure plus modérée. Il leva le regard et prit une petite bouchée, avec un champignon, et mâcha pensivement.

– Bruyants, dit-il après un moment.

– Bruyants ?

– Papa criait sur Maman, Maman criait sur nous, nous nous battions entre nous. Bruyants.

– Des frères ?

– Deux. Tous les deux plus jeunes. Non, je ne leur ai pas parlé en dix ans. Non, je ne vais pas retourner voir comment ils vont. Ils se moquent comment je vais. Ils ne parlent pas à la mère de Nica au supermarché. Nica est allée leur dire que j'avais été blessé – ils lui ont dit de ne pas revenir. Je ne sais pas comment sont mes frères. Il n'y a aucun moyen de le découvrir sans ouvrir la boîte de Pandore.

– Mais ils te manquent, insista Brandon, la bouche pleine.

Taylor se renfrogna et prit une autre bouchée de steak.

Oh.

Bien sûr qu'ils lui manquaient.

– Pourquoi ne dis-tu pas ces choses-là ? demanda Brandon, mais sans accuser. Il serait si facile de dire, « Oui, Brandon, je me battrais pour nous. » Ou « Oui, bien sûr qu'ils me manquent. » Mais tu ne les dis pas. Tu espères juste que le monde le verra.

– *Je suis* celui qui est supposé être aveugle, grommela Taylor.

Il enfourna plus de steak dans sa bouche, et pendant un instant, ils furent tous les deux en train de mâcher.

– Oui. Eh bien, le monde n'est pas nécessairement doué pour voir ce qui est devant lui, dit doucement Brandon. Ralentis, Taylor. Prends ton temps. Nous avons toute la nuit.

– Tu penses que l'hôtel a une télé ? s'enquit Taylor après quelques instants de silence. Je n'ai pas le câble chez moi.

– Je n'espère pas, répondit Brandon, essuyant la graisse de cuisson avec un des derniers bouts de viande. J'ai d'autres choses à faire.

Il aimait regarder Taylor rougir. Il ne donnait pas l'impression de pouvoir le faire – en fait, il donnait l'impression contraire d'un homme qui rougirait délicatement derrière les oreilles et le long de la mâchoire, montrant de la couleur sur ses pommettes.

Mais il rougissait. Chaque fois que Brandon voyait ses croissants rouges apparaître sur ses joues, il pensait comme Taylor était solide – et fragile en même temps. Il avait besoin que quelqu'un prenne soin de lui.

Brandon voulait cette responsabilité, mais il ne pourrait pas le faire s'il avait des doutes. S'il effrayait Taylor avec ses doutes. À cause de toutes les inquiétudes de Taylor sur le fait d'être assez bien, Brandon devrait faire mieux.

– Tu sais, si tu continues de construire tout ça comme si c'était l'alpha et l'oméga de ton existence, non seulement ça va être nul, mais tu vas me haïr parce que c'est nul.

Taylor le fusillait du regard, comme un ancien mettant en garde un enfant trop empressé. Brandon lui sourit.

– Chéri, je ne m'inquiète pas que ce soit bon pour *moi*. Je m'inquiète de rendre ça génial pour *toi*.

Taylor se concentra sur son assiette, mâchant avec obstination. Il marqua une ou deux pauses, comme s'il réfléchissait à une bonne répartie, mais chaque fois, il s'arrêta, jusqu'à finalement avaler et son steak fut fini.

Il croisa ses couverts et posa sa serviette par-dessus, et Brandon continua son repas. Il avait besoin de maintenir son énergie. Ils allaient être occupés pendant un moment.

L'addition arriva, Brandon la chaparda juste sous la main de Taylor et y glissa sa carte.

– J'ai promis, dit-il avec douceur.

Taylor prit une profonde inspiration, probablement pour se préparer à lui passer un savon, puis déglutit, découragé.

– Merci, souffla-t-il à contrecœur.

– Je te l'ai dit, je te devais un steak, rétorqua Brandon, reposant la farde pour tendre le bras et lui prendre la main. Et c'est toi qui as dit à mes frères que nous étions ensemble. Ça signifie que c'est à moi de t'emmener dîner.

– J'ai dit ça juste pour…

– Pour me protéger. Je comprends. Je comprends plus que tu ne crois. Mais je veux que ce soit réel.

– Une nuit ne rend pas ça réel, dit Taylor, comme s'il essayait de laisser tomber Brandon doucement.

Ce dernier sourit de nouveau, imperturbable et impassible.

– Bien sûr que si. Une nuit est le commencement du jour suivant. Et du suivant. Et du suivant. Une nuit peut faire que tout arrive. Ne peux-tu y croire, Taylor ? Croire suffisamment pour prendre une nuit ?

– J'ai dit que je pouvais ! s'écria-t-il en essayant de retirer sa main.

– Tant mieux. Crois simplement en ce soir. Et ça continuera d'arriver.

Taylor ferma les yeux et hocha la tête, et Brandon serra sa main.

– Allons-y, Taylor. Nous avons notre première nuit devant nous.

Taylor déglutit et s'autorisa à être emmené.

Il est à toi, Brandon. Tu ferais mieux de ne pas foutre en l'air tout ça.

L'HÔTEL était seulement à quelques rues du restaurant, et la seule chambre disponible avait un grand lit. Brandon les conduisit jusqu'à l'arrière de la petite chambre au rez-de-chaussée, et ils attrapèrent les sacs de courses en plastique et transportèrent leurs nouvelles acquisitions, frissonnant dans le froid.

– Je sais que nous sommes gâtés à Sacramento, dit Taylor tandis qu'ils allumaient et déposaient leurs sacs sur la table à côté de la télévision, mais cet endroit doit être un *régal* en hiver !

Brandon enleva ses chaussures et ouvrit la porte de la salle de bain, allumant les lampes et cherchant du shampoing.

– Ça l'est. Oh, beurk… c'est ce truc dans les gros récipients rechargeables vissés aux murs. Dieu merci, j'ai acheté des tailles échantillon.

126

Il avança vers la table et fouilla dans les sacs, attrapant celui avec les petites bouteilles et les brosses à dents. Il s'assura d'en extraire un flacon en particulier et de le lancer sur le lit pour un meilleur accès.

— Nous avons de la neige en hiver et du ski et de la luge sur les collines. Tout ce dont a besoin un garçon en pleine croissance.

— Alors pourquoi en es-tu parti ?

Brandon s'arrêta dans l'encadrement de la porte et s'assura d'avoir toute l'attention de Taylor.

— Parce que je pourrais encore gagner quelques centimètres et cinq kilos, Taylor, mais je te jure que je suis aussi adulte dans mon cœur que nécessaire.

Il enleva son sweat et le jeta sur la seule chaise de la pièce, puis se risqua dans la salle de bain carrelée de plastique pour allumer la douche.

Il émergea quelques minutes après, une des serviettes toujours autour de la taille, et fit un geste vers la douche. Taylor hocha la tête et retira son sweat en disant :

— J'ai allumé le chauffage, mais il fait toujours sacrément froid. Nous pouvons dormir en…

Brandon l'arrêta, utilisant la masse pure de son torse pour lui faire lâcher cette pensée.

— Quel est le problème, Taylor ? le nargua-t-il doucement, frottant le doigt sur les courbes fines des lèvres de Taylor. Tu as peur d'être nu et dans un lit avec moi ?

Taylor montra les dents, prit en coupe le menton de Brandon et le dévora.

Son corps appuyant, les entrejambes écrasés, il repoussa Brandon jusqu'à ce qu'il soit contre le mur, se cramponnant à Taylor à travers ses vêtements, cherchant la peau nue, la chair chaude, le triomphe d'un dos nu. Taylor recula avec une visible réticence.

— Je n'ai pas peur de toi ! asséna-t-il, mentant clairement. J'ai peur *pour* toi.

— Ce sont des conneries et tu le sais.

Brandon le suivit, tirant le t-shirt par-dessus la tête de Taylor et passant doucement les lèvres le long de sa clavicule. Il glissa dans le dos de Taylor, mordillant son cou et s'affairant sur le bouton de son pantalon. Il tomba à ses pieds, et Brandon tira sur son caleçon.

— Tu es incapable de déshonneur, Taylor…

— Tu ne sais pas qui…

– Un enfant stupide. C'est tout. Un enfant stupide qui pensait que l'amour était un mensonge.

Brandon embrassa une ligne le long de son dos et arriva finalement à baisser le caleçon sur les cuisses de Taylor. Il se releva et laissa tomber la serviette, appuyant son corps, massif, musclé et fort, contre celui élancé et fin de Taylor, toujours en convalescence, mais plus résistant qu'il en avait l'air.

– Tu n'es plus cet enfant, murmura-t-il à son oreille. Et je ne suis pas non plus un enfant. Va te doucher, et nous verrons ce que deux adultes consentants peuvent faire. Laisse le cache-œil de côté quand tu viendras te coucher, ordonna-t-il en lui donnant une petite poussée entre les omoplates.

– Très bien, consentit Taylor, s'arrêtant sur le pas de la porte, mais ne regardant pas en arrière. Tu éteins la lumière ? S'il te plaît ?

– Bien sûr. Pour toi.

Mais pas pour lui. Il n'avait pas besoin de protection contre les parties de lui-même que Taylor trouvait horribles. Brandon commençait à voir à quel point tout ceci était magnifique.

Il se glissa sous les couvertures, frissonnant et content qu'il y ait du chauffage. Il éteignit la lumière et s'étira, attendant. Il avait fermé les yeux quand Taylor sortit de la douche, mais ils n'avaient pas été fermés longtemps.

Taylor garda la serviette enroulée autour de sa taille jusqu'à la dernière minute, la laissant tomber juste avant de se glisser dans le lit. Brandon était prêt, saisissant sa nuque et l'attirant dans un baiser.

Taylor soupira et se détendit contre lui, et pendant un instant splendide, leurs corps, peau contre peau, se verrouillèrent comme s'ils s'appartenaient. Brandon enroula les doigts sur le biceps de Taylor, cependant, et même dans le noir, il sentit la grimace.

– Endolori ? murmura-t-il, les lèvres près de l'oreille de Taylor.

– Oui, désolé. Coincé longtemps dans la voiture, pas de vrai moment pour m'étirer.

Brandon s'écarta et le fit de nouveau s'allonger sur le ventre.

– Vraiment ? se plaignit Taylor, le visage enfoncé contre l'oreiller. La dernière fois, je me suis endormi ! C'est roman… tique !

Sa respiration accrocha quand Brandon passa soigneusement les mains sur ses flancs et qu'il glissa les doigts en dessous pour frotter son mamelon.

Brandon ricana et continua de masser, mais se pencha aussi de temps en temps pour embrasser la progression parfaitement symétrique de la colonne de Taylor. Il sortit la langue, captant le goût du savon, le goût de la peau et continua de frotter le dos de Taylor jusqu'à sa hanche. Il travailla dessus avec précaution, puis sur l'arrière de la cuisse et il revint ensuite pour s'occuper des parties amusantes.

La raie des fesses de Taylor était particulièrement amusante.

Il utilisa sa langue pour taquiner, riant doucement quand Taylor grogna et ouvrit les cuisses.

– Tu veux quelque chose, Taylor ?

– La ferme.

Brandon écarta ses fesses et passa la langue un peu plus fermement sur cet endroit privé

– Nnngggh…

Brandon aurait pu faire ça toute la nuit. Entendre les sons de Taylor devenir de plus en plus urgents malgré son immobilité absolue – grisant ! Mais il voulait plus de leur nuit, alors il recula avec un petit tortillement de langue et recommença à frotter la cuisse de Taylor, puis son mollet.

Taylor remua nerveusement, et Brandon ricana quand il bougea la main et s'ajusta pour que son érection soit plus à l'aise contre les draps bon marché.

– Les choses bougent un peu ? demanda-t-il avec un sourire diabolique.

– Tu me pompes.

– Pas encore, mais je n'ai pas encore commencé sur l'avant.

– Ah… souffla-t-il. Ah !

Brandon se rassit sur ses talons et passa les paumes des chevilles de Taylor jusqu'à l'intérieur de ses cuisses, les écartant juste assez pour le rendre ouvert, vulnérable, accessible à toute caresse. Il se pencha en avant et utilisa sa main sur le creux des reins de Taylor, parcourant la vallée des ombres, utilisant ses doigts et sa salive pour titiller l'entrée de Taylor.

Taylor releva les genoux contre son torse et tendit les mains pour se maintenir ouvert.

Brandon continua de le taquiner, gardant le jeu de ses doigts, continuant de caresser, rendant souple l'étroit anneau, mais il se décala vers le haut du lit pour que son visage soit à côté de celui de Taylor.

– Je ne suis pas encore prêt, murmura-t-il à son oreille. Trop tôt.

Taylor garda la tête tournée. Brandon était sur son côté gauche, mais il ne pensait pas que ce soit le problème.

– Je meurs, confessa-t-il, en riant un peu. Ça fait si longtemps.

Brandon fit courir sa langue sur l'oreille de Taylor, sentant les découpures inhabituelles, les reliefs sur la courbe.

– Nous avons toute la nuit.

La réponse de Taylor fut un hochement de tête contrôlé, et Brandon trouva le lubrifiant de sa main libre. Il s'arrêta pour en déposer sur ses doigts, puis recommença son jeu.

– Brandon…

– Tu supplies si joliment, murmura celui-ci, passant l'autre main et ses lèvres sur l'extérieur de ses bras, ses abdominaux, couvrant son ventre tendu et concave de ses doigts écartés. Je pourrais te toucher toute la nuit.

Il enfonça un doigt, autorisant le gémissement avide de Taylor à vibrer jusqu'à son entrejambe.

– Plus de toucher, implora Taylor. Partout.

– Bien sûr.

Brandon continua de s'enfoncer doucement, mais il augmenta la pression de son corps contre celui de Taylor, glissa la main sur sa cuisse, le long de ses fesses, de son ventre.

– Allonge-toi sur le côté, face à moi, ordonna-t-il à l'oreille de Taylor. Écarte les jambes…

– Comme une palourde ? couina Taylor.

Il essaya alors de resserrer les genoux et Brandon arrêta de jouer assez longtemps pour le pousser sur le dos.

Taylor roula sur le flanc, les jambes serrées et Brandon se pencha au-dessus de lui, le couvrant de son corps plus massif, le protégeant du noir frais.

– S'il te plaît, chuchota-t-il, faisant sa part de suppliques. S'il te plaît, laisse-moi faire.

Taylor lança un bras sur ses yeux et attendit, les genoux écartés, un pied posé dans une position classique de clams.

Brandon embrassa sa bouche, doucement au début, puis plus profondément alors que Taylor bougeait le bras pour prendre dans ses mains le visage de Brandon. Celui-ci posa alors les paumes sur son torse, continuant le baiser, mais s'arrêtant pour jouer avec un tout petit mamelon et la cicatrice, là où l'autre s'était trouvé.

Taylor haleta – pas de douleur.

Brandon lui sourit dans le noir.

– C'est bon ?

– Ne fais simplement…

– C'est bon !

– Ce n'est pas…

Brandon ferma son œil avec un baiser.

– Tu n'es pas obligé de me regarder. Tu n'es pas obligé de voir. Mais je vais te donner des sensations extraordinaires. Fais-moi confiance.

Il pencha la tête et aspira le mamelon de Taylor dans sa bouche, l'observant s'arquer d'impatience sur le lit, nouant les doigts dans les cheveux de Brandon. Ce dernier descendit une ligne de baisers sur son torse, remarquant le début des lésions cicatricielles, s'assurant de passer la langue sur toute la peau au bord pour que Taylor sache qu'il l'embrassait partout.

Les lésions sur le torse de Taylor étaient de la peau fine comme du papier qui était souvent sensible au toucher. Brandon fut délicieusement doux, trouvant la zone sensible en faisant attention aux halètements de Taylor et à la tension de son corps.

Il lécha – pas de dents ici – et embrassa gentiment, exploitant les terminaisons nerveuses, même si la chair était marquée.

Taylor se mordit la lèvre et souleva les hanches, lentement au début puis de plus en plus vite, jusqu'à ce que Brandon attrape fermement son érection, presque comme un moyen de contrôle.

Taylor se figea, tremblant, balançant les hanches pour être sur le dos, écartant les genoux, plantant les pieds et poussant contre la paume de Brandon avec un désespoir presque frénétique.

– Me…

Plus de décalage sur le lit, pour qu'il soit à hauteur du membre de Taylor, puis une délicate danse multitâche.

D'une main, il lui caressa le torse, les côtes, le ventre – tout ce qu'il pouvait atteindre, parce que Taylor semblait tellement affamé de caresses, semblait tellement en avoir besoin.

De l'autre main, il caressa le sexe de Taylor, lentement, de la base au sommet, puis en sens inverse, avant d'en laper l'extrémité.

Ah… piquant. Le fluide glissant au bout jaillissait, à la fois salé et doux dans sa bouche, et il continua de lécher le prépuce, autour du gland.

Taylor produisit plus de ces sons incroyables, et pendant un instant, il s'agita dans tous les sens, serrant les couvertures, avant d'attraper finalement le poignet de Brandon quand il frotta son torse – et s'y accrocha.

– Tu aimes ça ? demanda Brandon, excité.

131

Sa propre érection palpitait contre le matelas et il ondula, un rythme sinueux d'excitation et de plaisir. Son amant trembla sous ses mains et sa bouche, et Brandon désirait le goûter davantage, au plus profond de sa gorge.

Il poussa plus loin, déglutissant, se relevant pour prendre de l'air quand il en avait besoin, et encore, et encore…

— Je vais… tenta Taylor avant de s'arrêter pour prendre une grande inspiration. Jouir… dans ta bouche.

Brandon renforça la pression de sa langue en réponse. Sa paume patina sur la sueur du torse de Taylor quand celui-ci essaya de se retenir. Tout son corps trembla sous le refus, et Brandon recula, puis suça de nouveau pour qu'il saisisse le sous-entendu.

— S'il te plaît…

Brandon se recula une nouvelle fois et souffla doucement sur le sommet sensible.

— Je veux te goûter, soupira-t-il. N'aie pas peur de jouir…

Le premier jet le prit par surprise, et il ouvrit la bouche pour attraper le reste. Salé. Salé et amer. Il avala et avala encore. Taylor lâcha un petit cri et poussa fort. Brandon resta avec lui cependant, maintenant la pression jusqu'à ce que Taylor lâche son poignet et tire ses cheveux.

Brandon se redressa pour être en face de lui, se léchant les lèvres et riant. Sa propre érection était tendue, glissante et humide, dans l'air frais.

— C'était extraordinaire, dit-il d'une voix haletante, geignant à la pression bienvenue de la main de Taylor s'enroulant autour de lui. Je pourrais jouir en une seconde rien qu'avec ça.

Il avait pensé que les gémissements étaient bons, mais le rire brisé de Taylor fut doux, comme un bonbon sexy.

— Ne veux-tu pas… je veux dire…

Il le lâcha et roula sur le ventre, les fesses en l'air, regardant timidement par-dessus son épaule en provocation.

Brandon jouit presque sur-le-champ.

— Sur le dos, murmura-t-il la voix rauque. Peux-tu t'étirer assez pour ça ?

Taylor tourna la tête, une épaule se baissant de manière défensive.

— Vraiment ?

Oh… oh oui. Brandon se retourna et embrassa l'épaule qui servait d'abri.

– Est-ce que je veux vraiment voir ton visage ? Quand je suis en toi ? demanda-t-il, léchant la sueur sur la peau de Taylor. Est-ce que je veux te regarder te retenir ? Te contracter ? Jouir ?

Le gémissement voilé de Taylor lui dit tout ce qu'il voulait savoir.

– Je veux tout de toi. Laisse-moi te voir.

– Idiot, marmonna Taylor.

Mais il se retourna comme demandé, et Brandon passa un moment pris de vertige allongé au-dessus de lui, peau contre peau, le caressant de toute la longueur de son corps.

Taylor craqua, enroulant ses bras et ses jambes autour des épaules et des hanches de Brandon et le serrant fort.

– Tu ferais mieux de ne pas raconter de conneries, prévint-il.

– Je te le promets.

Brandon l'embrassa, dur et profond, jusqu'à ce que l'érection de Taylor appuie une nouvelle fois contre son entrejambe.

Il se rassit sur les talons et embrassa l'intérieur des cuisses de Taylor, puis se plaça face à son entrée prête. Taylor le regarda fixement, mais de manière limpide, un peu effrayé.

– Première fois pour nous deux, dit Brandon avec un petit sourire.

Taylor hocha la tête, puis fit basculer son monde.

– Ne sois pas doux.

– Bon sang !

Brandon le pénétra, poussant lentement, observant alors que tout le corps de Taylor se détendait pour l'accueillir.

Pendant un instant, son visage – toujours crispé, toujours attentif, méfiant, prêt au pire – se détendit, en paix, attendant que plus de sa chair soit envahie. Il attendait d'être possédé.

Brandon ne le ferait pas attendre longtemps.

Lentement. Une faible résistance fut reçue avec une pression plus douce jusqu'à ce que, sans prévenir, il fut à l'intérieur, fermement jusqu'à la garde.

Taylor saisit l'arrière de ses genoux, frissonnant.

– Bon ? murmura Brandon.

– Ouiiii – Bouge !

L'urgence le balaya, il n'avait pas le choix.

Il se balança d'avant en arrière, poussant jusqu'au bout avec un peu plus de force, et Taylor soupira. Cette apparence complètement soumise et paisible se répandit sur son expression, et Brandon en ressentit la puissance.

Il apportait ça à Taylor. *Il* faisait en sorte que Taylor se sente en sécurité. Et autant Taylor était son premier amant, il était pour Taylor le premier…

Oh Mon Dieu !

Brandon le lut alors sur son visage, dans son œil expressif fermé, les cils s'étalant sur la joue non marquée – un ange déchu.

Taylor avait besoin de lui. Taylor l'aimait même. Brandon avait intérêt à ne pas faire l'imbécile.

– Plus vite, bon sang !

La paix de Taylor prit fin quand il lança un regard noir à Brandon et commença à distribuer des ordres.

– Ne. sois. pas. autoritaire !

Brandon rit, ponctuant chaque mot d'une poussée, observant tandis que Taylor se perdait. Plus vite, avait-il dit. Plus vite, ce serait.

Il poussa plus vite, plus vite, se perdant aussi dans la pression autour de son corps, dans le rythme de la danse, dans le plaisir sur le visage de Taylor.

Se perdant dans le sexe jusqu'à ce que ça le consume, balayant son corps comme un feu de forêt, jusqu'à ce qu'il hisse les jambes de Taylor sur ses épaules et le pilonne, détruisant tout faux-semblant qu'ils étaient, tout sauf un.

Taylor ne cria pas cette fois – il eut le souffle coupé et se figea, les yeux fermés très fort. Il saisit sa propre érection avec sa bonne main et serra. Brandon sentit son orgasme tourbillonner depuis le fond de son aine, bouillant comme des vagues froides sur les rochers dentelés de l'extase.

S'écrasant sur lui comme un tsunami, déferlant dans le corps de Taylor, réceptacle enthousiaste, alors qu'ils se perdaient dans l'orgasme.

Brandon tangua en avant, poussant toujours faiblement, incapable de s'arrêter, tandis que Taylor frottait ses épaules, les mains poisseuses de sperme, et lui disait qu'il était un amant extraordinaire, tout ce dont Taylor avait rêvé.

Brandon rit, l'émotion appuyant derrière ses yeux alors qu'il enfouissait son visage contre l'épaule de Taylor.

– Je voulais… je voulais t'offrir le monde, confessa-t-il. C'était bon ?

Il semblait jeune et vulnérable en cet instant, toutes les choses qu'il avait essayé si fort de ne pas être. Le pouvoir d'une émotion forte élimina tous ses faux-semblants, le laissant perdu comme un enfant.

– C'était incroyable, lui assura Taylor, embrassant son cou, ses épaules, même l'intimité de son oreille. Je n'aurais jamais cru…

Brandon sourit, glissant sur le côté. Taylor tendit la main vers le drap de dessus et la couverture et les remonta jusqu'à leur menton. Brandon enroula les bras autour de lui et le rapprocha, son dos contre le torse de Brandon. Taylor embrassa ses mains puis les tint serrées contre son torse.

– Jamais cru quoi ?

Il embrassa la nuque de Taylor, poussant sur le côté avec le nez quelques cheveux blonds.

– Jamais cru que ça pouvait ressembler à ça. Jamais cru que ça pouvait être bon comme ça. Jamais.

– Taylor ?

– Oui ?

– Ce n'est pas fini. Ce n'est pas qu'une nuit. Ou trois. Ou douze. Je peux le sentir dans mes entrailles. C'est une multitude de nuits. Peut-être même toutes.

Contre ses mains, il sentit quelque chose de chaud et humide. Puis il sentit que les joues de Taylor étaient glissantes.

– Je me battrai pour ça, dit-il doucement. Je me battrai pour que toutes les nuits soient comme ça. Ça vaut la peine de se battre.

Brandon offrit un rire fatigué alimenté par de la joie pure.

– Je savais que tu le ferais, dit-il, heureux jusque dans ses os. C'est le meilleur de qui tu es.

Taylor grogna et essuya de nouveau sa joue sur la main de Brandon.

Celui-ci ferma les yeux, réconforté par la chaleur de Taylor, par sa douce acceptation, par le bourdonnement dans son corps après ce qu'ils venaient juste de faire.

C'était un bon endroit. Ils avaient besoin d'y revenir.

Foi et Lutte

LE matin arriva trop vite – ils eurent juste assez de temps pour se réveiller et s'habiller. L'odeur et la texture du sexe s'attardaient encore sur leur peau quand ils enfilèrent leurs nouveaux sweats et avancèrent jusqu'à l'hôpital.

L'attente qui suivit testa la patience de tout le monde. À un moment, Taylor se glissa jusqu'à la boutique de souvenirs pour acheter un chargeur de téléphone, juste pour pouvoir envoyer des messages à Jacob et s'assurer que tout allait bien.

Ça allait et ça n'allait pas. Nica et le bébé allaient bien, mais elle était coincée au lit pendant un moment.

Jacob s'efforçait de tout gérer, mais tout comme Nica, il avait besoin d'aide.

Taylor devait rentrer.

Brandon observait la tempête de messages, appuyé contre son épaule, commentant doucement quand Jacob répondait aux questions de Taylor. Celui-ci fermait les yeux entre les messages, savourant la chaleur de Brandon, son odeur – le fait de savoir qu'il avait été en lui, et qu'il était toujours là, aucun signe de fuite, aucun signe de regret.

Puis Jacob leur lâcha une bombe.

Le patron de Brandon a appelé pour dire qu'il superviserait la nouvelle extension pendant que Brandon restait avec sa famille. Nous ne le savions pas.

Nous non plus, répondit Taylor d'un ton sombre. *Donne-moi une minute.*

– Qu'est-ce que j'ai fait ? demanda Brandon, se secouant pour se réveiller.

Taylor leur avait amené de grands cafés quand il était revenu de la boutique, mais ils étaient quand même fatigués.

Allez comprendre.

– Je ne sais pas. Peut-être que tu devrais demander à Beavis et Butt-Head. Ils ont l'air d'avoir quelque chose à cacher.

Taylor fronça les sourcils vers les frères de Brandon, qui avaient passé toute l'attente à leur jeter des regards noirs, comme s'ils étaient la raison pour laquelle le père de Brandon avait eu besoin de ce foutu pontage dès le début.

En fait, ils avaient l'air d'exulter – ils avaient un sourire en coin lancé en direction de Brandon. Merveilleux. Taylor passait ses journées à s'occuper d'enfants – regarder des adultes se comporter comme des enfants en bas âge n'avait pour lui aucun attrait quel qu'il soit.

– Oh doux Jésus, marmonna Brandon en se levant avant de se tourner et d'offrir une main à Taylor. Nous devons mettre un terme à tout ça tout de suite.

Ann-Marie était recroquevillée comme une enfant, dormant sur un oreiller fourni par l'hôpital, mais elle se redressa, à moitié endormie, et observa avec intérêt alors que Brandon approchait.

– Vous avez appelé mon *patron* pour lui dire que je restais ici ? interrogea Brandon, l'outrage dans sa voix compréhensible. Mon patron. L'homme qui vient juste de me mettre aux commandes d'un projet parce qu'il pensait que j'étais un adulte à part entière qui savait ce qu'il faisait. *Cet* homme ?

– Gar comprend, dit Garrett avec dédain. Nous sommes ta famille.

– Depuis quand ? rétorqua Brandon.

Taylor grimaça. *Oh mon Dieu, non, gamin. Ne rentre pas dans ce débat.*

– Non, ne réponds pas, reprit Brandon. Le point essentiel est que tu n'avais pas le droit. Personne ne m'a demandé.

– Personne n'a demandé à Papa s'il voulait venir à l'hôpital, souligna Cliff.

– Eh bien, personne ne lui a demandé s'il voulait mourir et pourrir dans son fauteuil comme un animal écrasé sur la route, mais nous avons supposé que la réponse était non !

Taylor aspira de l'air entre ses dents serrées, et Brandon se tourna vers lui.

– J'ai recommencé, pas vrai ?

– Ce n'est pas grave, sincèrement. Je commence à prendre ça comme un bon signe.

– Vraiment ?

– Oui. Si je pensais qu'il y a quelque chose de sérieusement mauvais à mon propos, je ne pense pas que tu me laisserais le moindre doute.

Brandon lui offrit un petit sourire narquois, et cette bulle – celle qui les encerclait intimement, qui laissait Taylor sans remettre en question le fait que Brandon serait l'homme dont il avait besoin – fut de retour. Elle semblait inattaquable et sûre.

Comme s'ils en avaient forgé les murs invisibles à partir de muscles de cœur et qu'il battrait pour toujours.

– Nous n'essayons pas de te tuer, Brandon – nous voulons juste que tu rentres à la maison !

– Je préférerais si vous essayiez de me tuer, répliqua Brandon, bouche bée face à eux. J'ai un travail. J'ai des gens auxquels je tiens ! J'ai un *petit ami* – et ces choses ne sont pas *ici*.

Cette bulle ne partait pas. Taylor essaya de ne pas se mordre la lèvre comme une adolescente écrivant dans son journal intime. *Il a dit petit ami.*

– Ce type ? questionna Garrett, regardant Taylor de haut en bas. Brandon, si tu dois vraiment être gay, je pense vraiment que tu peux faire mieux.

Taylor attendit que Brandon charge avant d'enrouler les bras autour de ce torse massif et de le retenir.

– Non, non, non, non – du calme, cow-boy ! Il essaie d'être un connard. Ne le laisse pas t'énerver !

– Brandon ! s'écria Ann-Marie en se levant et en se mettant entre les frères. Garrett, je ne suis pas fière de toi à cet instant.

138

Elle fixa son aîné avec un regard plat et triste.

Dans la maison de Taylor, cela n'aurait pas fonctionné. Taylor et ses frères auraient continué jusqu'à ce que le poing de leur père ou le balai de leur mère les sépare. Avant que Taylor ait douze ans, ils avaient appris à ne pas se battre entre eux – la véritable guerre était avec les adultes du foyer, et échapper aux parents était une victoire.

Mais malgré toutes leurs fautes, les parents de Brandon devaient avoir fait de bonnes choses – des choses gentilles – parce que Garrett se détourna de son frère et grommela :

– Désolé.

Brandon arrêta de lutter contre les bras de Taylor, mais son regard noir resta fixé sur son grand frère.

– Je ne suis pas désolé, dit-il clairement. Personne ne balance de conneries sur Taylor. C'est une règle. Même Dustin le sait, et il a neuf ans.

Garrett leur lança un coup d'œil rapide sous un front rougi par la colère.

– Tu laisses ce type près des enfants de ton cousin ?

Brandon ouvrit la bouche, mais Taylor n'allait pas l'obliger à le dire.

– Je suis le manny. Et le plus ancien ami de Nica. Si tu as un problème avec ça, vois avec la famille de Nica. Je pense que ce serait hilarant.

Le ricanement fatigué de Brandon résonna bizarrement dans la pièce.

– Peux-tu imaginer Tino s'occuper de ça ? Ce serait génial !

– Je préférerais voir la mère de Nica, dit Taylor.

Mais là encore, il était partial. Pour lui, la mère de Nica était tout, des cookies aux pansements.

– Oui, eh bien, Mme Robbins est sérieusement magique.

Une autre couche sur leur bulle. *S'il te plaît, s'il te plaît, ne te brise pas.*

Ann-Marie intervint, pas de manière assez forte pour faire éclater leur bulle, mais assez pour l'empêcher de tourner.

– Brandon, je sais que tes frères ont fait ça de la mauvaise manière, mais… mais nous parlions aux infirmières hier soir. Même si tout se passe bien, je vais avoir besoin d'aide pour ramener ton père à la maison et prendre soin de lui. Juste pendant les premières semaines, précisa-t-elle, jetant un regard à Taylor et souriant avec incertitude avant de revenir à son fils. Je… j'espérais vraiment que tu pourrais… tu sais. Retourner à Sacramento pour régler tes affaires et ré-emménager ici…

139

– Non, dit fermement Brandon, attrapant la main de Taylor. Non. Pas emménager. Je suis inscrit pour le prochain semestre, et je change de matière principale, alors j'ai encore trois ou trois ans et demi.

Ann-Marie hocha la tête en regardant mal à l'aise leurs mains jointes.

– Mais… pourrais-tu simplement y réfléchir, tu sais, revenir pour une semaine ou deux ? Si tout va bien, il rentrera vendredi. C'est ce qu'ils ont dit. Garrett et Cliff ont des familles à Tahoe et Auburn…

– Qui sont toutes les deux pas aussi loin que là où je vis ! protesta Brandon. Nica et Jacob ont besoin de nous !

– Oh vraiment ? Quelle utilité pourrait-il… commença Garrett, avant de croiser le regard noir de Taylor et de presque avaler sa langue.

– Aimerais-tu me voir changer une couche ? lui demanda Taylor. Ou équilibrer un emploi du temps ? Je suis d'enfer à l'épicerie. Et pour une femme coincée au lit pendant que ses enfants continuent leur journée sans elle, je suis la différence entre un nouveau bébé dans sept mois et des cœurs brisés, alors tu ferais mieux de la fermer.

– Je ne savais pas que Nica devait garder le lit, dit Ann-Marie avec incertitude et un sourire faible. Je… je suis désolée. Mais… tu vois ? Ils ont, euh, Taylor, euh, ton ami et… nous avons simplement besoin de toi pour une semaine. S'il te plaît, Brandon. Ton père… il n'est… pas le meilleur des patients quand il est malade. Pourrais-tu…

– Non…

Taylor attrapa son biceps et le tira sur le côté. Brandon le suivit à contrecœur, jetant si souvent des regards furieux par-dessus son épaule qu'il fonça presque dans la porte quand ils quittèrent la salle d'attente.

– Quoi ?

– Tu dois rester, déclara Taylor, se détestant pour avoir dit ces mots alors même qu'ils quittaient sa bouche.

– *Quoi ?*

La trahison dans les yeux de Brandon fit vraiment mal dans sa poitrine.

– Non, pas pour de bon ! s'écria Taylor, la voix craquant. Bon sang ! Je ne dis pas ça.

Brandon le fusilla des yeux et Taylor se frotta le sternum, se demandant si un vrai bleu pouvait apparaître après un tel regard.

– Alors qu'es-tu en train de dire ?

– Écoute, Brandon, ma famille ne veut pas de moi. Même pas un peu. Tu as une vie à Sacramento… je ne veux pas que tu la quittes, avoua-t-il en ravalant sa salive. Même si… tu sais… toi et moi, nous n'avions pas… Je ne voudrais pas que tu laisses ça. Mais il y a toi et moi. Alors, tu sais. Rester serait génial.

À son grand soulagement, Brandon leva les yeux au ciel.

– C'était éloquent.

– Je suis sûr qu'il y a un étudiant avec une jolie bouche qui pourrait faire mie…

Brandon l'embrassa durement, sans merci, l'appuyant contre la vitre de la salle d'attente, et Taylor s'ouvrit facilement, comme du beurre pour un couteau chaud, simplement anxieux et désespéré de sentir de nouveau la possession de Brandon, de savoir qu'on le possédait, qu'il avait un foyer dans les bras d'un homme bon.

Le baiser se termina et Brandon recula, juste assez pour appuyer leur front l'un contre l'autre.

– Ce n'était pas du rejet, dit-il.

– Non, haleta Taylor.

– Tu ne romps pas avec moi.

– De nouveau exact.

– Alors de quoi est-il question ?

Taylor ferma l'œil et repoussa le monde.

– De famille. De devoir. De faire ce qui est juste même quand c'est nul. C'est une semaine. Peut-être deux. Nous rentrons, tu finis la nouvelle extension cette semaine, tu tiens ta promesse faite à ton patron, et tu reviens ici vendredi soir.

– Et toi ?

Aïe, aïe, aïe, aïe.

– Jacob et Nica ont besoin de moi. Mais je ne vais nulle part. Je serai là quand tu reviendras.

Brandon soupira, penchant la tête en arrière et étudiant le mur blanc au-dessus de la tête de Taylor. Cet hôpital – il était briqué et joli, mais sans compter l'aile pédiatrique, Taylor n'avait pas vu un seul hôpital qui ne pourrait pas bénéficier d'une bonne dose de peinture arc-en-ciel et de bons posters de motivation.

Mais quelque chose là-haut semblait fasciner Brandon. Il se retourna vers Taylor et plissa les yeux.

– Tu emménages dans mon appartement, dit-il sérieusement.

Taylor ouvrit la bouche. La referma. Fronça les sourcils. Arrêta. Articula « Bordel de merde ? » plusieurs fois.

Et rendit en état de choc le regard de Brandon.

141

– Pardon ?

– Oh, mon Dieu, tu es une vraie reine du drame. Tu m'as entendu.

– Non, je n'ai pas entendu, mentit Taylor.

– Mon appartement. Le tien est meublé – tu as des habits, des poids et une chatte. J'ai beaucoup de place dans mon placard, et *tu* n'as pas tant de vêtements.

– Assez pour que la chatte chie dessus, lui dit Taylor, le cœur battant à toute allure.

Ça ne se passait pas comme il l'avait prévu. Il allait faire le noble sacrifice, renvoyer son jeune amant vers sa famille. Et peut-être que quand Brandon reviendrait, il aurait retrouvé ses esprits, et Taylor n'aurait pas à s'inquiéter de le décevoir.

Lui pouvait vivre avec de la déception… il en était pratiquement sûr.

La main de Brandon contre la rugosité de sa joue balafrée fit fondre cette barrière, cette anticipation du mauvais coup, de la mauvaise chose.

Ça va m'anéantir quand ça frappera.

– C'est rédhibitoire, Taylor. Je croirai que tu le penses vraiment – que je reviens vers un *nous* – si tu emménages dans ma chambre au-dessus du garage.

– Tino me prépare un appartement…

– Nous y emménagerons tous les deux.

– Tu t'emballes un… lâcha Taylor avec un rire.

Brandon l'embrassa une nouvelle fois.

Oh Seigneur – la bulle, c'était une chose réelle. Leur vie entière, leur cœur, leur corps, leur esprit – tout ça existait dans cette bulle bien réelle, et à l'intérieur, il y avait Brandon avec ses baisers, sa force, sa chaleur et son cœur indomptable.

Tomber amoureux en deux semaines ? Donner le reste de sa vie pour deux nuits et un massage du dos ? Dans la bulle, tout avait du sens. Dans la bulle, Taylor était le genre d'homme qui pouvait prendre la main du gamin et sautiller gaiement vers le futur sans un regard en arrière.

Brandon se frotta contre lui, dressé et exigeant, et Taylor gémit, reculant, parce qu'ils ne pouvaient pas faire ça ici.

– Oui, dit-il, appuyant la tête en arrière contre la vitre et cherchant de l'air. Oui. Je vais emménager dans ta chambre. Oui, j'emménagerai avec toi quand l'appartement sera prêt. Simplement… reviens ici pour une semaine. Sois de nouveau le petit garçon de tes parents. Arrange les choses pendant que tu en as la chance. J'attendrai.

Il prit une grande inspiration, tremblant sous l'effort d'avoir dit ça.

Brandon sourit, éclatant et splendide, et Taylor ne put étouffer cet éclat d'espoir, ne put ressusciter les barrières de doutes qui l'avaient maintenu en sécurité pendant si longtemps.

– Tu as intérêt. Nous te ferons déménager cette semaine. Tu seras dans mon appartement, dans mon lit.

Taylor essaya de garder la mâchoire serrée, le regard plissé, mais il ne pouvait pas respirer, ne pouvait pas arrêter le tremblement qui l'agitait.

– Gamin, tu ferais mieux de ne pas déconner.

– Je ne déconne pas, répondit Brandon, le sourire en coin. Tu n'es pas une bagatelle, et la nuit dernière n'était pas un accident.

Taylor déglutit, recommença, et Brandon prit sa mâchoire dans le creux de ses mains, s'empara de sa bouche et l'embrassa doucement, de façon provocante, jusqu'à ce que leur bulle arrête de tourner et soit de nouveau suspendue dans l'espace.

Chaque instant où ils se touchaient était un instant parfait.

Taylor n'avait jamais eu d'instants parfaits avant. Il allait retenir chacun dans son esprit comme un cristal tournoyant dans la paume de sa main.

– Ohé !

Le bruit pénétra la bulle, mais elle résista.

– Est-ce que Papa est sorti du bloc opératoire ? demanda Brandon sans tourner la tête.

– Ils viennent juste d'emmener Maman pour le voir.

– Je suis content qu'il aille bien, assura Brandon, regardant enfin son frère. Tu dois appeler Garland et lui dire que tu t'es trompé. Je lui parlerai tout à l'heure quand je serai rentré.

– Mais Maman…

– Je reviendrai vendredi, si nous sommes suffisamment avancés sur l'extension, et je resterai pour la semaine. Point. Une semaine. Après ça, si Papa a encore besoin d'aide, nous pourrons…

Il se débattit avec les mots, clairement incapable de trouver un plan. Taylor l'aida.

– Engager une infirmière.

– Eh bien, n'as-tu pas toujours un plan, répliqua Garrett d'un ton acerbe.

– Il est intelligent, dit Brandon, regardant de nouveau Taylor avec cette adoration joyeuse. Il va retourner en cours cet hiver et obtenir son diplôme d'enseignant.

– Ah oui ?

Oh, Taylor l'avait prévu, mais c'était vraiment agréable d'entendre quelqu'un d'autre croire en lui.

– Et comment. Parce qu'il est comme un chevalier en armure à l'ancienne.

Brandon passa un doigt doux sur le côté du visage de Taylor, là où le miroir lui avait montré un beau bleu jaunissant autour de son œil.

– Un paladin, précisa Taylor, ravi.

– Oui.

– Peu importe, grogna Garrett, ne pouvant malgré tout pas les briser. Alors nous pouvons compter sur toi dans une semaine…

– Et pendant une semaine, insista Brandon avec sérieux. J'ai une vie. Je ne vais pas la quitter – pas même pour Maman.

– Je m'assurerai de lui dire.

Garrett tourna les talons et partit. Brandon enfouit le visage contre l'épaule de Taylor et soupira.

– Tu veux vraiment que je fasse partie de cette famille ?

– Ta mère semble gentille, non ? grimaça Taylor.

Ils rigolèrent, et Taylor appuya la joue contre le sommet de la tête de Brandon. *Je vais le laisser partir dans une semaine ? Je devrais avoir une médaille pour ça.*

Aucune médaille n'était à venir.

ILS retournèrent dans la salle d'attente, et Brandon put finalement aller parler à son père. Il en ressortit plutôt sombre et mécontent, la mâchoire serrée en rébellion.

– Brandon, supplia sa mère, se cramponnant à son coude, je suis sûre qu'il ne le pensait pas.

– Maman, il l'a dit.

– Mais il se réveille tout juste de l'anesthésie – la dernière chose dont il se souvient, c'est de Taylor lui criant dessus…

– Pour le faire monter dans l'ambulance !

– Brandon, s'il te plaît. Taylor lui a sauvé la vie. Ne pense pas que je ne le sais pas. Ne pense pas que je ne suis pas reconnaissante.

– Maman, se renfrogna Brandon, j'allais revenir vendredi quand il rentrera à la maison, mais…

– Oh, s'il te plaît, fais-le. S'il te plaît ? Tes frères rentrent chez eux – juste pour une semaine, Brandon ? S'il te plaît ?

Taylor accrocha son regard depuis l'autre côté de la salle et hocha la tête, et Brandon soupira.

– Tu ferais mieux de m'envoyer une satanée carte de Noël. Et de mettre le nom de Taylor sur l'enveloppe. Et peut-être lui envoyer un cadeau aussi.

Sa mère lança à Taylor un sourire reconnaissant.

– Marché conclu. Merci. Je t'appellerai jeudi soir – Cliff descend ici pour le travail tous les vendredis, alors peut-être qu'il peut t'amener ?

– Et me *ramener* !

– Bien sûr, trésor.

Sa mère l'embrassa sur la joue, et ensemble, ils avancèrent là où Taylor faisait ses étirements.

– Alors, reprit-elle, vous repartez, tous les deux ?

– À la maison, dit brièvement Taylor. Nous rentrons à la maison.

ET être à la maison était bon.

Ils grimpèrent dans l'immeuble de Taylor et trouvèrent Marilyn sur le dos, sur la table de cuisine, son ventre blanc et gonflé trop gros pour qu'elle bouge. Taylor avança jusqu'à elle et lui gratta le ventre, et elle retroussa simplement les pattes contre son menton.

– Bon sang, qu'a fait Nica…

– Sammy… C'est Sammy qui a fait ça, tu te rappelles ?

– Qu'a fait Sammy à ma chatte ?

Brandon ouvrit la poubelle et ricana.

– Deux boîtes de Little Friskies Buffet.

– Oh mon Dieu. Marilyn, espèce de grosse vache, tu dois apprendre à ne pas me coûter aussi cher en nourriture !

– Ce qu'elle doit apprendre, c'est à rester loin du lit, gémit Brandon.

Il enleva ses chaussures à coup d'orteils et laissa tomber son short alors qu'il entrait dans la chambre. Taylor le suivit, ramassant ses vêtements avec un soupir de patience exagérée. Ils étaient partis peu de temps après que Brandon avait vu son père et ils avaient déjeuné sur la route. Garrett et Cliff avaient protesté, mais Brandon avait certifié qu'il avait des choses à régler. Il était plus proche de la vérité qu'il voulait être seul avec Taylor, point final.

Taylor n'allait pas protester.

– Es-tu un maniaque du rangement ? demanda Brandon en tombant tête la première sur le lit. Enfin, je ne suis habituellement pas un souillon. J'ai juste besoin de savoir.

– L'armée, dit succinctement Taylor. Six ans.

– Oui. D'accord, concéda Brandon dans un bâillement. Je vais intensifier mes efforts. Dès que tu auras posé tout ça et que tu t'allongeras à côté de moi.

Taylor posa les affaires de Brandon sur la commode et laissa tomber les chaussures à côté, puis enleva ses propres chaussures et son pantalon, et boita jusqu'au lit avec son t-shirt.

Brandon s'assit, passa son t-shirt par-dessus sa tête et le jeta vers la commode.

– Le tien aussi. J'ai besoin d'une sieste avant le sexe, mais je veux te toucher.

Taylor secoua la tête, se sentant endolori et abîmé. De la lumière se déversait par les fins rideaux.

– Sous le t-shirt, dit-il doucement.

– Oui, d'accord, accepta Brandon, la bouche tordue. Mais viens t'allonger.

Taylor le fit, s'étirant au-dessus des couvertures, comme Brandon.

– D'où tiens-tu ce côté autoritaire ? se demanda-t-il, bâillant. Ta mère n'est pas très douée à ça. Ton père ne semble pas être si impérieux. Comment en es-*tu* arrivé là ?

– La famille de Jacob, ricana Taylor. Je veux dire, je sais qu'ils sont un peu éclipsés par les Robbins, mais son père est un sacré personnage. Il conduit des motos, travaille sur des voitures… et il est dentiste. Il est plutôt tordant.

Taylor pensa au mari de Nica – comme il avait la tête sur les épaules avec leurs enfants, la façon dont il avait pardonné à Taylor.

– Eh bien, Jacob est un homme bon. Ça se voit.

– Oui. Je ne sais pas ce qui est arrivé avec mon père. On dirait… je ne sais pas. Le père de Jacob, c'est moi, et mon père, c'est Garrett.

– Qui est le père de Cliff ? demanda Taylor en bâillant, les yeux se fermant.

– Cliff a été trouvé sous un champignon, dit Brandon au milieu d'un autre bâillement. Il a dû faire son propre père.

Des bêtises. Mais c'était fantasque, pas triste ou inquiet, alors ça restait valable. Taylor ricana dans sa barbe, et quand la main de Brandon glissa sous son t-shirt, il ne bougea pas pour l'écarter. Doux et rassurant – plus de toucher, plus de peau contre peau. Il tomba dans des rêves qui furent aussi indolores que de la soie et de l'eau chaude.

IL se réveilla avec la bouche de Brandon descendant sur la peau douce de son ventre.

– Hum ?

– Je me suis réveillé avec une érection, murmura Brandon, sa voix remuant les poils soyeux sous le nombril de Taylor.

– C'est mon problème en qu...*oi* ?

Oh oui... Brandon trouva l'érection de Taylor et referma la bouche dessus à travers le boxer.

– Douche ? marmonna-t-il.

Parce qu'ils portaient encore tous les deux la poussière de la route, la sueur de la chaleur estivale et...

Oh mon Dieu !

Le sexe de la nuit précédente sur leur peau.

La pensée ne fit que réveiller la chaleur qui sommeillait au fond de son entrejambe.

Brandon suça plus fort, puis se retira et souffla légèrement, pendant que Taylor luttait contre les frissons soudains d'excitation brutale.

– J'aime le goût. J'ai aimé la nuit dernière, quand tu as joui dans ma bouche.

Les yeux de Brandon étaient mi-clos, sa bouche légèrement entrouverte, féline, goûtant et sentant dans la même respiration.

– Nnnn...

Ce fut un son terrible – un geignement émasculé –, mais Brandon était honnête et grossier, et il voulait Taylor, voulait son corps et n'allait pas battre en retraite ni devenir timide.

Brandon rit doucement, tout puissant, et se redressa pour pouvoir murmurer dans la bonne oreille de Taylor.

– Aimerais-tu que je jouisse dans *ta* bouche ?

– Oui...

Taylor roula et l'embrassa, le voulant désespérément, mais plus que ça.

Voulant désespérément le prendre.

Brandon rendit le baiser, dominant d'en dessous, menaçant de les faire rouler et de voler le baiser à Taylor, mais celui-ci ne voulait pas le céder.

Il s'écarta en rampant, embrassant la clavicule de Brandon, la peau lisse de son torse large, ses mamelons plats et roses.

Oh, il avait oublié les joies qu'il pouvait prendre chez un partenaire, de se satisfaire en satisfaisant quelque d'autre. Il tira le mamelon de Brandon dans sa bouche et taquina le bout sensible avec sa langue, appréciant la pression des mains de son amant dans ses cheveux.

Avec une petite morsure espiègle, il passa de l'autre côté, glissant la main sur le ventre plat de Brandon pour jouer avec le bord élastique de son boxer.

Le petit rire de Brandon lui dit que les taquineries fonctionnaient, et Brandon détacha une main de ses cheveux pour l'aider à repousser le boxer.

— Tu pourrais connaître quelques astuces après tout, railla-t-il. Je commençais à me demander.

— Te demander quoi ? interrogea Taylor, le fusillant paresseusement du regard.

— Tous ces discours sur le fait d'être un mauvais garçon… et la nuit dernière, tu étais tellement, tellement booooon…

Taylor se jeta sur son corps, prenant l'érection dans sa bouche avec un petit grognement de satisfaction. Comme le reste de la musculature de Brandon, celui-ci était long, large et le remplissait, emplissait ses sens, le droguait au goût et à l'odeur flagrante du sexe.

Il ne pouvait pas l'enfoncer assez loin dans sa gorge.

— Ah oui, incita Brandon, massant de nouveau le cuir chevelu de Taylor. Tu es… ungh… bon à ça…

Taylor se retira, faisant tourbillonner sa langue sur le sommet, utilisant sa main libre pour masser tous les points au sud. Il resta là, tourmentant, jusqu'à ce que Brandon devienne moins bavard.

— Ahh… Taylor, s'il te plaît !

Ça, c'est, mon garçon ! Taylor poussa de nouveau jusqu'au fond de sa gorge, prenant les micro-poussées involontaires de Brandon comme un défi.

148

Brandon pleurnicha sans honte, se servant de la bouche de Taylor tandis que celui-ci utilisait toutes ses compétences pour le rendre fou. Mains, torse, langue, palais, doigts vifs – tout fonctionnant ensemble, jusqu'à ce que Brandon tire ses cheveux, relevant sa tête pour que leurs regards puissent se croiser au-dessus de son torse musclé.

– Est-ce que tu le veux ? le nargua-t-il. Dis-moi oui.

– Oui...

Taylor tira la langue et lécha, lui offrant un petit sourire tourmenteur.

– Supplie-moi, ordonna Brandon d'une voix rauque.

– S'il te plaît, murmura Taylor, avant de jouer avec l'anneau tendu de chair sur le dessous, le petit paquet de nerfs qui avait un impact si grand.

– S'il te plaît !

La voix de Brandon craqua et il poussa un peu la tête de Taylor.

Celui-ci n'eut pas besoin d'encouragement. Il s'abandonna à sa tâche, l'adoration du corps de Brandon, le goût et la sensation du membre d'un autre homme. Trop vite, Brandon commença à claquer ses paumes ouvertes contre le lit, et Taylor rit, le son résonnant contre la chair sensible de Brandon.

Sans cérémonie, ce dernier se tortilla, soulevant le derrière de Taylor et se déplaçant sous lui. Avant que Taylor puisse se repositionner pour finir son travail, son propre boxer avait été repoussé sur ses cuisses et son membre... Oh Seigneur. Ce qu'il manquait à Brandon en pratique et en finesse, il le compensait en enthousiasme et par le manque de réflexe nauséeux.

Taylor cria, enfouissant la tête contre la cuisse de Brandon, repoussé une fois de plus sur la corde raide.

Oh non – pas cette fois.

Brandon était si proche ! Taylor augmenta la mise, utilisant ses doigts pour s'enfoncer entre ses cuisses, entre ses fesses, pour jouer avec l'entrée étroite cachée dans l'ombre.

Ses doigts étaient assez humides, son but assez précis – il y glissa la première phalange, et Brandon poussa un cri, s'arquant, poussant dans la bouche de Taylor, répandant sa semence qu'il but avidement.

Oh... oh oui ! C'était à ça que ressemblait faire l'amour. C'était avoir un amant à sa merci, et – oh, mon Dieu ! Oui ! – être à la merci d'un homme, avoir confiance dans le fait qu'il ne lui planterait pas un couteau dans le dos pendant qu'il le suçait.

Il ne le fit pas. Il continua simplement de sucer, jouant, faisant plaisir, jusqu'à ce que Taylor enfouisse le visage contre sa cuisse et crie. Il mordit doucement, complètement vulnérable, complètement impuissant, alors que son corps se retournait sous l'orgasme.

Quand ce fut fini, il s'écroula mollement, les jambes écartées de chaque côté de la tête de Brandon.

– Ça manque tellement de dignité, dit-il quand il put de nouveau parler.

– J'ai besoin de bouger, rigola Brandon, le son rouillé. Je meurs de faim.

Prudemment, Taylor mit tout son poids sur son bon côté et roula sur le dos.

– Je ne veux même pas savoir comment c'est arrivé dans ta tête.

– Eh bien, mes couilles sont vides et mon ventre aussi ? expliqua Brandon en se rasseyant, l'air perplexe. Ça ne t'arrive pas à toi aussi ?

– Euh, non, répondit Taylor, en riant simplement les yeux fermés. Pas même quand j'étais jeune. Mais oui, c'est… Mon Dieu, il se fait tard. Presque six heures ?

Il se redressa et plissa les yeux vers la lumière. Au même moment, son téléphone vibra dans son pantalon, et il se précipita hors du lit.

– Tino ?

– Vous venez dîner, n'est-ce pas ? Tu as dit à Jacob que vous seriez rentrés ce soir, et nous avons besoin de planifier.

– Il y a un dîner ce soir ? demanda Taylor, faisant défiler les messages sur son téléphone. Je n'en avais aucune idée. Non, Jacob n'en a pas parlé.

– Eh bien, nous vous garderons une assiette. Pouvez-vous être là dans une demi-heure ?

– Plutôt quarante-cinq minutes, grogna Taylor. Nous venons juste de nous réveiller d'une sieste et nous avons besoin de prendre une douche.

– Ensemble ? demanda Tino, poliment, comme s'il se posait simplement la question.

– Pas dans ma salle de bain, lui dit Taylor, réfléchissant aux chances de traverser le sol. Mais garde-nous une assiette.

Il raccrocha et posa son téléphone sur le chargeur, puis se tourna vers Brandon.

– Tu as entendu ?

– Ouaip. La roue de hamster familiale – il est temps d'y remonter.

Taylor y réfléchit et réalisa que :

– Les enfants me manquent en quelque sorte. Est-ce bizarre ?

Brandon marcha nu jusqu'à l'endroit où Taylor se tenait et frotta sa lèvre inférieure du pouce.

– Non. Tu les aimes. C'est la famille, Taylor. C'est la raison pour laquelle je pars dans une semaine, pas vrai ?

– Ouaip. Mon idée. C'est génial. Je suis si content que tu y ailles.

Son cœur s'effondra. Il avait réussi à l'oublier.

Il s'écarta des caresses de Brandon et avança vers la salle de bain, uniquement pour être saisi par-derrière par un géant avec plus de muscles que de bon sens.

– Je déteste y aller, murmura-t-il, frôlant l'oreille de Taylor avec ses lèvres.

Juste comme ça, leur bulle fut de retour.

– Je ne… suis pas très excité par cette idée, dit-il doucement.

– Eh bien, c'est une bonne chose que nous fassions cette petite réunion, alors. Nous allons avoir besoin d'aide pour te faire emménager.

Taylor ferma les yeux et appuya la tête en arrière contre Brandon, utilisant sans honte sa force et sa vitalité parce que son propre corps semblait dépouillé de toute volonté.

– Tu sais, nous ne sommes pas obligés…

– Arrête, chuchota Brandon. Arrête. Tu as promis.

Précipitamment. Anormalement. De tout cœur.

– J'ai promis, concéda-t-il.

– Maintenant, va t'occuper de ta chatte et je vais me doucher en premier.

Taylor commença à pivoter vers le lit, mais Brandon ne lâcha pas.

– Laisse-moi t'imaginer nu, dit-il avec un diabolique petit coup de langue sur l'oreille de Taylor.

Contre ses fesses, l'érection impressionnante de Brandon bougea.

Taylor s'écarta et lui fit les gros yeux, attrapant son sous-vêtement.

– Saute dans la douche, ordonna-t-il d'un ton bourru. Nous sommes en retard.

Brandon le caressa de haut en bas avec le pouvoir de son regard.

– Nous allons tellement nous amuser, promit-il. Toi et moi… Je ne nous vois pas nous ennuyer un jour.

Il essayait de promettre l'éternité, mais Taylor ne pouvait pas le faire. Pas quand il partait dans cinq jours.

151

– Va, répéta-t-il, bougon. Des promesses à tenir.

Et il s'en alla.

ILS arrivèrent en quarante minutes, et la mère de Tino avait gardé beaucoup de nourriture pour eux.

À la grande surprise de Taylor, les enfants se précipitèrent tous sur eux alors qu'ils traversaient le patio.

– Taylor ! Maman est malade… nous étions si inquiets !

Taylor offrit à Dustin une étreinte d'un bras et se pencha pour soulever Conroy, puisqu'il semblait vouloir grimper.

– Taylor, Papa a dit que tu allais vivre dans la maison et que nous allons t'avoir tout le temps et que tu allais te casser le cul pour nous.

– Belinda !

Jacob arriva en trottinant depuis la piscine, où il avait apparemment été en train de nager quand tous les enfants s'étaient enfuis pour se jeter sur Taylor et Brandon.

– Tu n'es pas supposée…

– Utiliser les mots de Papa, termina consciencieusement Belinda. Mais Taylor l'utilise tout le temps et apparemment, il a cassé ses boules.

Taylor et Jacob regardèrent tous les deux Belinda, perdus.

– *Tu* lui casses les boules, gamine, dit Jacob après un moment.

Il la souleva et l'envoya en riant vers la piscine, où Sammy jouait toujours avec Keenan et Letty. Brandon lança un regard à Taylor, puis se pencha pour soulever Melly, soufflant sur son ventre pour la faire couiner et courut avec elle jusqu'à la piscine avec les autres.

Conroy refusa de bouger, se cramponnant au cou de Taylor d'une manière qui fit monter en lui une vague d'instinct protecteur : c'était son petit garçon aussi.

– Alors…

Jacob regarda vers la piscine, où Brandon et Sammy faisaient un échange de claquements de mains et parlaient. Sammy jeta à Taylor un coup d'œil voilé et douloureux, et celui-ci soupira.

– Alors, répondit Taylor. Où est Nica ?

– Littéralement au lit. Nous l'avons laissée à la maison, endormie, avec un Tupperware de légumes à la vapeur et du vinaigre balsamique à côté d'elle. Elle est épuisée.

– Eh bien, Brandon t'a parlé de me faire emménager au-dessus du garage. Je peux être là à temps plein maintenant.

– Tu étais à temps plein avant. Maintenant, tu es de la famille, répliqua Jacob, le claquant sur le bras, avant de s'arrêter pour examiner avec attention le visage de Taylor. Tu seras bon avec ma famille, pas vrai ?

Oh Seigneur. Taylor sentit la rougeur de son ventre jusqu'à son front.

– Oui. Je, euh. Il est en quelque sorte… irrésistible, n'est-ce pas ?

– C'est vrai, admit Jacob, hochant sobrement la tête. Et franchement, je suis plus inquiet pour toi que pour lui. Mais je m'inquiète quand même.

Les yeux de Taylor piquèrent, et il serra un peu le petit garçon dans ses bras.

– Tu es un bon père, dit-il la voix tendue.

– Et tu es un bon frère, répondit Jacob, son sourire éclatant – celui dont Nica était probablement tombée amoureuse – illuminant son visage encore contusionné. Pas même Tino n'a pu m'entraîner dans une baston de bar. C'est comme si j'étais un homme maintenant !

Le poids léger de Conroy sur l'épaule de Taylor le brisa presque.

– Tu étais un homme bon – le meilleur – depuis le début.

– Tu l'étais aussi, lui dit Jacob. Tu avais juste besoin de le voir. Je suis content que Brandon t'ait laissé le voir.

Stacy Robbins les appela, avant que les choses deviennent gênantes, et ils s'installèrent pour planifier.

UNE semaine plus tard, Taylor était plus fatigué qu'il ne l'avait jamais été dans sa vie.

Ils l'avaient déménagé après le dîner chez Tino en utilisant le pick-up de Brandon pour les quelques grosses pièces et s'étaient effondrés à une heure du matin, dans le solide lit à baldaquin de Brandon. Taylor avait essayé de dormir toute la nuit sur le côté le plus éloigné, parce qu'il ne voulait pas s'habituer à la chaleur de Brandon, à son poids, son odeur, s'il partait à la fin de la semaine. Brandon avait roulé pour le tirer contre lui jusqu'à ce qu'ils soient en cuillère, et Taylor avait réfléchi avec une surprise déconcertée, au fait qu'il avait toujours supposé être la grosse cuillère.

Brandon était simplement hors du commun, et Taylor était tombé avec enthousiasme dans son ombre. Il avait chaud ici, il était en sécurité. Qu'on lui enlève son abri allait faire mal.

Au matin, Brandon le battit pour prendre la douche et le laissa nourrir une Marilyn perplexe qui avait passé la nuit coincée sous le menton de Taylor, dédaigneuse de la main possessive de Brandon sur la hanche de Taylor et de Brandon en général.

— Tu vas devoir t'habituer à lui, dit Taylor, s'étirant alors qu'il se levait. Je pense qu'il va nous garder.

Elle miaula, cognant la tête contre son ventre et il la gratta derrière les oreilles.

— Enfin, peut-être quand il partira la semaine prochaine, il...

Taylor ne put finir cette phrase. Il comptait sur le fait que Brandon revienne.

Et ce fut à cet instant qu'il sut qu'il avait des ennuis.

Il n'eut pas le temps de s'appesantir dessus, cependant. Brandon apparut dans la chambre dans son jean 501, passant son t-shirt au-dessus de sa tête, et toutes pensées d'ennuis se sauvèrent. Taylor et son petit ami avaient des choses à faire, une vie productive, une famille dont ils devaient s'occuper.

Ce matin-là, il fut en bas et dans la cuisine une heure plus tôt que d'habitude, envoyant Dustin trouver la deuxième chaussure de Melly – parce qu'à chaque fois, *bon sang* – et tenait Conroy sur sa bonne hanche pendant qu'il retournait des pancakes avec son bras plus faible et espérait qu'aucun ne finirait sur le mur.

— Ça me manque que Maman fasse ça ! déclara Belinda, debout au milieu de la cuisine, tapant du pied. Tu es doué pour nous conduire partout et pour le déjeuner, mais je la veux pour le petit déjeuner.

— Tu ne peux pas l'avoir pour le petit déjeuner, répondit Taylor de manière absente. Elle aurait un goût horrible.

Belinda éclata d'un rire surpris.

— Ce n'est pas ce que je voulais dire !

— Eh bien, elle aurait mauvais goût, répéta Brandon, entrant dans la cuisine.

Il avait passé des appels pendant que Taylor préparait le petit déjeuner, et il s'arrêta pour saluer Taylor d'un baiser sur la joue avant de commencer à mettre la table.

— Ta mère n'est pas si douce. Ce serait comme... comme des grenouilles mortes.

— C'est dégoûtant, Brandon, dit Belinda, titillée.

– Les grenouilles mortes ou le baiser ? demanda Dustin, posant la chaussure de Melly devant sa chaise. Parce que Papa embrasse Maman tout le temps, et c'est *vraiment* dégoûtant.

– Ils vont faire un bébé, dit Melly d'un ton grave, avant d'enfoncer son doigt dans son nez, puis dans sa bouche.

– Deux garçons ne peuvent pas faire de bébés, Melly, la contredit Belinda, regardant Brandon et Taylor avec une excuse dans les yeux. Elle ne sait pas encore pour la cigogne.

– Cigogne, articula Brandon. La cigogne.

– Il n'y a pas de cigogne, dit Dustin à sa sœur. Tu dois regarder la vidéo de puberté – ensuite, tu peux avoir des bébés.

– As-*tu* regardé la vidéo de puberté ? demanda Taylor avec horreur.

– Non, répondit Dustin, les épaules basses, se laissant tomber à côté de Melly à table. Je ne dois pas la voir avant la fin du CM1. J'aurai dix ans d'ici là.

– Tu ne peux pas avoir un bébé après avoir regardé la vidéo de puberté ! protesta Belinda, passant deux mains sales dans ses fins cheveux châtains qui se dressaient maintenant en pics sirupeux. Brandon devra construire une autre pièce ! Elle ira au-dessus des deux pièces qu'ils sont en train de faire maintenant, et la maison montera et montera, et où mettrons-nous les bébés ?

– J'suis pas un bébé ! hurla Conroy, éclatant presque la bonne oreille de Taylor. J'suis un grand !

– Bien sûr que tu es grand, apaisa Taylor, embrassant le front du petit garçon. Tu es un grand garçon. Brandon fait des pièces pour y mettre tous les bébés, les garçons ne *peuvent pas* avoir de bébés en s'embrassant, mais ils *peuvent* passer par une agence d'adoption réputée, et *quelqu'un* doit manger tous ces pancakes. Qui est partant ?

– Moi !

– Moi !

– Moi !

– Belinda, lave-toi les mains. Dustin, lave les mains de Melly – *et* les tiennes – et Brandon,

s'il te plaît, bouge la chaise de Conroy et enlève le plateau pour qu'il puisse s'asseoir à table avec nous.

– Est-ce que j'ai droit aux pancakes ? demanda Brandon en riant.

Taylor regarda le reste de pâte et grimaça.

– Non, mon grand, toi et moi prenons des barres chocolatées aujourd'hui, et je vais aller à l'épicerie pendant que les trois grands sont au Club ABC.

– Pourquoi l'appellent-ils Club ABC quand tout le monde sait que ce sont simplement des cou…

Taylor aimait Brandon, mais il fut obligé de lui donner un coup de pied sous la table.

– Des jeux, dit-il résolument. Ce sont des jeux d'été pour des petits garçons et des petites filles qui pourraient d'ordinaire oublier complètement les jeux que leur offre le système scolaire public de Californie, et commencent par conséquent l'année scolaire défavorisés.

– Ce sont des cours d'été, leur dit platement Dustin, essuyant les mains de Melly sur un torchon. Mais nous sommes sortis avant qu'il fasse trop chaud pour aller nager, alors ça va.

Taylor attrapa l'assiette de pancakes, resserra sa prise sur Conroy et emmena les deux jusqu'à la table.

– Dieu merci. Brandon, j'ai besoin que tu partes avant de dire quelque chose qui va me hanter pour le reste de l'été.

Brandon s'esclaffa et lui offrit un autre baiser sur la joue.

– Bien sûr. Salut, les gars ! Soyez sages avec Taylor. Salut, Taylor. Je t'aime !

Et il passa la porte pour retrouver son équipe dans les éclatants rayons de ce matin de juillet.

Et Taylor fut bloqué dans la cuisine, à le fixer.

– C'est un don, marmonna-t-il pour lui-même. Comment fait-il ça ?

– Faire quoi ? demanda Dustin, attrapant un pancake avec ses doigts – propres avec de la chance. Construire la pièce ? Parce que c'est génial. D'abord, ils versent le béton, ensuite ils doivent utiliser des plans, et ensuite ils doivent faire un cadre, et…

– Non, pas construire la pièce.

Taylor se tourna vers la table et s'assura que tout le monde avait un pancake, en particulier Conroy, qui n'aimait pas le sirop, ni le beurre, béni soit son petit cœur.

– Alors, faire quoi ? Je peux avoir du sirop ? Et des myrtilles ? Et de la confiture ?

Belinda étalait assez de beurre sur son seul pancake pour arrêter un cheval. Ou du moins le faire glisser sur le sol.

– Du sirop, grommela Taylor. Et ça n'a pas d'importance de quoi il parle. Comment peut-il dire la chose la plus perturbante au monde sans même réfléchir ?

– Il a dit quoi ? demanda Belinda, ne protestant pas quand Taylor commença à couper son pancake.

– Il a dit que Maman sentait les grenouilles mortes ! lâcha Melly.

Taylor avait presque oublié ça, mais il en était reconnaissant.

– Oui, oui, il l'a dit.

Excepté que la partie sur les grenouilles mortes n'était pas ce que Taylor trouvait si perturbant, et Brandon le savait probablement.

C'était le *Je t'aime* qui restait coincé dans la poitrine de Taylor, s'attardant et le hantant pour le reste de la journée.

– **VOILÀ,** Princesse. Je suis allé faire des courses, alors nous avons des bagels tout frais, du fromage à tartiner à l'ail, et des tranches de dinde avec des tomates et des cornichons. S'il te plaît, dis-moi que ce sont des choses que tu peux manger.

Il n'avait aucune idée d'où il en était dans la partie « préparer de la viande » pour un régime de grossesse. Sur les conseils de Jacob, il prévoyait de faire mijoter cinq kilos de poulet ce soir-là et de l'utiliser pour le déjeuner et le dîner pour le reste de la semaine, mais il ne l'avait pas encore fait, il allait espérer que la dinde en tranche suffirait.

– Ça semble génial, dit Nica, posant son ordinateur portable sur le côté. Merci, Taylor. Comment vont les choses ?

Elle était *supposée* ne rien faire à part se reposer et regarder la télévision, du moins pendant la première semaine, mais Taylor avait la vague suspicion qu'elle travaillait sur les entreprises de son mari au lieu de jouer à Candy Crush.

– Eh bien, les enfants sont au Club ABC, Conroy fait la sieste, quelle que soit la magie qu'ils pratiquent dehors, cela n'implique pas de grands bruits, et j'ai le temps de déjeuner avec mon amie.

Elle lui sourit, un rare sourire doux, et repoussa ses longs cheveux sombres loin de ses yeux. À l'époque du lycée, quand il avait su qu'elle choisissait des rideaux et écrivait leurs noms ensemble dans son cahier, il avait toujours pensé que s'il *pouvait* aimer les filles, elle serait un bon choix. C'étaient les cheveux, avait-il pensé. Soyeux et d'un noir bleuté, avec assez

157

de vagues pour les rendre imprévisibles. Son frère avait les mêmes, juste coupés courts.

Maintenant, il pensait que c'étaient les joues, le sourire, et la façon dont ses yeux se plissaient aux coins.

Et la façon dont elle lui avait pardonné de ne pouvoir l'aimer de cette manière, même quand il avait menti.

— Assieds-toi, murmura-t-elle, tapotant le lit à côté d'elle. Les adultes me manquent. Jakey va se tuer à la tâche pendant les deux prochaines semaines, alors je te prends à la place.

— Que fait Jacob ? demanda Taylor, riant comme il était supposé le faire.

— Il vend une des entreprises, dit-elle, levant une épaule comme si ce n'était pas grave. Un des gars a travaillé pour lui depuis un moment – il essaie de réunir le capital, et Jacob fait estimer et inventorier les lieux pour qu'il sache ce qu'achète le gars et ce qui est un bon prix.

— Pourquoi ? Je veux dire, euh, pourquoi ? Vous avez travaillé si dur pour toutes ces entreprises !

Elle rigola, sa voix plus riche que ce dont il se souvenait. Peut-être que c'était la vie, le mari, les enfants, l'engagement de construire une famille et de maintenir heureux les gens qu'on aimait dans sa vie. Cela lui donnait un timbre, une substance qu'elle n'avait pas eue quand ils étaient au lycée ou même à l'université.

— Parce que nous avons travaillé dur pour les *vies* que nous avons, dit-elle, amusée. Pas pour les entreprises. Enfin, c'était amusant, et elles permettent de bien gagner nos vies. Mais nous nous en sortirons plus que bien avec les revenus des deux entreprises si nous investissons intelligemment cet argent. Et nous pourrons ralentir, avoir plus de temps avec les enfants et moins de temps au bureau, expliqua-t-elle avec un haussement d'épaules. J'aime les enfants. Enfin, je ne prévoyais pas d'en avoir *autant,* mais j'aime ceux que j'ai. J'aimerais être plus présente pour eux.

Taylor posa le pied contre le cadre du lit, enroula les bras autour de sa jambe pliée et posa le menton sur son genou.

— Tu as une bonne famille, dit-il pensivement. J'espère même quand tu n'auras plus besoin d'une nounou que je pourrais toujours passer du temps avec eux. Tes enfants sont une sacrée *expérience.*

Le rire bas et rauque de Nica lui rappela tellement celui de sa mère.

— Oui. Enfin, je vais en avoir cinq. Brandon et toi pouvez venir faire du baby-sitting n'importe quand.

— Tu sais, nous pourrions ne pas être toujours ensemble, dit-il sans pouvoir la regarder.

— Viens ici, Tay, souffla-t-elle, tendant la main et touchant son épaule. Souviens-toi quand nous nous allongions sur mon lit pour dire des secrets ?

Ils avaient été en CM1, mais oui. Il se retourna et lui fit face, et elle posa son assiette pour se mettre sur le côté.

— Maintenant, raconte-moi tes secrets, dit-elle doucement, touchant son visage comme s'il était un de ses enfants.

Il avait eu l'habitude de penser qu'il était bien plus vieux qu'elle, bien plus sophistiqué. Il avait pris tout le sexe qu'il pouvait, et elle ne savait pas reconnaître un homosexuel quand celui-ci se faisait déposer à l'école et se glissait à la table familiale.

Elle pourrait ne pas avoir reconnu un homosexuel, mais elle savait à coup sûr reconnaître un ami.

— Je tombe amoureux du gamin qui me haïssait quand je suis devenu le manny.

— Je sais qui est Brandon.

— Bien sûr que tu le sais, répliqua-t-il avec un sourire en touchant son nez. Il est le fou qui fait des trous dans ta maison à cet instant.

— Ouaip, et il fait un sacré bon boulot.

Son sourire était fatigué, mais sain. Elle savait ce qui se passait. Au moins, Jacob avait dû lui parler de Taylor se jetant dans la bataille pour sauver l'honneur de Brandon l'autre soir.

— Il est effroyablement compétent, admit Taylor.

— Et il t'a choisi, ajouta-t-elle, son sourire pas moins gentil. Pourquoi à ton avis ?

— Avec ça, je ressemble à Kurt Russel dans *New York 1997,* rétorqua Taylor en tapotant son cache-œil.

— Oui, Taylor. C'est pour ça qu'il a décidé de tomber amoureux de toi. Le cache-œil.

— Eh bien, si ce n'est pas ça, souffla-t-il, la lèvre inférieure tremblante, je n'ai rien, Nica. Je n'ai aucune idée de la raison pour laquelle il voudrait risquer tout son avenir pour moi.

– Je sais que tu ne comprends pas, tempéra-t-elle, embrassant son front. Pourrais-tu simplement me croire quand je dis que, quoi que ce soit, je le voyais au lycée, mais c'est plus grand maintenant ?

Le ricanement diabolique de Taylor la fit sourire.

– Je l'espère.

– Arrête ça – je n'ai pas vu *ça* au lycée.

– Non, mais ce n'est pas faute d'y avoir rêvé, espèce de coquine sans gêne.

Ils rirent ensemble, puis elle se calma.

– Conroy va se réveiller dans dix minutes, alors j'ai besoin que tu m'écoutes.

– Je suis tout ouïe, Nica.

Son amie – sa *meilleure* amie au monde.

– Je t'aimais à l'époque, parce qu'en dépit de tout ce truc de double vie, tu étais une meilleure personne à dix-sept ans que tout le reste de ta famille. Souviens-toi, *je* savais. Je ne l'ai pas dit à ma famille, mais *je* savais. Et tu aurais pu être horrible. Tu sais que ça arrive – le gamin qui se fait frapper grandit pour continuer à frapper. Mais tu as grandi pour protéger tous les autres. Tu as grandi pour être amusant et vouloir aller à l'université. Et quand tu m'as révélé – qui tu étais, ce que tu avais fait –, tu m'as avoué avoir pensé que je ne pourrais jamais te pardonner, mais tu me l'as quand même tout révélé. Et quand je t'*ai* pardonné, tu as pensé, et alors. Tu n'étais pas parfait. Mais tu étais toujours mon ami.

Il déglutit. Il le savait, mais mon Dieu, entendre votre amie affirmer qu'elle vous aimait en dépit de vos défauts – parfois, ça pouvait être la chose la plus puissante au monde.

– Toujours, murmura-t-il, d'un ton rauque.

– Et à l'hôpital, continua-t-elle, la voix se brisant, tu étais si heureux de me voir. Tu aurais pu… tu aurais pu être amer ou en colère. Mais tu t'es simplement illuminé. Tu t'es illuminé quand tu as vu Melly. Tu t'es illuminé quand j'ai amené Conroy. Et j'ai réalisé ce que j'avais représenté pour toi. Durant tout le lycée, l'université, durant ton déploiement. Je t'écrivais des lettres en pensant, « Oh, mon Dieu, il pense probablement que je suis toujours la même gamine ridicule qui pensait être amoureuse de lui », mais quand je t'ai vu à l'hôpital, j'ai su que ce n'était pas vrai. Tu étais heureux de voir ton amie. Et j'ai réalisé quel bel être humain tu étais, et combien j'étais chanceuse…

160

Il attrapa une des serviettes en papier qu'il avait amenées avec le déjeuner et essuya sous les yeux de Nica.

— J'étais si chanceuse que Dieu t'ait ramené à moi, Taylor Cochran. Je considérais comme acquis que tu reviennes – j'ai appris à ne plus jamais considérer quelque chose comme acquis. Ce bébé ? Avant que je te voie à l'hôpital, j'aurais pu partir du principe, tu sais ? Que je mènerais cette grossesse à terme parce que je le voulais, et que ça allait se passer ainsi. Mais maintenant, je sais. Les gens dont on se soucie le plus, les choses qui, on le suppose, seront toujours là – elles peuvent nous être enlevées.

— Je suis là, lui assura-t-il, pour la calmer.

— J'en suis tellement contente, murmura-t-elle. Ne te considère pas comme acquis. Sois reconnaissant que Brandon sache quel homme bon tu es. Aie confiance qu'il te connaît comme je te connais, d'accord ?

Il ne pouvait pas parler – et il ne put pas la contredire. Il put seulement hocher la tête.

— Dis-le, exigea-t-elle. Dis que tu y crois. Que tu es un homme bon et que tu mérites ce que ce garçon a à offrir.

— Je crois que je suis béni, déclara-t-il quand il put de nouveau parler. De ton amitié. De ta famille. Et je vais le compter dans mes bénédictions. C'est comment ?

Elle sourit, les larmes ne ralentissant pas. Il ne put que sourire en retour.

— Tu es un homme bon, Taylor. Et tu n'es même pas un peu stupide.

— Ce sont de grandes louanges, en effet.

Il dut se lever peu après ça et retourner sur la roue de hamster familiale, mais il repassa cette conversation un millier de fois dans sa tête.

Cette nuit-là, après le dîner – et que Jacob lui ait demandé de déguerpir pour qu'il puisse apprendre à Dustin comment remplir le lave-vaisselle – il expliqua à Brandon qu'il allait faire une promenade dans le voisinage avant de monter.

— Je vais venir avec toi.

Sa poitrine se réchauffa alors qu'il pensait aux sorties solitaires qu'il avait faites à l'extérieur de son appartement, essayant de faire du cardio, d'être de nouveau à l'aise dans sa propre peau. Il avait appris à aimer la marche, la façon dont ça lui vidait la tête, la manière dont ça donnait à son corps quelque chose à faire sans trop de douleur.

161

Pendant quelques minutes, ils trottinèrent côte à côte, jusqu'à ce que Brandon brise le silence.

— Tu vas vraiment vite. La prochaine fois, j'enlève mes bottes de travail pour mettre mes tennis.

— J'aime marcher, confia Taylor pour sa défense. Ça maintient en forme, ne pulvérise pas ton corps de la même manière que la course.

Brandon saisit sa main alors qu'elle se balançait en arrière et entrelaça leurs doigts.

— Tu peux faire ça.

— Non, répondit Taylor, tirant doucement. Je dois laisser mes bras se balancer pour qu'ils soient tous les deux utilisés et pour l'étirement. Désolé.

— Non, pas du tout. Tu *voulais* me tenir la main, pas vrai ?

Taylor sentit son regard espiègle, l'attrait enjôleur pour le compliment.

— Bien sûr.

— Bien.

Taylor fut obligé de rire. Tant d'arrogance — mais il utilisait ses pouvoirs de supposition pour le bien, alors ça allait.

— Quoi ? demanda Brandon après quelques pas plus calmes. À quoi penses-tu ?

— Je pense…

Taylor leva les yeux vers le ciel, toujours clair, même s'il était plus de vingt heures. Jacob, après une journée au travail, était rentré à la maison, avait joué avec les enfants pendant que Taylor préparait le dîner, et appelé la gouvernante pour que Taylor n'ait pas à retourner faire les courses. Puis, il s'était assis pour dîner et avait parlé un peu plus avec ses enfants, il apprenait maintenant à Dustin à faire la vaisselle, s'endormirait probablement devant un Disney avant de monter parler à sa femme.

La simple pensée de la journée de Jacob l'épuisait, mais il ne pensait pas que Jacob voudrait faire autre chose de sa vie.

— Je pense que la meilleure chose pour soi n'est pas toujours la plus facile, dit-il après quelques instants. Et ce n'est pas facile pour moi de faire confiance.

— Tu sais, je pense que je l'ai compris.

Sec comme la poussière.

— Tu penses seulement que tu es mignon.

162

Parfois, Taylor pensait que son œil gauche lui manquait le plus quand il essayait une expression de dégoût.

– Tout comme toi, répliqua Brandon avec arrogance. Tu penses que je suis mignon. Avoue-le.

– Je n'avoue rien. Sauf que…

Il sentit les coins de sa bouche se relever, parce que, oh, Dieu, il le pensait vraiment. Mais pouvait-il le dire ?

– Sauf que quoi ?

Ils atteignirent la fin d'un pâté de maisons et se tinrent sous un mûrier, le vert doux des feuilles contre le ciel s'obscurcissant donnant une image si belle que Taylor aurait voulu la peindre.

– Sauf que je vais avoir confiance, dit-il enfin. Que tu ne déconnes pas. Que ceci peut fonctionner. Parce que… je veux dire, ne te méprends pas. Je suis fatigué. Je suis inquiet pour Nica. Je pense que la vie que toi et moi avons prévu – être des étudiants qui travaillent, vivre ensemble – ça ne va pas être facile. Mais… enfin, je suis pratiquement sûr de pouvoir le faire. Et je *sais* que tu peux le faire. Alors je vais y croire quand tu dis que nous pouvons le faire ensemble.

Brandon se rapprocha de lui et l'embrassa doucement dans le calme du soir estival. Taylor ferma son œil et fit confiance.

Ils reculèrent, et Brandon dit :

– Tay, ouvre l'œil.

Il obéit et le visage de Brandon, large et sérieux, heureux et chéri emplit sa vision, ses yeux verts semblables à une mer paisible.

– Oui ?

– Tu m'as entendu ce matin.

– Oui.

– Je le pensais.

– Je sais. Je le pense aussi.

Le sourire s'élargit jusqu'à ce que les fossettes apparaissent.

– Tu vas le dire un jour ?

Taylor se renfrogna, pas prêt à être autant mis à nu. Pas aujourd'hui, pas ici.

– Peut-être, lâcha-t-il, reculant pour reprendre la marche.

Le faible ricanement de Brandon le suivit, tout comme Brandon lui-même.

– Là, tu te fais simplement désirer !

– Comment puis-je me faire désirer quand tu m'as déjà ? contra Taylor, faisant encore quelques pas avant de s'arrêter. Tu m'as vraiment. Tu dois le savoir.

Et la plaisanterie quitta le corps de Brandon. Il n'essaya pas d'atteindre de nouveau la main de Taylor, mais il posa une main à la paume carrée, rendue rugueuse par le travail, au creux de ses reins.

– Je le sais maintenant.

Une promenade ensemble – c'était tout ce que voulait Taylor.

Et faire l'amour après. Il voulait ça aussi.

VENDREDI soir, les enfants étaient habitués à ses pancakes, Nica était toujours au repos, et la nouvelle extension avait encore trois jours de placo avant de pouvoir être peinte et moquettée. Brandon était content, cependant. Il dit à Taylor que son équipe et lui avaient fait un bon travail – travail dont ils pouvaient être fiers – et que la maison de Jacob venait juste de doubler sa valeur.

Taylor n'y connaissait rien en construction ou en logement, mais il connaissait Brandon. Il le prenait au mot.

Le sac en toile de Brandon était prêt à côté de la porte, et Brandon se disputait au téléphone avec son frère.

– Non. J'ai dit non. Cliff, j'ai dit non, je ne reste pas une semaine de plus. Si tu ne peux pas me ramener, j'irai par mes propres moyens. Non, je m'en moque que ce soit un gâchis stupide d'essence. J'ai une vie, tu comprends ça ? Je prends autant de travaux que je peux pendant l'été pour avoir les moyens d'être à mi-temps pendant l'hiver, et puisque personne n'a proposé de payer pour mes études, j'ai besoin de revenir. Non, je ne veux pas de ton argent – pas maintenant. J'ai un petit ami ici – tu ne captes pas ? Oui, ce type – tu te souviens, celui qui a sauvé la vie de Papa ?

L'air soudain renfrogné et le grognement de Brandon firent grimacer Taylor. Manifestement, il venait juste de se faire remonter les bretelles sur la raison pour laquelle Taylor Cochran n'était pas assez bien pour Brandon Grayson.

– Tu retires ça tout de suite ou je n'y vais pas. Je m'en moque que tu ne sois qu'à un kilomètre. Tu retires ça ou je ne monte pas en voiture avec toi. Tu m'as entendu.

Brandon attendit, tapant du pied, secouant la tête, jusqu'à ce que la réponse à l'autre bout de la ligne l'apaise en partie.

– Maintenant, écoute-moi. Je rentre vendredi. Dis-moi tout de suite si tu peux me ramener ou non.

Il grogna et regarda Taylor.

– Samedi matin, articula-t-il tout bas.

Taylor grimaça, mais il avait été déployé pendant des années. Il savait comment attendre un petit ami et être fidèle.

– Si je n'ai pas de nouvelles de toi à treize heures, je viens te chercher.

Quelque chose ressemblant à du soulagement détendit les épaules de Brandon.

– Tu as intérêt, dit-il avant de ramener toute son attention sur Cliff. Oui, c'est cette rue. Nous sommes la seule maison du quartier avec une extension en bois brut sur le second étage. Clifford – même toi tu ne peux pas la louper. Je serai dehors dans cinq minutes – non. Ne monte pas. Parce que tu me fais honte. Sérieusement. J'ai honte. Oui, la voiture chic fait partie de la honte. Maintenant, donne-moi cinq minutes. Pour que je puisse embrasser mon petit ami pour lui dire au revoir – tu veux voir ?

Il raccrocha et enfonça le téléphone dans sa poche, secouant la tête.

– Je suis sérieux, Taylor, si tu ne me vois pas revenir, c'est que je suis attaché dans la cave. Je ne veux pas passer une minute de plus avec ces connards.

Taylor pensa à sa famille – son père, grossier et violent, sa mère, saoule et triste. Il pensa à ses frères, qui étaient probablement comme leur père.

– Je te crois totalement, dit-il avec douceur. Est-ce que j'ai droit à un baiser d'au revoir ?

Brandon vint dans ses bras et le serra fort, soupirant à son oreille.

– Taylor ?

– Oui ?

– Je t'aime.

Taylor enfouit son visage dans le cou de Brandon, ne vit que de l'obscurité et fit un acte de foi.

– Je t'aime aussi.

Sa récompense fut le faible grondement de rire dans la poitrine de Brandon.

– Alors, est-ce qu'un trou noir s'est ouvert et a avalé le soleil ?

– Non, répondit-il, reculant assez pour lancer un regard noir.

– Alors, est-ce que ça te tuerait de le dire une autre fois, quand je ne partirai pas pendant une semaine ?

– Peut-être. Dégage. Je vais me rappeler comment c'est de dormir sur le bord du lit.

– Bosselé. La meilleure partie du lit est au milieu avec moi, quand tu ne peux pas rouler, te cogner la tête et mourir dans un coma sanglant. Tout le monde sait ça.

Taylor se couvrit le visage des deux mains.

– Non, Brandon, seul toi le sais.

– Oui. Ce n'était pas du tout romantique, n'est-ce pas ?

Sa voix baissa, et pendant un rare instant, il parut jeune.

– Non, répondit Taylor, prenant les joues de Brandon dans ses paumes. Mais c'est très exclusivement toi.

Le sourire irrépressible de Brandon revint d'un coup.

– Redis-le, ordonna-t-il.

– Je t'aime.

– Je t'aime aussi.

Un baiser de plus et il fut parti.

Taylor referma la porte derrière lui, déambula jusqu'au canapé et s'assit presque dessus. Il avait besoin de s'exercer aujourd'hui, il avait besoin de s'étirer puis de se doucher et de s'endormir vite et bien. Même s'il avait officiellement le week-end de libre, il était toujours en bas à un moment ou un autre le lendemain pour aider à rassembler les enfants, parce que Jacob était épuisé, Nica était irritable et tous les enfants n'étaient absolument pas de tout repos.

Et ils étaient une famille, la famille aidait. À ce stade, même s'il avait son prêt, commençait les cours et remettait le travail de nounou à quelqu'un d'autre, il ne pouvait pas imaginer ne pas venir aider quand il pouvait. Conroy dépendait de lui pour trouver son doudou, et qui allait détourner l'esprit vif de Belinda quand il voyait trop de choses ? Melly ne pouvait jamais garder cette chaussure, Dustin allait apprendre l'éducation sexuelle par une vidéo de puberté et son père ? Grand Dieu non.

Alors il était officiellement englouti. Tout comme quand il était enfant et rêvait de faire partie du clan Robbins – il était leur manny, leur Oncle Taylor, le petit ami de Brandon, le meilleur ami de Nica, tous dans la même personne, dans leur vie.

Il avait un but le matin.

Mais ça ne signifiait pas que Brandon ne lui manquait pas à cet instant.

Il se tint près du canapé pendant un instant et laissa la douleur le submerger.

Bien sûr qu'il était assez fort pour attendre une semaine. Il était assez fort pour attendre un an ou trois ou cinq. Mais ça ne voulait pas dire que ça ne faisait pas mal.

Il pouvait avoir foi en Brandon – ce n'était pas un problème. Mais la foi ne tenait pas chaud la nuit, et même si le thermomètre indiquait dans les 40° pour toute la semaine, ça ne signifiait pas qu'il n'allait pas faire frais dans le petit appartement de Brandon au-dessus du garage.

Grande route insouciante

BRANDON fusilla du regard les longues ombres des arbres et essaya de deviner quelle heure il était. Seize heures ? Dix-sept heures ? Il avait quitté la maison à quinze heures, en ayant ras le bol, énervé, et avec un téléphone à l'agonie.

Oh, il avait su que cela arrivait.

Tout comme Taylor, d'ailleurs. Pendant leur dernière conversation téléphonique – et la mauvaise couverture réseau les avait rendues très rares –, Taylor lui avait demandé s'il voulait qu'il prenne le pick-up après que Jacob était rentré à la maison vendredi.

Brandon aurait dû dire oui.

Ses parents avaient été acceptables quand Brandon était arrivé le vendredi soir. Sa mère avait préparé son ancienne chambre – papier peint avec des avions, lit simple au cadre de bois et tout. Il avait mangé du poulet froid comme en-cas, parlé avec sa mère de la routine thérapeutique puisque son père était couché pour la nuit, et pendant un bref instant éclatant, Brandon avait pensé qu'ils pourraient être civilisés et, enfin, une famille.

Mais il avait quand même posé son sac sur la commode au lieu de le défaire. Il ne voulait simplement pas rester si longtemps.

Le jour suivant avait été épuisant. Son père avait besoin d'aide pour pratiquement tout – Brandon pouvait voir pourquoi Garrett et Cliff n'avaient pas voulu des soins quotidiens. La carrure et les muscles de Brandon étaient utiles pour l'aider à s'asseoir pour manger, l'aider à se lever et à marcher jusqu'à la salle de bain, l'aider à marcher dans la maison. Il était supposé marcher sur un petit tour – du fauteuil à la table de cuisine, de la table de cuisine au garage, du garage autour de la maison jusqu'à la porte d'entrée, de la porte d'entrée autour de la maison de nouveau jusqu'au garage.

Quand Brandon était supposé partir vendredi, son père aurait dû être assez fort pour marcher jusqu'à n'importe lequel de ces endroits tout seul et de continuer à marcher. En deux semaines, il aurait dû pouvoir marcher jusqu'au bout de l'allée pour prendre le courrier. En trois semaines, faire le tour du quartier.

Mais Mitch Grayson n'avait pas de telles aspirations.

– Que veux-tu dire, me lever ? J'ai été victime d'une crise cardiaque !

– Papa, s'était renfrogné Brandon ce premier jour, je sais lire les instructions tout comme toi. Maman a passé des heures avec ton thérapeute pour mettre tout ceci en place. As-tu pensé que tu rentrerais simplement à la maison pour végéter et que soudain, tu irais mieux ? Le cœur est un muscle et il a besoin d'être étiré !

– Qu'est-ce que tu y connais ? Tu vas être un ouvrier spécialisé, tu te souviens ?

Comme il avait désespérément regretté d'avoir dit ça à Garland, parce que son patron était la seule personne de qui ses parents avaient pu obtenir cette information.

– J'ai deux ans de kinésiologie à mon actif, Papa. Et même si ce n'était pas le cas, j'ai observé Taylor s'étirer pendant des semaines…

– Qu'est-ce qu'il pourrait bien y connaître ?

– Un quart de son corps est fait de greffes de peau et de muscles. Il a été blessé dans une explosion. Actuellement, il peut marcher, batailler avec des enfants et bouger avec à peine un boitement parce qu'il a écouté ses médecins et parce qu'il s'étire et utilise ses poids *chaque jour*. Maintenant, allez ! Vas-tu me dire que tu ne peux même pas essayer ?

– Essaies-tu de me comparer à ton petit ami gay pour me faire travailler plus dur ?

Brandon avait fixé son père avec désespoir. Ils avaient les mêmes pommettes larges, le même menton carré. Mais les lèvres de Mitch s'étaient amincies et plissées ces deux dernières années. Ses bras et ses jambes étaient minces, mais son torse et son ventre avaient grossi. Pas d'activité physique. Aucune. Pas de tonus musculaire. Toute la masse indomptable de son corps avait été autorisée à devenir du gras.

— Je te compare à un homme que j'admire pour te dire ce qu'il a fait pour se remettre, avait répondu rationnellement Brandon. S'il te plaît, Papa. Nous avons donné une seconde chance pour être une famille…

— Si tu croyais vraiment ça, tu ne partirais pas dans une semaine.

— Je remarque que tu ne te plains pas de cette façon avec Garrett et Cliff !

Oh bon sang. Bon sang, bon sang, bon sang. Il savait que c'était le pire moyen de clore une dispute, mais quand même, l'injustice secouait.

— Tes frères ont une famille.

— Tout comme moi.

— Ton petit ami ne compte pas !

Habituellement, c'était là que *Brandon* faisait plusieurs fois le tour de la maison, puisque son père n'allait pas le faire, et sa mère… eh bien, elle pleurait beaucoup.

— Dois-tu vraiment repartir, Brandon ?

— Ne pense pas à ça comme une fuite, Maman. Penses-y comme à une échappatoire.

Et il y aurait plus de tours.

Taylor lui manquait.

Il n'était pas stupide. Il se demandait de manière répétitive comment il savait ce qu'était l'amour, le véritable amour, quelque chose qui durait aussi longtemps que les parents de Nica, ou Tino et Channing, ou Nica et Jacob.

Tout ce qu'il pouvait trouver était que personne, dans toute sa vie, ne lui donnait envie de *faire* quoi que ce soit pour quelqu'un, d'être un homme meilleur, d'être une force positive dans le monde, dans le futur, dans sa propre vie, comme le faisait Taylor.

À cet instant, pendant qu'il était coincé chez ses parents, se battre pour être cet homme était beaucoup plus difficile que ça l'était quand il vivait chez Jacob et Nica – ou, il le suspectait, en louant le petit appartement que Tino et Channing préparaient pour eux.

Ce qui l'avait mis sur cette route.

Jeudi soir, il avait eu une brève conversation mélancolique avec Taylor, ravi comme toujours par sa langue acérée, son sarcasme et ses compétences dans tous les domaines.

– Alors Melly a éclaté en sanglots à l'épicerie ? Que faisiez-vous là-bas en premier lieu ?

– Nica avait une envie – essaie de suivre.

– Ce n'était pas du sucre, n'est-ce pas ? Parce qu'elle a frôlé le diabète avec Conroy – c'est pour ça que Jacob a fait la vasectomie.

– Non, c'était du steak. Puis-je continuer mon histoire ?

Brandon avait souri, allongé dans le noir dans son ancienne chambre.

– Je t'en prie, parle-moi de ce voyage bouleversant à l'épicerie.

– Melly a perdu sa chaussure.

– Je suis choqué. Choqué que…

– La ferme. Alors, elle a perdu sa chaussure et a commencé à pleurer, et j'ai dû attraper Dustin par le col pour qu'il ne parte pas la retrouver parce que nous avons dressé ce gamin comme le chien de Pavlov, puis Conroy a soudain crié Fwoot Woops !

– Froot Loops ?

– Oui – sans crier gare. L'allée des céréales était la dernière au bout. Alors Melly hurle comme un camion de pompier, Conroy crie « Fwoot Woops, Tay, Fwoot Woops ! » et je pense que ça ne peut pas faire de mal. Tu sais où je retrouve cette foutue chaussure ?

– Sur les Fwoot Woops ? avait demandé Brandon, ne pouvant contenir son sourire.

– Non – sur les Frosted Flakes, en fait, mais pendant que nous étions là, je lui ai pris des Fwoot – je veux dire, Froot Loops, parce que hé. Le gamin l'a demandé, je lui en devais une.

Brandon avait ri de bon cœur.

– Oh la vache… Oui, oui, tu lui devais. C'est génial. Tu es si bon avec eux. Comment as-tu su que tu serais si bon avec eux ?

– Je ne savais pas, avait marmonné Taylor, et Brandon pouvait entendre l'inconfort amené par le compliment. Mais, tu sais. J'ai eu un prof d'Histoire à l'école – il m'a en quelque sorte lancé sur le sujet. Nica m 'a envoyé des livres sur les événements historiques quand j'étais déployé – le roi Henry VIII, Charlemagne, ce genre de choses. Et j'en parlais aux gars dans mon unité. C'était devenu une habitude. Je recevais un nouveau livre, je le lisais et pendant la bouffe, nous avions l'heure de l'histoire. Et nous avons commencé à en parler, tu sais, comment le gouvernement que nous suivions avait évolué depuis celui en Angleterre, comment les tactiques de combat avaient changés, et nous étions tout excités à propos du livre suivant. J'avais déjà fait deux voyages quand ce missile a frappé. Je savais ce que je voulais faire quand je rentrerais.

— Alors tu savais que tu voulais être professeur. Être bon avec les enfants, c'était juste un bonus ?

— Je me suis occupé un peu de Sammy et Elena, avait admis Taylor. Simplement, tu sais. J'ai observé les parents de Nica. J'ai observé *Nica*. J'ai aimé comment ils parlaient aux enfants. Mieux que mes parents. Je voulais faire la même chose.

Brandon avait entendu l'ouverture et l'avait prise.

— Vas-tu un jour parler de tes parents ? avait-il demandé doucement. Je veux dire, pour de vrai ?

— Papa utilisait ses poings et Maman buvait, avait-il dit, mais pas avec colère. Parle-moi de *tes* parents.

— Papa est un connard et Maman le laisse faire. Pas de poings ou d'alcool impliqués, mais ils m'énervent quand même.

— Ils sont manipulateurs, avait lâché Taylor dans un souffle après un moment. Ils te disent, si seulement tu étais un meilleur garçon, ils ne devraient pas faire ce qu'ils font. Avec mon père, c'était les coups. Avec ma mère, c'était de le laisser faire. Tes parents… ils ne sont pas si mauvais. Mais tu sais, ils maîtrisent toute la dynamique.

La semaine pourrie était repassée devant les yeux de Brandon.

— Je comprends, avait-il dit. Je ne sais pas s'ils étaient comme ça quand j'étais à la maison avant.

— Probablement – juste pas ouvertement. Ils auraient pu choisir une autre cible. Garrett a probablement eu beaucoup de commentaires du genre « Si tu ne surveilles pas tes frères, c'est de ta faute. » Tu as fait ton coming out, quitté la maison, tous les coups sont permis maintenant. Pas étonnant que tes frères t'aient planté là.

Brandon avait grogné. Il avait appelé Cliff ce soir-là pour s'assurer qu'il descendait de Tahoe pour s'occuper des affaires à Sacramento et le déposer chez lui samedi, mais il n'avait pas eu de réponse.

— Eh bien, je me sens bête de ne pas avoir remarqué.

Et c'était vrai – il pouvait s'en souvenir maintenant. Garrett brimé à propos de ses notes, Cliff traité de chiffe molle et pire. Brandon avait été le bébé – capable de ne rien faire de travers, jusqu'à ce qu'il dise à sa mère qu'il avait enfin embrassé un garçon.

– Ce n'est pas de ta faute, lui avait doucement dit Taylor. L'amour n'est pas supposé avoir de conditions. Tu m'as dit « Je t'aime » et tu n'as même pas attendu de réponse. Tu voulais simplement que je le sache. Je l'ai dit quand j'étais prêt, tu savais que je le pensais. Tu avais raison – tu savais ce que l'amour et la vie étaient supposés être. Ne les laisse pas te dire le contraire simplement parce que tu es coincé sous leur toit, d'accord ?

– D'accord.

La gorge de Brandon s'était serrée et il avait eu du mal à avaler, même quelques minutes plus tard quand ils eurent raccroché. Il n'avait jamais hésité, mais il s'*était* inquiété une fois ou deux. Taylor savait ce qu'était l'amour. Il savait ce qu'était le long terme.

Et il savait que ce que Brandon et lui avaient était important.

Ça irait pour eux.

Et c'était exactement ce qu'il avait pensé jusqu'à ce qu'il se réveille vendredi matin et que son téléphone, qu'il avait laissé à charger à côté de son lit, avait disparu.

Sa mère s'était déclarée ignorante sur le sujet. Son père avait demandé, de façon plutôt sarcastique, s'il aurait pu arriver à la chambre sans respirer trop bruyamment pour casser les fenêtres.

Brandon avait retourné chaque coin de la maison quand il aurait dû être en train de prendre des dispositions pour qu'une infirmière vienne soigner son père à partir de samedi.

Il avait tous les numéros *dans son téléphone.*

Vendredi soir, il avait appelé son frère depuis la ligne fixe et lui avait demandé d'appeler l'infirmière.

– Pourtant Papa a dit que tu restais un mois de plus. Je ne sais pas qui croire !

– Crois que si tu n'es pas ici à treize heures, je marcherai jusqu'en ville pour acheter un billet de bus, avait expliqué sèchement Brandon. Et tu dis à Maman et Papa que si je ne trouve pas mon téléphone, ils vont avoir du mal à trouver le numéro des personnes qui sont supposées les aider, parce que j'avais toutes les informations.

– Enfin, Brandon, tu peux difficilement les tenir responsables du fait que tu aies perdu ton téléphone…

– Je n'ai *pas* perdu mon téléphone ! Il était juste à côté du lit, Cliff. Maman l'a pris parce qu'elle ne veut pas s'occuper de lui seule !

– Retire ça, avait rétorqué Cliff, la voix si suffisante que c'était une bonne chose qu'il ne soit pas là à cet instant.

– Quoi ?

Brandon savait ce qu'il faisait – il le lui avait fait une semaine avant.

– Tu retires ce que tu as dit sur Maman, ou je ne viendrai pas…

Brandon lui avait raccroché au nez.

Puis il avait dit à sa mère que si elle ne crachait pas le téléphone, il allait les laisser sans aucune aide.

– Je suis sûre qu'il se montrera au matin, chéri. Et tu n'as pas envie de marcher jusqu'en ville – ça fait presque quinze kilomètres !

– Je marche autant pendant un travail normal, Maman, avait-il grommelé. S'il te plaît, trouve simplement mon foutu téléphone.

L'heure était passée et était arrivée celle où il appelait habituellement Taylor, et il avait dormi en rêvant de son amant criant son nom dans le brouillard et n'obtenant pas de réponse.

Le jour suivant, il avait retourné de nouveau la maison, sans s'excuser. À quatorze heures trente, il avait enfin entendu une vibration venant du sac à main de sa mère sur le dossier d'une chaise.

Il l'avait sorti pendant qu'elle regardait, gênée, et sans un mot de plus, il avait attrapé son sac dans sa chambre.

– Mais Brandon, nous pensions simplement que si…

– Au revoir, Maman. Ne m'appelle pas à moins qu'il y ait un décès dans la famille.

– Brandon.

Il s'était arrêté avec la main sur la poignée de la porte et avait grimacé, parce que ça dépassait le cruel et l'indifférence.

– D'accord, efface ça. J'appellerai l'infirmière quand je serai rentré et m'assurerai que quelqu'un viendra demain. Peut-être qu'il écoutera quelqu'un d'autre que moi. Entre-temps, je dégage d'ici.

– Brandon ! l'avait supplié sa mère, essuyant le dessous de son œil d'une main. Ne me laisse pas ici ! Pas avec lui. S'il te plaît ?

Il comprenait – il savait pourquoi elle ne voulait pas être laissée seule. Mais il avait fait sa part. Il en avait fini.

– Appelle Cliff, lui avait-il conseillé. Il a besoin d'être la personne vers qui tu te tournes pendant un moment. Parce que ceci ? Ces conneries ? C'est inacceptable. J'ai un foyer où rentrer.

– Comment cet homme peut-il être ton foyer ? avait demandé sa mère, semblant honnêtement confuse. Brandon, nous t'avons élevé…

– Pour partir et fonder ma propre famille. Mission accomplie. Il est le début de ma famille. Même si nous n'avons jamais plus que nous deux, c'est quand même la famille que je choisis.

Et sur ces mots, il avait pris son sac et son téléphone à l'agonie, et était parti d'un pas lourd dans l'allée.

Deux heures plus tard, il pouvait voir à travers les arbres l'hôtel où Taylor et lui avaient logé. Il était prêt à se reposer et peut-être manger quelque chose, et définitivement prêt à appeler Taylor et supplier qu'on vienne le chercher.

Demain, pensa-t-il morose en regardant les longues ombres. Taylor pourrait ne pas arriver jusqu'ici avant l'obscurité, et c'était un trajet épouvantable à faire dans le noir si la vue n'était pas optimale.

Il venait juste de se résigner à une nuit au Best Western quand le pick-up – *son* pick-up – s'arrêta en dérapant à l'embranchement qu'il avait tout juste dépassé.

Il se tourna, surpris, et commença à trottiner dans sa direction, courant quand Taylor sortit du siège conducteur et resta à le fusiller du regard tandis qu'il approchait.

– Tu vas quelque part ? demanda Taylor, luttant clairement contre un éclatant sourire de bienvenue.

– À la maison, lui dit Brandon, lâchant son sac et avançant dans ses bras.

Ah oui – ce fut comme respirer de nouveau. Taylor sentait les pancakes, la sueur, l'homme irrité, et la chaleur de son corps réconforta la partie en colère et amère du cœur de Brandon comme des couvertures et un chocolat chaud réconfortaient un enfant après la neige.

– Alors tu venais à moi, murmura Taylor.

Brandon le serra encore plus fort. Il lâcha uniquement pour permettre à Taylor de prendre sa mâchoire dans ses mains et d'initier le baiser, vorace, frénétique et avide, dont Brandon avait toujours rêvé, que Taylor exigeait de lui, mais qu'il n'avait jamais demandé.

Jusqu'à maintenant.

Brandon froissa le simple t-shirt blanc de Taylor et enfonça les mains à l'arrière de son short, le tirant plus près sans honte, attrapant des poignées douces de chair mince et tendue.

Taylor ne recula pas, ne s'écarta pas, il continua simplement de l'embrasser. Il enfouit les mains dans les cheveux de Brandon en y nouant les doigts et le serrant dans la bonne position pour ravager sa bouche un peu plus.

Une voiture passa, klaxonnant, assez proche pour les renverser contre le pick-up avec l'air de son passage, et *ce* fut la seule chose qui le sépara.

— Nous avons besoin d'un hôtel, dit Brandon d'une voix éraillée.

— Nous avons besoin de rentrer à la maison, dit sèchement Taylor.

Il leva le pied pour grimper dans le pick-up, avant de le reposer et de détourner le regard. La férocité que Brandon avait accueillie disparut, remplacée par de la gêne.

— Mais, euh, tu dois conduire. Les ombres, les arbres et la route… nous sommes chanceux que je ne me sois pas précipité dans un ravin en venant ici.

— Je t'aime tellement à cet instant, déclara Brandon, la voix rauque. Pourquoi as-tu fait ça ?

Taylor haussa simplement les épaules et fit le tour pour monter par le côté passager, pendant que Brandon jetait son sac à l'arrière et montait derrière le volant.

— Oh, bébé, je t'ai manqué ?

— Oui, Brandon. C'est au pick-up que tu as manqué.

Brandon se pencha de l'autre côté du siège et l'attira dans un baiser.

— Tu es sûr que tu ne veux pas t'arrêter au Best Western ?

Taylor secoua catégoriquement la tête, mais détourna les yeux.

— Il se peut que j'aie besoin de m'arrêter dans une demi-heure parce que j'aurai une furieuse envie de pisser et parce que je n'ai pas pris de déjeuner. Mais je… je te veux dans notre lit. Dans notre appartement. Nous pouvons déménager dans deux semaines, mais actuellement ce sont nos affaires et c'est notre foyer.

— Tu es venu me chercher, lui dit Brandon. Je *suis* ton foyer.

L'expression familière et sarcastique de Taylor – celle où il levait l'œil au ciel si fort que son cache-œil tressautait – traversa son visage.

— Je savais que quelque chose n'allait pas dès que tu n'as pas répondu à mon appel hier soir. Que diable s'est-il passé ?

— Maman a volé mon téléphone.

— *Ça*, c'est mature.

Brandon grogna parce que cela avait été exactement ce qu'il avait pensé.

– Tu sais, elle a plus de cinquante ans. On pourrait penser qu'elle serait capable de s'occuper de Papa désormais – ou du moins de ne pas s'en prendre à d'innocents spectateurs, pas vrai ?

– Oui, eh bien, elle a choisi de rester avec lui. Simplement parce qu'ils t'ont offert le gîte et le couvert pendant tes vingt premières années ne signifient pas que tu leur doives quoi que ce soit maintenant.

– Je *vais* appeler une infirmière dès que mon téléphone sera chargé, confessa-t-il avec une grimace. Parce que, bon sang, Papa ne va pas s'en sortir si *quelqu'un* ne le persuade pas de bouger un peu plus.

– Simplement pas toi, conclut Taylor avec émotion.

Rien à voir avec l'homme qui avait insisté en premier lieu pour que Brandon vienne.

– Simplement pas moi, confirma Brandon

Il est venu me chercher. Le savoir ne diminuait pas la sensation chaude et duveteuse dans sa poitrine.

– Qu'est-ce qui t'a décidé à prendre le volant ?

– Tu n'aurais pas été en retard, déclara Taylor, sans équivoque et inflexible. Enfin, je pense que tu es fou – et je n'ai aucune idée pourquoi moi –, mais je te connais. Tu ne fais pas de promesses que tu n'as pas l'intention de tenir. Quand tu n'as pas appelé hier soir et que tu n'étais pas à la maison à quinze heures, j'ai su.

– Oh mon Dieu, Taylor, s'étonna Brandon en regardant l'horloge du tableau de bord. Tu as dû conduire comme le *vent*.

– Je, euh, marmonna Taylor, pourrais avoir enfreint quelques règles de circulation. Enfin, de ce que j'en savais, ils t'avaient attaché et bâillonné quelque part dans la cave.

– Mes parents ? plaisanta Brandon. Sérieusement ?

– Hé, ne *me* regarde pas comme ça – c'est de *ta* famille tordue que nous parlons.

Brandon réfléchit à la façon dont il s'était senti piégé toute cette semaine, et l'expression penaude sur le visage de sa mère disant « je n'ai vraiment rien fait de mal. »

– Oui, d'accord, tu marques un point. Maman et Papa *supprimés* de la liste pour les cartes de Noël – du moins, jusqu'à ce que j'obtienne de véritables excuses pour avoir caché mon téléphone et avoir laissé Cliff s'en sortir impunément de ne pas être venu me chercher.

– Quelle était son excuse ?

177

– Le fait que j'accuse mes parents d'avoir pris mon téléphone, grommela Brandon.

Mon Dieu. La famille.

– Mais elle *avait* bien pris ton téléphone ! rappela Taylor en secouant la tête. Attends. Non. Oublie que j'ai dit ça. On n'engage pas le combat avec les fous. Nous partons de Folieville, notre prochain arrêt, notre petit appartement avec ma chatte énervée.

– Et du sexe, lui dit sérieusement Brandon. Je parle de quantités massives de…

– De moi te clouant au matelas jusqu'à ce que tu restes tranquille, répliqua Taylor.

Brandon gémit presque, son érection soudaine faisant mal sous la surprise.

– Tu ferais mieux de ne pas déconner, grommela-t-il.

– Tu ne l'as pas fait. Alors, fais-moi confiance là-dessus, c'est quelque chose dont *j'ai* besoin.

Ils roulèrent dans un silence tendu pendant la demi-heure suivante, puis Brandon s'arrêta à une station-essence qui était dos aux montagnes. Taylor et lui allèrent utiliser les toilettes et acheter des sandwichs, qu'ils mangèrent appuyés contre le pick-up, regardant la magnificence des arbres et la montagne rouge qui les dominait.

Quand ils eurent fini, Brandon jeta leurs déchets dans la poubelle la plus proche, mais quand il revint, Taylor était toujours appuyé contre le véhicule, observant les ombres des arbres contre le ciel bleu estival.

– Quoi ? demanda Brandon, suivant son regard.

– C'est magnifique.

– Oui, c'est vrai.

– Si je pouvais faire un dessin de ce que mon cœur ressent, ça serait aussi beau.

Brandon avala durement et péniblement sa salive.

– C'est pour ça que je t'aime, tu le sais, pas vrai ?

– Pourquoi ? s'étonna Taylor, se tournant pour scruter son visage.

– Parce que ton cœur – les choses à l'intérieur sont si réelles. Elles sont si magnifiques. Tu es venu me chercher. Tu m'as cru quand j'ai dit que je voulais rentrer à la maison auprès de toi. Je veux dire, nous avons des hauts et des bas qui nous attendent, mais cet endroit ? Nous devons simplement nous souvenir que c'est là où tout a commencé.

Taylor sourit doucement, l'expression illuminant tout son visage.

– Je pourrais commencer ici. Avec toi. Nous pourrions faire de grandes choses de cet endroit, tu ne penses pas ?

Brandon fut obligé de l'embrasser. Obligé. Chaud et sûr, ce baiser, l'urgence tambourinant en dessous comme un courant électrique vivant amorti par du vinyle par-dessus les câbles. Quand ils arriveraient à destination, cette charge irait quelque part, mais à cet instant, c'était suffisant d'enrouler les bras autour de l'autre et de sentir les possibilités entre eux.

ILS rentrèrent à temps pour nager avant le dîner. Taylor s'étira dans la piscine et Jacob fit un barbecue. Ils mangèrent avec les enfants à la table de pique-nique près de la piscine, et pendant que le soleil se couchait, Brandon leur raconta des histoires sur des arbres géants, des cerfs et des lapins dans la forêt, laissant de côté pourquoi il avait passé si longtemps à marcher le long de la route.

Ils débarrassèrent les assiettes en carton, laissèrent le peu de vaisselle à la gouvernante, que Jacob commençait à adorer, et s'assirent devant la télévision, où tout le monde s'endormit.

Y compris Jacob.

Taylor et Brandon se glissèrent hors de la maison et montèrent les escaliers vers l'appartement de Brandon quand le ciel fut en majorité comme du velours pourpre, et ils se tinrent sur le palier et regardèrent les étoiles sans parler, avant que Brandon se tourne et conduise Taylor à l'intérieur.

Celui-ci fut sur lui dès que la porte fut fermée.

Bouche vorace, mains avides, Brandon céda sans un mot à son contact. Alors qu'il était encore appuyé contre la porte, Taylor s'agenouilla devant lui, ouvrit son jean et baissa son sous-vêtement et le laissa ébahi.

Brandon dut le relever avant que les choses ne se terminent trop vite, et Taylor montra impérieusement la chambre du doigt.

– Que vas-tu faire ? demanda plaintivement Brandon.

– Nourrir la chatte ? expliqua Taylor avec un haussement d'épaules. Elle ne nous laissera pas tranquilles si nous ne lui donnons pas à manger.

– C'est sexy.

– La ferme et va te déshabiller complètement. Et n'oublie pas le lubrifiant !

Oh mon Dieu, oui.

Brandon désirait ardemment la possession de Taylor – désirait le sentir gonflé et dominant dans son corps, l'envahissant, revendiquant la propriété, de la même manière que Brandon l'avait revendiqué.

Il enleva ses bottes, son pantalon jusqu'aux chevilles, repoussa la couverture et se dépêcha de prendre la petite bouteille d'huile sous le coussin.

Le temps que Taylor entre, Brandon était nu et à quatre pattes, les doigts glissant et jouant dans son derrière étiré.

– Oh bordel, lâcha Taylor d'une voix rauque. Ça, c'est vraiment sexy.

Brandon se retourna sur le lit et observa tandis que Taylor retirait son short, son boxer et son t-shirt. Cette fois-ci, il ne se soucia pas de plier ses vêtements ou de ramasser ceux de Brandon – toute son attention était focalisée sur son amant alors qu'il continuait de se préparer, se tortillant d'anticipation sur le lit.

Quand Taylor s'approcha, Brandon chancela en avant, utilisant sa main libre pour amener l'érection de Taylor jusqu'à sa bouche. Ce dernier resta là, à masser le cuir chevelu de Brandon à travers ses cheveux et le laissa lui faire ce truc, ce merveilleux *truc* intime et excitant, caressant, serrant, suçant, dévorant jusqu'à ce que Taylor commence malgré lui à balancer les hanches d'avant en arrière.

Brandon recula et donna un coup de langue sur le sommet, souriant, taquin.

– Je pourrais toujours te faire jouir comme ça.

– Tu pourrais.

Le sourire en coin de Taylor lui dit qu'il savait – *savait* ce que Brandon voulait pour eux à cet instant.

– Je pourrais, murmura Brandon, le prenant jusque dans le fond de sa gorge et suçant fort alors qu'il se retirait. Mais je ne le ferai pas.

Il se remit hâtivement à quatre pattes, ayant besoin de fort, rapide, tout. Maintenant.

Les mains de Taylor sur ses hanches le pétrirent de manière rassurante, puis il se positionna, large et implacable, à l'entrée de Brandon.

Lentement, avec d'infinies précautions, il se glissa à l'intérieur.

Brandon grogna et frissonna, baissant la tête, sentant le chaud et le froid de ce genre de possession émanant de l'épicentre.

Taylor se pencha sur son dos et embrassa son épaule.

– Ça va ?

– Ça va, lui répondit Brandon, tremblant. Bouge. Bouge !

Il commença doucement, les mains chaudes et tendres sur l'arrière des cuisses de Brandon, sur ses hanches, le long de son ventre et de ses épaules. Alors que les vagues de sensation devenaient de plus en plus vives, Brandon eut besoin de moins de gentillesse, plus de...

– Baise-moi plus fort, bon sang !

Le petit rire grave de Taylor vibra à l'intérieur de lui.

– D'accord.

Un déluge de poussées suivit, dures, rapides, passant sur et heurtant l'endroit masculin magique sur lequel Brandon avait tant lu. Il enfouit son visage contre les couvertures, suppliant, exigeant et pleurant tout en même temps de plaisir, parce que ceci ? Cette chose que Taylor faisait à son corps ? Elle en prenait le contrôle, le recréait, changeait son idée de ce que pouvait être le plaisir.

– J'ai besoin de jouir, haleta Taylor. Jouis pour moi. Je sais que tu peux le faire. Allez !

Brandon avait besoin de sa main, besoin d'une forte pression, le rassemblement de force pour laisser l'orgasme submerger son corps, luttant contre l'invasion, luttant contre la pression de son membre, luttant contre la peur subtile de se perdre, de perdre le contrôle, de perdre...

Il n'y avait aucun contrôle. Eux deux liés, se donnant du plaisir, ayant des sentiments pour l'autre, c'était la seule chose qu'ils avaient de sûre, et Brandon s'abandonna joyeusement à la force de leurs corps, leurs cœurs, leurs âmes.

Son orgasme explosa en lui, un souffle annihilant son individualité, ne faisant qu'un avec la force palpitant en lui, faisant de lui la moitié d'un tout. Il se déversa dans sa main, chaud, soyeux, giclant violemment, et il s'effondra contre le matelas dans un cri.

Taylor hurla derrière lui, et il sourit faiblement, épuisé, content du plaisir de son amant. Le sperme de Taylor se répandit à l'intérieur de son corps, le remplissant, le marquant – ils ne faisaient qu'un.

Taylor s'écroula à côté de lui et drapa un bras en sueur sur sa taille. Brandon entrelaça leurs mains, ses doigts collants du produit de l'orgasme. Ricanant intérieurement, il les amena à sa bouche et lécha les doigts de Taylor un à la fois, appréciant la saveur piquante de la sueur et du sperme.

– C'était bon pour toi ? demanda Taylor, le souffle court, embrassant sa nuque.

– Incroyable, répondit Brandon entre deux coups de langue.

Ses fesses seraient douloureuses le lendemain – il pouvait le sentir. Il s'en moquait.

– Était-ce un « excellent » incroyable, ou un incroyable « je suis au-dessus pour toujours à partir de maintenant » ?

Brandon rigola de joie et regarda par-dessus son épaule pour croiser le regard anxieux de Taylor.

– C'était un « excellent » incroyable. Sérieusement. C'était comme si une grenade à main de plaisir avait explosé dans mes entrailles.

L'expression figée de Taylor lui dit qu'il avait recommencé.

– Je suis désolé.

– Ne le sois pas, réussit à dire Taylor avant d'éclater de rire contre son dos.

– C'est sorti de travers.

La réponse de Taylor fut étouffée par un gros rire et l'épaule de Brandon. Celui-ci aurait pu jurer qu'il disait quelque chose à propos d'un don.

Bien sûr qu'il avait un don. Il avait Taylor.

C'était la seule bénédiction dont il aurait jamais besoin.

– **ET** six mois plus tard, nous sommes de retour au-dessus du garage, marmonna Taylor, posant au sol la caisse de transport de Marilyn.

Brandon enroula les bras autour de sa taille et embrassa son oreille.

– Rien que pour le premier mois après l'arrivée du bébé.

Ils avaient déménagé selon le planning, après que l'extension de la maison avait été finie et que les enfants avaient été déplacés dans leur propre espace. Mais Taylor était resté en tant que manny, décalant son retour en cours jusqu'à ce que Nica ait le bébé, parce que la grossesse s'était avérée vraiment difficile et il n'y avait personne d'autre à qui elle pouvait faire confiance.

– Je sais, lui dit Taylor, embrassant sa joue. Je faisais juste…

– Le bâtard sarcastique que je connais et que j'aime. Continue.

– C'est ce que je fais de mieux, répondit Taylor avec un sourire malicieux.

Non, ce n'était pas ce qu'il faisait de mieux.

– Tu fais bien tant de choses, souffla doucement Brandon, se blottissant un peu contre lui.

Revenir dans l'appartement au-dessus du garage le rendait nostalgique, c'était tout. Ils avaient eu six bons mois – six mois géniaux. Travail, famille – les cours pour Brandon, des décisions difficiles pour Taylor.

Mais ils avaient fait tout ça ensemble. Malgré toute l'inquiétude de Taylor à propos d'être trop vieux, pas assez bien, trop endommagé, le fait était qu'il avait été le ciment de Brandon. Quand celui-ci devenait stressé ou trop excité, ou prêt à sauter aux conclusions et péter les plombs, Taylor était là avec un œil levé au ciel sarcastique et une solution réaliste.

C'était lui qui avait suggéré à Brandon que peut-être sa mère pouvait vivre avec son frère aîné et laisser leur père avec une infirmière à domicile jusqu'à ce qu'il accepte de s'impliquer dans son propre rétablissement. Il avait accepté et elle était depuis retournée vivre à Truckee. Cela avait été une bonne idée. Cela ne signifiait pas que Brandon et Taylor auraient une carte de Noël cette année, mais ce n'était pas le point essentiel.

L'essentiel était que Brandon n'aurait pas pu choisir un meilleur compagnon de vie s'il avait dressé une check-list qui incluait un cache-œil et un don pour s'occuper des enfants.

Et une libido active et excitante.

– Tu veux que je fasse bien quelque chose à cet instant ? ricana Taylor, et Brandon sourit.

– Je suis *toujours* partant pour ça.

Il l'était, le début de son érection poussant solidement contre les fesses de Taylor.

– Nous devons emménager d'abord, rétorqua Taylor, toujours pragmatique jusqu'à l'os. *Ensuite,* nous pouvons nous amuser.

– Ou aller aider les enfants à décorer le sapin.

Taylor hocha la tête. Ils avaient accepté de ré-emménager pendant le week-end après Thanksgiving, qui était une période folle dans une famille qui célébrait Noël. Nica était toujours installée à l'étage, misérable, souffrant et jusqu'à cette semaine, avec une intraveineuse branchée pour lui éviter d'avoir des contractions.

Maintenant, il était question de maintenir les enfants occupés jusqu'à ce qu'elle donne naissance – et se repose pour le défi à venir.

– Je n'ai pas eu de sapin depuis un moment, dit pensivement Taylor. Ça va être plutôt super.

— Attends de voir celui de Channing et Tino, ricana Brandon. Ils sont un peu frimeurs là-dessus, parce qu'ils ont ce plafond vraiment haut dans le salon, et ils peuvent se lâcher.

— Je suis choqué… *choqué* que Channing et Tino puissent avoir un monstrueux sapin de Noël, décoré par un professionnel…

— L'ex-petite amie de Channing.

— Qui est professionnelle. Oui. Je suis choqué et stupéfait. Et sidéré.

Brandon rigola et le serra très fort une fois de plus avant de le relâcher.

— Tu devrais l'être. Déballons nos affaires pour pouvoir…

Le coup à la porte les coupa tous les deux.

— Les gars ! appela Jacob. Les gars, arrêtez de vous amuser là-dedans et venez ici – il est l'heure d'y aller !

Ils se figèrent.

— Quoi ? demanda Taylor, sa voix craquant alors que Brandon ouvrait la porte.

Jacob se tenait là, ses cheveux blond foncé en pics au-dessus de sa tête, ses yeux écarquillés et un peu paniqués. Non – la cinquième fois n'était pas la bonne. Jacob aimait sa femme, il aimait ses enfants, et il ne tenait rien pour acquis.

— Vous m'avez entendu ! Il est l'heure ! Toi et moi, Taylor, nous sommes dans la salle de travail avec elle. Tu étais là quand elle a demandé.

— C'est injuste, grommela Taylor, le suivant d'un pas raide vers la porte d'entrée. Brandon, à toi les enfants et le dîner. Assure-toi d'appeler Tino et sa mère. Allez, Jacob – pour une fois, je devrais conduire.

— Elle est déjà dans la voiture, confessa Jacob, semblant aussi perdu qu'un enfant.

Enfin, même un père génial avait parfois besoin qu'on s'occupe de lui.

— Tu as bien fait.

Taylor lui tapota le bras comme il l'aurait fait pour Dustin, et Brandon se souvint à peine de laisser Marilyn sortir de la caisse de transport avant de refermer la porte et de descendre les escaliers en courant pour aller voir les enfants.

Il venait juste d'ouvrir la porte et d'entendre les accords d'un film d'action résonnant à travers la maison quand Taylor lui tapa l'épaule.

— Quoi ? demanda-t-il, sursautant. Est-ce que Nica a besoin d'une ambulance ? Y a-t-il du sang et du placenta partout ? Quoi ?

184

– Oh doux Jésus, souffla Taylor avant de l'embrasser, fort, chaud et empli de promesses. Va rassembler les enfants, Brandon. Je t'aime.

– Je t'aime aussi, répondit-il avec un sourire. Va faire ce pour quoi tu es le meilleur.

Taylor grogna et s'éloigna avec raideur pendant que Brandon rejoignait les enfants devant *Les Cinq Légendes*.

– Taylor est le meilleur à quoi ? demanda Belinda, se tortillant sous son bras alors que Conroy se blottissait sur ses genoux.

– À prendre soin de nous, répondit Brandon, étreignant Melly contre l'autre côté.

– Il est vraiment bon à ça, approuva Dustin, s'appuyant en arrière contre ses jambes. Je suis content qu'il soit là pour s'occuper du nouveau bébé. Maman et Papa sont vraiment en infériorité numérique.

– Il ne les laisserait pas faire ça tout seuls, le rassura Brandon en riant doucement. Nous sommes une famille.

– Vous aurez des bébés un jour, lui ordonna Belinda. Pour que je puisse aider.

– Nous pouvons aider ! insista Melly. Nous pouvons aider, pas vrai, Brandon ?

– Bien sûr.

Ils s'installèrent donc, silencieux, avec un peu d'inquiétude, heureux de pouvoir se cramponner à lui. Quand le téléphone sonna deux heures plus tard, ils étaient soit à moitié endormis soit carrément en train de faire la sieste, et Brandon préparait des macaronis au fromage avec des hot dogs pour le dîner.

– Brandon ?

– Oui ?

– C'est une fille.

– Nous le savions, répliqua Brandon avec un sourire.

La déglutition de Taylor à l'autre bout du fil fut audible.

– Ils l'ont appelée Taylor.

Le sourire de Brandon brûla à l'arrière de ses yeux.

– Elle aura fort à faire pour être à la hauteur.

– Ferme-la.

– Oblige-moi à le faire, dès que tu rentres à la maison.

– Je t'aime.

– Je t'aime aussi, Oncle Taylor.

– Oh, Seigneur, donne-moi…

– Va le dire à Tino et Stacy. Tout le monde veut l'entendre venant de toi.

– Je ne sais pas pourquoi…

– Allez, Taylor. Crois simplement en moi. Tu es aimé.

Taylor fit un doux petit bruit d'acceptation.

– Tant que tu m'aimes.

– N'en doute jamais. Maintenant, vas-y.

Taylor raccrocha et Brandon fredonna un peu pour lui-même tandis qu'il cuisinait.

Oncle Taylor, Papa Taylor – le potentiel de leur vie devenait plus riche chaque jour. Être à la hauteur de tout ça rendrait leur vie ensemble tout aussi douce que cet instant, quand tout allait bien dans le monde.

DREAMSPUN
DESIRES

UN MANNY
SI INNOCENT
Amy Lane

Les mannies

Grandir et tomber
amoureux

Les mannies : tome 1

Grandir et tomber amoureux.

La famille, c'est parfois une bénédiction et parfois une malédiction. Surtout une malédiction se dit Tino Robbins lorsqu'il se fait enrôler par sa sœur pour l'aider à livrer ses plats italiens tout prêts alors qu'il devrait étudier, pour ses partiels. Mais une seule livraison peut tout changer.

La vie bienheureuse de Channing Lowell change brutalement lorsque sa sœur décède en lui laissant la garde de son neveu de sept ans. Channing s'engage à faire ce qu'il y a de mieux pour Sammy… mais il va avoir besoin d'aide. De beaucoup d'aide. Lorsque Tino apparaît sur son perron, Channing est déterminé à le faire intégrer la Team Sammy.

Tino ne veut pas perdre le bénéfice de son diplôme – même si cela signifie renoncer à avoir une relation –, mais plus il tombe amoureux de son patron, plus il commence à se demander s'il doit laisser derrière lui sa toute nouvelle famille au profit d'une carrière prometteuse.

www.dreamspinner-fr.com

www.ingramcontent.com/pod-product-compliance
Lightning Source LLC
Chambersburg PA
CBHW022151240626
47153CB00007B/2617